Lalie Walker

N'oublie pas

Une enquête
du commissaire Jeanne Debords

ÉDITION REVUE PAR L'AUTEUR

Gallimard

Lalie Walker, Française, quarante ans, métissée d'Europe de l'Est, d'Amérique du Sud et du Nord, a eu autant de métiers qu'elle aura connu de vies différentes. Traductrice trilingue dans le domaine des arts contemporains, psychothérapeute de formation, serveuse, secrétaire, rédactrice en chef du journal de la Fédération internationale de sophrologie, elle est également, depuis la publication en 2001 de son roman *Pour toutes les fois*, un écrivain de thriller psychologique en passe de s'installer parmi les grands noms du genre.

Son personnage, le commissaire Jeanne Debords, fille d'un juge assassiné, est tenace, tout en tension, tenaillée par la culpabilité et toujours au centre d'enquêtes effrayantes l'obligeant à travailler sans relâche. Électron libre au sein de la police, perfectionniste en proie à des difficultés avec une hiérarchie qui ne peut se passer de ses compétences, elle a pour signe particulier un odorat hypertrophié qui renforce son caractère intuitif. *Portées disparues*, *N'oublie pas*, *La Stratégie du fou* et *Best-seller*, publiés aux Éditions Hors Commerce, suivent tous les aventures de cette femme hors du commun.

à Frédéric

La gangrène de l'âme. Celle que l'on attrape quand tout ce qui fait de nous des hommes pourrit peu à peu.

TAD WILLIAMS

Prologue

Tout était de la faute de Brice.

Elle n'en démordait pas.

Malgré la présence de Sphinx, dressé pour la protéger, elle crevait de solitude. Elle en avait marre. Marre d'attendre et de tourner en rond. D'obéir.

Sa décision fut prise en une seconde.

Elle se précipita au premier étage, jeta vêtements et nécessaire de toilette dans un sac et, raflant tout l'argent qu'elle put trouver, elle découvrit au passage la cache d'armes de Brice. Surprise, elle hésita, mais ne prit rien, descendit l'escalier quatre à quatre et sortit en claquant la porte.

Dehors, un vent chaud agitait les arbres. Gorgée de vie, comme au plus fort du printemps, la nature grésillait.

Une semaine plus tôt, il faisait un temps hivernal, avec un nuage tenace qui recouvrait le paysage et rendait toute virée impossible. Elle avait cru devenir folle à rester enfermée. Mais elle préférait subir le silence et la tristesse de la maison plutôt que d'affronter ces épais brouillards de montagne, qui la déprimaient et l'angoissaient d'une manière quasi irrationnelle. Incontrôlable.

Elle leva la tête. Plissa deux yeux bleus, presque translucides, tira de son sac une paire de lunettes et partit sans se retourner. Sans une pensée pour Sphinx qui gémissait dans son enclos. Ni pour Rokh, le faucon de Brice, captivant et dangereux. Rokh, *le Chasseur de Dieu*, lui avait-il expliqué.

Un tueur, oui ! Tel maître, tel…

De lui aussi, elle s'était fait un ami.

Mais la compagnie des animaux ne remplaçait pas celle des humains. Le calme et le silence de la montagne rendaient obsessionnel son besoin de la ville. Du bruit. Du flot des habitants.

En descendant le chemin caillouteux qui menait à la départementale, elle souriait, appréciant ce mélange d'allégresse et d'anxiété qui s'emparait doucement d'elle. Que dirait Brice de son départ ? De sa fuite ?

Il peut bien dire ce qu'il veut, je mets les voiles !

Riant silencieusement, Toni rajusta ses lunettes, se passa une main dans les cheveux qu'elle avait au carré, fins et blond orangé. Songea qu'elle ferait bien, en arrivant au village, de se trouver une casquette pour se protéger du soleil et de la sueur. Incroyable ce qu'il pouvait faire chaud et lourd. Inexplicablement, le beau temps était revenu, remplaçant les nuages et la brume par une canicule digne d'un mois de juillet.

Habillée d'un vieux blue-jean et d'un tee-shirt

14

blanc qui dévoilait son nombril, la sangle du sac mordant l'épaule, elle marchait d'un pas léger, puissante et libre. Pour la première fois de sa vie.

Grâce à Brice, elle avait trouvé un abri et récupéré de sa longue errance dans les rues de Barcelone. Plus d'un an à se refaire une santé et un moral d'acier, logée et nourrie dans cette ancienne maison catalane, en plein cœur des Pyrénées. Au milieu de nulle part.

Désormais, plus rien ne la retenait ici.

Pas même Brice qui était parti en lui faisant la gueule. En criant à la trahison. Tout ça parce qu'elle s'était payé du bon temps avec un randonneur de passage.

Enfin, pas si bon que ça, somme toute.

Rien qu'une présence humaine.

Rien qu'un homme qui l'avait désirée. Qui s'était fait doux contre sa peau et qui, momentanément, l'avait aidée à ne plus avoir froid. À ne plus ressentir ce manque, cette béance que creusait patiemment la solitude, telle une tombe en dedans d'elle. Grise et désertée. Où jamais personne ne venait déposer de fleurs.

T'avais qu'à être là, Brice !

Dès le début de leur cohabitation, ses fréquentes et longues absences lui avaient tapé sur les nerfs. Elle ne s'était jamais habituée à la maison en pierre, froide et sombre. Ni à devoir attendre indéfiniment, avidement presque, le retour de Brice. Alors quand, un matin, un promeneur égaré avait frappé à la porte, elle l'avait invité à entrer.

Pas d'quoi en faire un fromage !

Sauf que Brice, lui aussi, était rentré ce jour-là. Dans ses yeux, elle avait lu ce qu'il ressentait. Aspiré par un tourbillon de pensées furieuses et désordonnées, il s'était sans doute persuadé qu'elle prenait son pied. Jamais il n'aurait pu imaginer qu'elle ne cherchait qu'à fleurir une tombe dont personne ne prenait soin.

Durant une fraction de seconde, elle avait songé à crier, à simuler un viol. Mais elle connaissait Brice. Il n'aurait pas hésité à tuer l'homme.

Comment s'appelait-il, déjà ?

Une fois qu'elle eut quitté le petit sentier et rattrapé un chemin de terre plus large, elle essaya d'évaluer la distance qui la séparait de la départementale, puis du premier village. Inutilement. En un an, elle ne s'était guère aventurée de ce côté-là.

Le souffle court, elle s'essuya le front, décolla ses cheveux de sa nuque. Ça faisait à peine un quart d'heure qu'elle marchait et, déjà, la soif la tenaillait. Partie trop précipitamment, elle avait oublié d'emporter de l'eau. Et tant d'autres choses.

Un éclair traversa son esprit, réduisant une année de sa vie à quelques flashs, décolorés et sans saveur.

Le visage blême de son père, le jour de son départ pour l'Espagne. La sensation odieuse de la détresse, et de la haine que peut éprouver une fille envers son géniteur. L'idée séduisante et terrorisante d'incendier son immonde maison cossue. L'idée tout aussi fascinante de le regarder mourir lentement. À petit feu. Les larmes impossibles à contenir, et le rire de son père lui refusant toute forme d'aide.

La gare de Barcelone, les voleurs à la tire, habiles et invisibles. Les bars, et les nuits passées à se les geler sous les portes cochères, à attendre le petit matin. La gueule de bois quotidienne, et la trouille de se faire choper par une bande de déjantés qu'elle avait escroquée. Son retour de Barcelone, en stop. Les types qui ne pensaient qu'à la baiser.

Et puis, un matin, une voiture brillant dans le soleil, et la rencontre avec Brice. Ses cadeaux, tous plus étranges et inutiles les uns que les autres.

Comme cet énorme collier du Mali qui pesait une tonne, et qu'elle avait fini par clouer au mur de la pièce principale. Ou ce masque ridicule, laid à faire peur, en provenance du Brésil.

Les séances intensives d'entraînement avec Brice. Le silence imposant de la montagne, et les bruits de la nature, du bois qui craquait la nuit et résonnait dans l'austérité de la maison. Sa terreur à y vivre seule, isolée de tout.

Délaissant ses souvenirs, elle coinça le sac sur son épaule, et poursuivit sa route. Au détour d'un virage, elle tomba nez à nez avec deux hommes. Des pêcheurs, à en juger leur attirail.

Instinctivement, Toni se sentit sur la défensive. Elle n'aimait pas ce qu'elle lisait dans leurs yeux, petits et troubles. Puis elle se détendit, se souvenant qu'elle les avait vus plusieurs fois cheminer devant chez Brice, et contourner sa maison pour rattraper un sentier qui grimpait jusqu'à une rivière, plus haut dans la montagne. Des braconniers, lui avait précisé Brice. Esquissant un sourire, elle leur demanda à quelle distance se trouvait le village.

Après l'avoir ouvertement déshabillée du regard, d'un regard vide et gras, sans échanger une seule parole, les deux hommes se consultèrent. Mal à l'aise, Toni hésitait, ayant l'intuition qu'elle ferait mieux de déguerpir. Pourtant, elle n'était pas vraiment une inconnue pour eux.

Mais ce silence…

Haussant les épaules, elle passa entre les deux hommes, leur faisant ses adieux d'un geste de la main. Animés par le même mécanisme primaire, ils se jetèrent sur elle, l'enserrèrent aux épaules et la tirèrent à l'écart de la route. Une main fermement écrasée sur sa bouche l'empêchait de crier.

Elle ferma les yeux.

Espéra le retour de Brice.

Ils la bâillonnèrent avec un chiffon empestant le graillon et le poisson et, tandis que l'un des deux hommes la maintenait au sol, l'autre ouvrit sa braguette. Le premier la viola. Très vite. Se contenta d'un petit grognement éjaculatoire et d'une moue de déception, avant de se retirer d'elle.

Les hommes échangèrent leur place.

Au loin, Sphinx aboyait férocement.

Tombant des cheveux du pêcheur, des gouttes de sueur rebondissaient sur le ventre de Toni. Tel un éboulis de pierres. Décuplant la peur et ravivant l'empreinte d'autres agressions, son passé se heurtait violemment au présent. L'écrasait bien plus que les corps, âcres et rugueux, des deux hommes.

Ne pas se défendre, pour éviter la déchirure de la chair. S'obliger à l'inertie, à rendre la chair molle, accessible. Oublier qu'il s'agit de son corps.

Oublier, tout en sachant que le corps, lui, se souviendra.

Incapable d'utiliser ce que lui avait appris Brice, n'y songeant même pas, elle se laissait faire, attentive à anesthésier ses sens et ses émotions. À relâcher ses muscles, et à s'extraire de la sensation du corps qui hurlait et se rebellait contre ce carnage fait à l'intime de l'être.

Autour d'eux, la nature bruissait et geignait, craquait et piaillait. Exultait sous cet implacable soleil qui, comme pour se faire pardonner de sa trop longue absence, embrasait la terre. Plus haut dans la montagne, Sphinx hurlait à la mort. Ne se taisait que pour se jeter contre le grillage de son enclos.

Incapable de jouir, butant jusqu'au plus profond d'elle, le deuxième pêcheur n'en finissait plus de la pénétrer. Énervé, il accéléra son rythme, prit appui sur ses seins, qui disparurent sous deux énormes mains calleuses. Lui écrasa le cœur. Elle grinça des dents, et bascula.

En arrière.

Loin dans le temps.

Une fin d'après-midi, à la sortie de l'école.

Sa mère n'était pas là. Ça se produisait de plus en plus souvent. Alors Toni attendait, assise sur le trottoir, perdue dans son imaginaire d'enfant, s'inventant des histoires à mesure que croissait son inquiétude d'être abandonnée. Ce jour-là, l'instituteur des CM2, un molosse craint et adoré de tous les élèves, lui avait proposé un goûter spécial pour petite fille de sept ans.

T'es où, maman ?

À peine franchi le seuil de la maison, son corps s'était tendu. Une odeur caustique, corrosive même, lui avait brûlé le nez. Ça sentait la vieille mère. Comme à l'hospice, quand elle rendait visite à son arrière-grand-mère. Enfermée entre quatre murs jaune pisse, atteinte d'une étrange maladie à l'odeur répugnante, celle-ci les recevait, ouvrant et fermant machinalement la bouche sur des mots inaudibles. À l'odeur de soufre.

Ça lui piquait les yeux, et Toni s'imaginait voir d'invisibles et d'effrayantes volutes de fumée grise s'échapper de son vieux corps rabougri. Quand la petite fille qu'elle était alors n'en pouvait plus, elle détournait la tête. Partout, des lits en fer, des mains sanglées aux barreaux, et autant d'âmes, âgées et débiles, en perdition. Partout, l'odeur de la mort, avariée et entêtante, qui collait aux murs et à la peau. À sa mémoire.

Elle ouvrit deux yeux bleus, délavés. Ennuagés de douleur.

Au-dessus d'elle, le visage du pêcheur, rouge sous l'effort. Grimaçant et luisant de transpiration. Grotesque et odieux.

À côté d'elle, l'autre pêcheur, l'œil boueux, se masturbait mollement.

Elle referma les yeux.

Derrière ses paupières, l'instituteur réapparut.

En slip, et armé d'un flingue.

Assis dans un fauteuil aussi massif que lui, il

avait fait tournoyer l'arme dans l'air. L'avait installée sur ses genoux, et entrepris de lui en expliquer le fonctionnement. Tandis qu'elle l'écoutait craintivement, il avait attrapé ses mains, si petites dans les siennes, et l'avait forcée à le toucher.

Sans trop savoir comment, elle s'était retrouvée debout, et avait reculé jusqu'au mur, en fixant le bout de ses chaussures. Bondissant à son tour, il s'était approché d'elle, haletant et fou de colère, l'écrasant de sa hauteur. De sa nudité et de sa rage. Elle avait gardé les yeux rivés au tapis, sale et rincé par le temps et la négligence.

Au-dessus d'elle, un cri, tel un chuintement.

À ses pieds, une nouvelle tache blanchâtre sur le tapis.

Lentement, très lentement, l'instituteur lui caressait le visage de la pointe de son arme. Pour finir, il l'avait appuyée sur son cœur. Précisément à l'endroit où pesait, aujourd'hui, la main du pêcheur.

La terreur à son comble, les yeux clos, elle s'était ordonné de ne pas bouger.

Il avait pressé la détente.

Lui seul savait.

Lui seul riait.

Le barillet était vide.

Quand il avait cessé de rire, ce fut pour lui hurler, tout au creux de l'oreille, qu'elle devrait se taire. Ne jamais rien dire.

Trou noir.

La respiration du pêcheur, hachée.

La stridulation d'une cigale, agaçante.

Les battements de son cœur, épuisants.

Trou noir.

La sonnette de la porte d'entrée vrillait ses tympans, où résonnait encore la voix de l'instituteur. *Te taire ! Tu entends ? Te taire, sinon, je te tue, toi et toute ta putain de famille !* Couvrait peu à peu la menace qui vrombissait en elle, et le bruit insupportable de son cœur qui cognait fort. Juste à côté des mots qui roulaient dans sa tête, le bruit de la sonnette se faisait plus présent. Inquiétant.

Retour à la réalité.

Au corps bafoué, terrorisé.

Immensément seule, elle s'était efforcée de décoller ses paupières. Y était parvenue au prix de quelques larmes, et s'était retrouvée debout contre le mur d'une maison qui sentait le vieux. L'agonie et la misère.

Toni entrouvrit les yeux.

Aperçut la mâchoire du pêcheur, tendue par l'effort.

Un masque de laideur préorgasmique, se dit-elle en se réfugiant derrière le noir de ses paupières.

À son tour, sa mère fit irruption dans sa mémoire.

Avec rudesse, elle la tirait par le bras, lui criant qu'on ne pouvait jamais lui faire confiance, qu'elle n'en faisait qu'à sa tête ! Et, derrière sa mère, l'instituteur. Rhabillé et souriant. Sauf lorsqu'il la dévorait de ses yeux fous.

Comment a-t-elle su que j'étais là ?

Un feulement l'arracha au passé.

L'homme avait éjaculé.

Se retirant, il jeta un œil à son compagnon qui

l'attendait, tête baissée. Les deux hommes étaient comme surpris de leur attitude.

Cette fille, ils l'avaient si souvent aperçue derrière les fenêtres de la maison de ce type bizarre, qui venait et repartait sans cesse. Ils en avaient discuté entre eux, en taquinant le poisson, s'échauffant l'un l'autre. Parce qu'elle était vachement bien roulée, qu'elle ne foutait rien de la journée, et que le type qui l'hébergeait n'en profitait même pas.

Ça a fini par nous monter à la tête, se dit Jacques, en rattachant son pantalon. *Sauf que maintenant…*

Il s'approcha de Toni qui gisait par terre, les yeux clos.

Faut c'qui faut, se dit-il en appuyant sa lourde main sur le cou de Toni, la menaçant de la tuer si elle parlait. De foutre le feu à la baraque de son copain, et de flinguer son chien. Gare à toi, la salope !

Ils l'abandonnèrent dans la terre sèche, le corps poisseux. Malgré les rayons du soleil qui lui cuisaient la peau, elle avait froid. Soif, aussi. Terriblement soif.

La rivière, songea-t-elle… Plus haut, à quelques centaines de mètres. Le village, plus bas… à combien ?

Elle l'ignorait.

Trouver de l'eau.

Pour étancher sa soif.

Pour laver son corps des relents fétides des deux hommes.

Bien entendu qu'elle se tairait. Et qui la croirait, de toute façon ? Elle avait tellement l'habitude qu'on doute de sa parole, qu'un regard suffisait pour qu'elle n'ait aucune illusion sur ce qu'on pensait d'elle.

Une salope, comme l'avait craché le pêcheur.

Une tête brûlée que son père s'était juré de mater.

Une rien-du-tout, pour sa mère et les autres.

Le corps moulu, elle renfila pantalon et tee-shirt, ramassa son sac et s'engagea vers la départementale. Puis changea d'avis.

Cette fois-ci, ça ne se passera pas comme ça !

À travers bois, elle remonta jusqu'à chez Brice.

Plus jamais ça !

Dans un état second, Toni prit une douche.

Très longue.

Très chaude.

Elle se versa un verre de gin, avant de reprendre une autre douche. Avala cul sec un deuxième verre, passa un jean propre, et enfila un fin polo en coton. À manches longues.

Cacher ce corps…

Elle s'étrangla de rire, glissa le long du mur et sanglota longtemps.

Trou noir.

Plus tard, la démarche raide et les gestes tendus, elle se prépara un café, fort et très sucré. Se dirigea vers la cache d'armes de Brice. Éliminant d'emblée les armes à feu dont elle ignorait le fonctionnement, elle choisit un poignard, avec un soin infini. Lame affilée et tranchante, solide et prête à l'emploi.

24

Ce que lui avait enseigné Brice allait finalement lui servir.

Quittant la maison, elle entreprit de grimper le petit sentier, sans bruit. Arrivée au bout de la sente rocailleuse, elle hésita. Se souvint d'une phrase de Brice à propos d'un coin idéal pour la pêche. En haut, sur la gauche, une cuvette dans la rivière.

Elle ne fut pas longue à dénicher les deux hommes, tranquillement assis au bord de l'eau. Accroupie, protégée par des arbustes et un amas de pierres, elle les observa, étudiant toutes les approches possibles. Elle aurait tant voulu ne pas les tuer. Pas immédiatement. Mais plus tard. Bien plus tard.

Qu'ils souffrent, et réclament ma clémence !

Qu'elle ne leur accorderait jamais.

Toni dut se rendre à l'évidence. Seule, elle n'y parviendrait pas. Alors, elle se concentra sur l'unique tactique envisageable, et se déplia. D'un bond, elle sauta sur le dos du premier pêcheur, l'éjaculateur précoce. Sectionnée, l'aorte laissa s'écouler ce qu'il restait de sa vie : gargouillis et râles mêlés. Absorbés par la terre. Asséchés par le soleil.

Bon débarras !

Abasourdi, l'autre se redressa, perdit l'équilibre et s'effondra au bord de la rivière. Toni fut sur lui en un quart de seconde. La pointe du couteau au niveau de l'entrejambe.

Au loin, des pierres roulaient depuis le sommet de la montagne. Un oiseau sifflait. Sphinx aboyait sans relâche. Plus proche, le murmure de la rivière, l'odeur de l'eau douce et le souffle du vent bruissant dans les arbres. Tout près, le halètement du pêcheur, dont le cerveau tournait au ralenti. Transpirant à grosses gouttes, il exhalait un parfum de peur. De moisi.

— Tu t'appelles comment? fit Toni, appuyant un peu plus.

L'homme gémit et ferma les yeux. Attendit, priant et espérant réchapper à cette folle.

— T'es sourd?

— Jacques, répondit-il d'une voix tremblante.

— *Bueno!* Tu sais quoi, Jacques? J'en ai ma claque des types comme toi. Des malades qui se croient tout permis, juste parce que je suis une femme.

Trop apeuré, il ne trouva rien à répliquer.

— Dis-moi, Jacques, c'est parce que t'es gros, moche et con, que tu violes les femmes?

— S'il vous plaît… ne… je… je m'excuse…

— *Bueno!* Et si je te coupe la queue, Jacques, tu m'en voudras pas trop, hein? Suffit que je m'excuse, pas vrai?

Elle enfonça un peu plus le poignard, déchirant la toile du pantalon. Il sentit le froid de la lame contre ses testicules. Se liquéfia.

— Je vous… vous en… me… faites pas…

Toni arqua un sourcil.

— Pas quoi, espèce de porc?

Ensauvagés, les yeux bleus s'incrustèrent dans ceux du pêcheur. Folie et détermination contre panique et incompréhension.

Lentement, sans le quitter un instant du regard,

elle fit remonter la pointe du couteau le long de son torse.

Au contact de la lame sur sa gorge, Jacques ferma les yeux. Une larme s'échappa, roula sur la pommette haute et large, s'écrasa sous le menton. N'osant plus déglutir, il s'aperçut qu'une boule de terreur enflait dans sa gorge.

Fascinée, examinant chaque pore, chaque marque sur son visage, Toni sentit sa main s'amollir sur le manche. Hésita. Une douleur pulsa dans son ventre, irradia ses cuisses et remonta le long de ses bras. Les muscles se tendirent. Autour du manche, sa main se resserra, ferme et sèche. Elle compta jusqu'à trois. Lui tailla un sourire, fin et rouge.

Un hurlement claqua dans l'air.

La nature s'ébroua, puis se tut. Comme en attente.

Enjambant le corps adipeux, Toni s'approcha de la rivière, se rinça le visage et les mains, dirigea son regard vers le ciel qui s'obscurcissait. Un orage se préparait.

Tant mieux, ça nettoiera le coin !

Elle prit néanmoins le temps d'effacer les traces de son passage, vérifia chaque détail, se repassant mentalement les leçons de Brice. Satisfaite, elle jeta un dernier coup d'œil aux cadavres de ses violeurs, s'étonna de ne rien ressentir.

Ça viendra plus tard…

Elle redescendit chez Brice. Ouvrit l'enclos du chien-loup qui se rua sur elle pour la lécher.

— Bon chien, Sphinx ! Allez viens, on s'tire.

Pas l'ombre d'une émotion ne l'effleurait. Aucun sentiment envers les deux hommes. Rien. Le vide.

Tout ça, c'est de ta faute, Brice. T'es jamais là quand il faut !

Dans la cuisine, elle avala une demi-bouteille d'eau, la remplit avant de la glisser dans son sac. Se changea, et refit pratiquement les mêmes gestes que trois heures auparavant. Dans son sac, elle ajouta le poignard et les armes qu'elle ne savait pas manier. Pas encore. Ainsi que deux livres pris au hasard sur un meuble.

En sortant, son regard tomba sur le faucon.

Et lui ?

Brice pouvait rentrer demain comme dans un mois. L'oiseau ne survivrait pas. Toni se saisit du rapace, lui couvrit les yeux et se protégea des puissantes serres, puis quitta pour de bon la propriété, emportant Rokh sur son épaule.

Encadrée de Sphinx et du faucon, elle ne passerait pas inaperçue. Elle sut qu'elle dormirait le jour et voyagerait la nuit.

À moins…

À moins que ne revienne le brouillard, songea-t-elle, un curieux sourire aux lèvres.

1

Avril

Ils la suivaient.

Elle pouvait presque les sentir, cachés par le brouillard. Anxieuse, elle tourna la tête, n'aperçut rien d'autre que de lointaines silhouettes brunâtres et tremblantes, le halo coloré des lumières et des enseignes. Quelques branches d'arbres, encore dépouillées de feuilles, qu'agitait un vent aussi fugace qu'enragé.

— Quelle conne! lâcha-t-elle d'une voix apeurée. Non mais… quelle conne!

Cécile se retourna encore une fois.

Elle accéléra le pas, chassant de son esprit ce que lui évoquaient ces ombres indistinctes et fantomatiques. Franchissant le pont au-dessus du périphérique, du côté de la porte de Vincennes, elle s'engagea dans l'avenue de Saint-Mandé.

Elle regretta de ne pas avoir pris le métro. Le brouillard était non seulement plus épais et plus froid qu'en début de journée, mais elle ne croisait quasiment personne.

Un angoissant sentiment de solitude lui fit monter les larmes aux yeux.

— À croire que tout le monde s'est tiré !

Plusieurs fois, elle tourna la tête, avec l'impression d'être en danger.

— Arrête ! Y a personne. PERSONNE !

Elle résista trente secondes, ne put s'empêcher de se retourner. Sa poitrine se souleva d'un bloc.

— Salut !

Cécile relâcha l'air qui lui oppressait les poumons. Incapable de prononcer un mot ou de réagir. Elle fixait un jeune garçon, à l'allure faussement maigrichonne. Elle n'était donc pas dingue, ils la poursuivaient vraiment.

Funky s'approcha, écarta les voiles de brume d'un geste de la main, comme s'il déchirait une immense toile d'araignée.

La mouche, c'est moi, se surprit-elle à penser. Avec Funky dans le rôle de l'araignée ! ?

Visiblement mal à l'aise, ce dernier se dandinait, sans parvenir à soutenir son regard.

— Scurf y veut t'parler, couina-t-il, les yeux vitreux.

Instinctivement, elle chercha à gagner du temps.

— Pourquoi ?

Les yeux flottants, Funky ne répondit pas. Préoccupé qu'il était de s'assurer que la voiture de Scurf suivait bien derrière.

Camé jusqu'à l'os !

Elle le connaissait à peine, bonjour-bonsoir, quand elle passait voir ses copines à Créteil, et n'avait jamais encore eu l'occasion d'avoir peur de lui.

Deux ou trois fois par semaine, Cécile fuyait la vie protégée qu'elle menait à Saint-Mandé pour aller traîner en bas d'une cité, ou faire du lèche-vitrine au centre commercial. Elle ne se faisait aucune illusion sur ce qu'on pensait d'elle, là-bas. Une gosse de riche en quête d'émotions fortes. Mais elle s'en foutait.

L'important, c'était d'y retrouver Raja et sa bande. Des filles qui savaient ce qu'elles voulaient, et que Cécile admirait, car elles côtoyaient le danger depuis toujours. Des battantes. Plus tard, elle espérait ressembler à Raja — fière, instruite et courageuse. Et puis il y avait son amie Bouchra. Son cœur se comprima.

Saloperie de vie !

Luttant pour s'extraire d'un obscur et cotonneux nuage intérieur, Funky soupira, inquiet du temps qu'il mettait à faire ce que lui avait ordonné Scurf. Depuis plusieurs jours, il l'obligeait à suivre Cécile. Ça ne rimait à rien, mais il n'aurait jamais pris le risque de désobéir. N'empêche, s'il voulait tellement lui parler à cette pétasse, pourquoi ne la chopait-il pas à la sandwicherie où elle traînait tout le temps ?

— Scurf y veut…

Le brouillard se condensa. Funky s'évapora.

Elle en profita pour se tirer, certaine qu'il ne la suivrait pas, mais qu'il retournerait voir Scurf, pour prendre ses ordres. Trop défoncé, Funky, pour décider par lui-même. Trop lâche, aussi.

Refusant d'écouter la petite voix qui lui soufflait que ça sentait vraiment mauvais pour elle, elle augmenta la cadence. Traversant la rue, elle piqua un sprint en direction de la Nation, obsédée par une seule idée : rejoindre Gwendal. Avec lui, elle serait en sécurité.

Tout en cavalant, elle se demanda si elle devait lui parler de Funky. Son esprit se mit à dérouler une palette de scénarios, tous plus catastrophiques les uns que les autres. Elle voyait Gwendal tabassé à mort, puis tué de la main de Scurf, juste parce qu'il serait fou de rage contre elle. Et ça, c'était impensable. Elle tenait bien trop à Gwendal. Beaucoup trop.

Une fois les colonnes de la Nation franchies, elle ralentit, et vérifia que personne ne la talonnait. Rassurée, elle s'arrêta un instant devant une vitrine, remit de l'ordre dans ses cheveux blonds, gominés par la brume. Rajustant son long manteau noir, elle sortit un petit vaporisateur de sa poche et se parfuma.

Sans remarquer qu'une voiture se garait à quelques mètres d'elle, la fumée du pot d'échappement se mêlant à la brume luisante.

À chaque fois qu'elle le revoyait, la même pensée lui venait.

Tellement beau !

La même impression la bouleversait.

Tellement injuste !

Debout, face à la sortie du métro Nation, il l'attendait patiemment, le visage faiblement éclairé par la lueur jaune qui provenait du kiosque à journaux.

Délicatement, elle passa sa main dans les mèches, noires et humides. Il ne bougea pas. Ne fut pas surpris du geste, des doigts dans ses cheveux. Humant sa présence, il la laissa explorer son visage, sorte de rituel. Son parfum, léger et un peu vanillé aujourd'hui, flottait tout autour d'elle.

Un doigt sur son front, elle contourna les lunettes. Descendit le long de l'arête du nez, droit et très légèrement busqué. Hésita. Frôla les lèvres, pleines et finement ourlées, sensuelles. Le menton, doux et volontaire. Le creux des joues, et la fine cicatrice qui courait le long de la mâchoire. Juste à côté de cette fossette qui la faisait tant craquer.

Il tressaillit.

Lui prenant la main, il la serra dans la sienne. Elle frémit au contact de ses doigts, étrangement doux, presque pulpeux. Il embrassa ses mains meurtries, aux ongles rongés, et souffla dessus pour effacer les traces de morsures.

Elle posa son front contre son torse. Un havre de paix, chaud et rassurant.

— Comment tu vas ?

Il la sentit sourire.

— Bien… je crois…

— Tu crois ? chuchota-t-il.

S'appuyant davantage, elle goûta l'instant. La sensation d'être protégée, là, au creux de son bras.

Tellement, mais tellement injuste !

Une brutale tension dans son bas-ventre lui fit prendre conscience de la chaleur du corps de Cécile, et d'un début d'érection. D'un désir qui n'avait rien à voir avec elle. Il s'écarta, estimant amèrement la situation.

Regarde où t'en es, se dit-il. Rien qu'un pauvre type de trente-huit ans qui se laisse émouvoir par une ado affectueuse, et inconsciente de l'effet qu'elle produit.

La dernière fois qu'il avait fait l'amour, ça remontait à… Il refoula au plus vite le souvenir d'une séparation qu'il n'était toujours pas prêt à affronter.

— Et toi ? T'attends depuis longtemps ?

Elle le sentit se tendre, une seconde. Une infime et fulgurante seconde qui se propagea de sa poitrine à son front. Ébranlée, elle releva la tête. Croisa son reflet embué dans les lunettes noires.

— Excuse-moi… je…

Il porta un doigt à ses lèvres.

— Chut ! Profitons que tu sois là. Viens, j'ai soif.

Elle lui prit le bras et ils se dirigèrent vers un café, rue de Picpus.

Tenu par un amateur de cigares et de liqueurs, le *Blue Bar* était devenu leur point de chute. Ça durait depuis presque cinq mois. Quatre mois, trois semaines et deux jours, compta-t-elle. Superstitieuse, elle croisa les doigts.

Épais, humide et visqueux, le brouillard recouvrait les rues et les bâtiments. Collant au corps et transperçant les vêtements, la brume transformait et déformait tout. S'accrochant aux murs, rampant le long des trottoirs, elle avalait tout sur son passage.

Les premiers jours, les Parisiens s'en étaient plus ou moins accommodés. Puis, constatant que cette masse spongieuse s'enracinait, ils s'étaient organisés.

Les piétons portaient des lampes frontales qui produisaient des faisceaux blafards. Les patineurs avaient opté pour des lumières rouges, petits lampions qu'ils se cousaient aux coudes, genoux et épaules. Quant aux cyclistes, ils se rabattirent sur le vert ou l'orange fluo. Les commerçants ne furent pas en reste, et installèrent des spots en direction des rues, comme autant de balises lumineuses en pleine mer.

Ceux qui ne supportaient plus ce temps limitaient leurs sorties ou utilisaient bus ou taxis, qui n'avaient jamais roulé aussi lentement. Tous ressentaient un profond malaise à se déplacer dans cette brume compacte ou filandreuse comme une algue, selon les jours.

D'aucuns, nerveux et désorientés, en venaient à regretter la pluie qui s'était subitement arrêtée de tomber quelques semaines plus tôt. Un matin, ils s'étaient levés avec un grand soleil qu'ils avaient acclamé, pour s'en plaindre au bout de quelques jours. Un soir, ils s'étaient couchés, épuisés et suants de chaleur, pour se réveiller sous un manteau de nuages, gris à corrompre l'âme des plus endurcis.

En entrant dans le *Blue Bar*, Cécile hésitait à se confier à Gwendal. Scurf et Funky n'étaient pourtant pas venus jusqu'à la Nation pour prendre de ses nouvelles ! Elle jugea néanmoins préférable de se taire. Parler ne servirait qu'à lui gâcher son plaisir d'être avec lui.

Mais qu'est-ce qui m'a pris, aussi, d'aller bavarder à la sandwicherie ?

Tout ça à cause de ce garçon si gentil.

Quelle conne !

Une fois installés dans un box, un peu à l'écart, il attrapa ses mains, les cala entre les siennes.

— Alors, raconte-moi.

— Quoi ?

— Tu sais bien, Cécile !

Involontairement, il eut un mouvement de recul, et lâcha ses mains, froides aux extrémités. La rupture du contact la ramena à sa détresse. À son isolement. Il ne fut pas long à reconnaître le bruit caractéristique du frottement des doigts contre la toile de son pantalon. Elle faisait toujours ça pour se réchauffer, le corps ou l'âme. Mécaniquement, du bout de ses doigts rongés, elle descendait et remontait le long de ses cuisses.

— J'ai pas envie d'en parler... pas maintenant.

Elle alluma une cigarette.

— T'es trop jeune pour fumer.

Aucun jugement dans sa voix. Un simple constat.

— J'y peux rien, répliqua-t-elle, les yeux agrippés au noir opaque des lunettes.

Saloperie de lunettes !

Le serveur prit leur commande. Café pour lui. Coca pour elle.

Une femme passa près d'eux, enveloppa Gwendal d'un regard admiratif. S'approcha une cigarette à la main et, d'une voix exagérément sensuelle, lui

36

réclama du feu. Il retint une moue de dégoût en respirant son parfum. Furieuse, Cécile s'empara de son briquet et le tendit à la femme. Fronçant les sourcils, celle-ci accepta, non sans lui décocher un sourire goguenard, ainsi qu'un dernier regard à Gwendal qui l'ignora. Dépitée, elle s'éloigna en roulant des hanches.

— Connasse ! jeta Cécile.

Il esquissa un sourire, conscient de sa colère.

— T'as parlé à ta mère ?

— Tu fais chier, Gwen. Vraiment chier !

— Qu'est-ce qui se passe ? Quand tu t'énerves comme ça, c'est…

— OK ! Stop !

La jugeant trop nerveuse, il n'insista pas.

— On peut pas juste profiter qu'on est ensemble, non ?

— On a fait un *deal*, Cécile. Jusqu'à présent, je t'ai foutu la paix. Mais là…

— Tu veux que je te dise ? T'es pas chiant, t'es hypra-chiant !

— Tu peux toujours t'en aller.

Ni colère ni amertume. Une simple proposition. Cécile se sentit moche, et courba la nuque. Une mèche de cheveux lui tomba devant les yeux. Elle se cacha derrière. Ses yeux rencontrèrent le bout de ses doigts.

Des petits boudins… dégueulasses !

— Tu sais, avant je ne t'aurais jamais…

— Avant quoi ? coupa-t-elle.

— Rien.

Elle le contempla, éprouvant cette distance qu'il

mettait régulièrement entre eux, qu'elle détestait et redoutait, sans vraiment comprendre pourquoi. À chaque fois qu'elle avait voulu en savoir plus sur son passé, elle s'était heurtée à un mur. À croire qu'il n'existait pas avant leur rencontre.

Qu'est-ce qu'il y avait *avant* ? se demanda-t-elle songeuse, sachant qu'il ne servirait à rien de lui poser la question.

— J'arrive pas à lui parler, lâcha-t-elle dans un souffle. C'est tout ! J'essaye, je vais la voir, je lui annonce que j'ai un truc important à lui dire, et là, je m'embrouille. Elle croit que je suis folle, t'as qu'à voir !

Les sens en éveil, il la scrutait, attentif à l'arythmie de sa respiration, à la friction des doigts sur le tissu, plus prononcée. Il ressentait son indécision et son inquiétude qui, il le savait, lui creusaient une longue ride au milieu du front.

— Je peux venir avec toi, tu sais…

Elle eut un drôle de rire. Comme un bruit de verre qui se brise.

— Tu connais pas ma mère !

— Forcément, tu…

— Pour qu'elle te drague… Vas-y, marre-toi, Gwen, mais je la connais, moi, ma mère. Peut pas voir un beau mec sans lui sauter dessus !

Il retint un soupir d'agacement.

Des heures de conversations et de tentatives qui aboutissaient inéluctablement à la même impasse. La mère de Cécile en croqueuse de pantalon. Quant à son père, le temps qu'il revienne de son énième voyage au Japon… Mais pourquoi repoussait-elle toujours à plus tard ?

Il eut vaguement l'intuition que cela avait à voir avec lui.

— Cécile ?

Il avança ses mains vers elle. Elle courut s'y réfugier.

— Écoute, si mercredi prochain tu n'as rien fait, j'irai voir ta mère… avec ou sans toi. Tu vas finir par en crever, tu comprends ? À force de te taire, et de laisser faire, tu…

— Et Scurf, t'en fais quoi ?

La peur se faufila entre eux. Lourde. Aspirante. Plus poisseuse que la brume.

— Tu dois pouvoir l'éviter, non ?

— Tu veux que je te dise un truc ? Scurf… eh ben… il me cherche ! Alors, je la ferme. Je fais comme les autres, j'écrase.

— Comment ça, il te cherche ?

Elle soupira. Fut sur le point de lui dire qu'ils la traquaient depuis quelques jours. Hésita, et renonça.

— On t'a menacée ?

Rire jaune, apeuré.

— Réponds-moi, Cécile, c'est important !

— Faut que j'aille pisser.

L'impuissance le submergea.

Un état pénible où s'imbriquaient la sensation d'être un poids mort et le désir d'aider Cécile, de la défendre contre des risques qu'il savait réels. Mais que pouvait-il faire ?

Il se raccrocha à sa tasse, avala son café, amer et

froid. Eut un léger haut-le-cœur. Inspirant profondément, il tendit son esprit et s'immergea dans l'atmosphère chaleureuse du *Blue Bar*. Des effluves de chiens mouillés lui parvinrent, amalgamés aux parfums bon marché ou plus luxueux, à l'odeur du café et des cigares.

Çà et là, des verres s'entrechoquaient avec, en fond sonore, Buena Vista Social Club. Des mots, s'échappant de conversations enflammées ou feutrées et intimes, venaient s'échouer à ses oreilles. Lui dévoilaient des fragments de vies, petits bonheurs ou grands malheurs inextricablement mêlés. Lui parlaient de dégâts des eaux, de caves dégoulinantes d'humidité, et du brouillard qui n'en finissait plus d'obséder et de rendre cinglés la plupart des gens.

Mais qu'est-ce que je peux bien faire pour cette gamine ? À peine dix-sept ans, et…

Des colères à n'en plus finir sur un visage d'ange, se dit-il en évoquant les traits délicats, le nez, petit et légèrement retroussé. Les cheveux longs et fins sous les doigts, perpétuellement emmêlés.

Il l'entendit revenir, reconnut sa façon de traîner les pieds, son pas alourdi par les semelles surcompensées de ses baskets.

— D'accord, fit-elle en se glissant sur la banquette.

— Quoi ?

— J'ai dit : d'accord. Je lui parle, si… si tu viens chez moi. Mais je t'interdis de mater ma mère !

— Ça risque pas, Cécile, répondit-il d'une voix douce.

— Oh, merde ! Excuse-moi… Parfois, j'oublie que…

— Continue, ça me fait du bien.

— T'es sûr ?

Il éclata de rire. D'un rire franc et clair.

Elle éprouva un irrésistible besoin physique de se blottir contre lui. Et qu'il soit le premier. Le seul.

Il perçut son trouble, et s'en émut. Plus de vingt ans les séparaient. Sans parler du reste. Toutefois, il admettait que ça aussi, ça lui faisait du bien. Un bien fou. Un peu moins de solitude et du baume au cœur.

Même temporairement, même quelques heures une fois par semaine, ça suffit à flatter mon ego, comme dit ma psy, à regonfler mon narcissisme, admit-il, aussi désabusé que touché par l'intérêt que lui portait Cécile.

Puis il se sermonna intérieurement.

— C'est dégueulasse ! lâcha-t-elle.

— Quoi ?

— Ben, tes… ta…

— Ma cécité ?

*

Les bras chargés, Fergus Bart poussa de l'épaule la porte du *Blue Bar*, se dirigea vers le comptoir, et y déposa deux magnifiques gerbes de fleurs.

— Salut, Alain, fit-il en serrant chaleureusement la main au patron, qui lui proposa un café cognac.

La conversation roula immédiatement sur les

problèmes consécutifs aux années de pluie. Caves, immeubles, cours intérieures, tout était imbibé d'eau. Les constructions les plus vétustes supportaient difficilement cette humidité.

Quant à ce brouillard persistant, chacun y allait de sa théorie. On postulait que l'eau de pluie remontait à la surface et se condensait en nuage. On invoquait un réchauffement de la planète. On penchait pour la guerre climatique. Tous cherchaient un exutoire à leurs angoisses face à ces phénomènes inexplicables.

Au sud de la Loire, les gens subissaient une alternance de pluie battante, d'inondation ou de canicule qui asséchait la terre et faisait le désespoir des cultivateurs.

Au nord, la pluie et le brouillard se disputaient le terrain. Parfois, une courte éclaircie venait réchauffer les cœurs, puis les gens se plaignaient du contraste, de l'excessive chaleur après un excès d'eau. De cette sinistre brume qui s'éternisait et rendait chacun mélancolique ou hargneux.

— Non mais, t'as qu'à voir, enchaîna Alain, j'ai investi dans un nouveau système d'aération, et un rideau d'air chaud. Ça me coûte une vraie fortune, cette flotte !

Fergus se contenta d'opiner du chef, sans vraiment écouter, la tête ailleurs.

— Bon, toi, t'es fleuriste, alors l'eau, forcément, c'est important… mais, pour nous, c'est différent.

Souriant, il remplit le verre de liquide ambré.

Fergus lui retourna son sourire.

— J'ai entendu un égoutier, hier matin, reprit le patron, en se servant un verre. Paraît que la situation empire, fit-il en indiquant le sol du doigt. Y en a même qui disent que la terre est tellement pourrie que tout va partir en morceaux.

Fergus haussa les épaules.

À côté de lui, un type, qu'il connaissait de vue mais qu'il ne remettait pas, renchérit, expliquant qu'une équipe de la voirie travaillait dans son immeuble depuis deux jours. À cause d'un mur qui s'était effondré, et menaçait de faire péter les conduites de gaz.

Fergus n'attachait plus vraiment d'importance à ces conversations de comptoir. Ça durait depuis des semaines. Il en avait profité pour développer, dans son arrière-boutique, une culture de plantes et de fleurs exotiques qui donnait d'excellents résultats.

L'effet de serre, songea-t-il, riant intérieurement.

Se laissant porter par le brouhaha ambiant, l'esprit à la dérive, il se détendait en dégustant son cognac.

Ses journées étaient remplies, fleuries et amicales. Au royaume de Fergus Bart, chacun trouvait la fleur de ses rêves. Ses affaires marchaient plus que bien. Seul bémol, il manquait de temps pour inventer, créer et réaliser ses idées.

Pourtant, il faudrait bien qu'il se consacre à ce nouveau projet qui prenait forme en lui. Mais à moins d'un événement extraordinaire, il ne voyait vraiment pas où trouver assez de temps libre pour concrétiser cette vaste composition florale, qu'il projetait d'exécuter pour début juillet.

D'un geste de la main, il salua tout le monde et rentra chez lui, l'esprit en ébullition. Une question le taraudait : comment passer inaperçu dans un cimetière ?

2

— Oh, merde! s'exclama Cécile, faut que j'y aille. Mais avant, je te raccompagne.

Dehors, il faisait plus sombre qu'en plein hiver.

Les enveloppant d'un bloc, la brume s'infiltra sous leurs vêtements et dans leurs bronches. Rasant les murs, de rares formes humaines, noires et branlantes, se faufilaient près d'eux.

Ils entendaient, comme dans un rêve, des voix étouffées et des parcelles de conversations hachées, diluées ou amplifiées par l'aspect ouaté du brouillard. La lueur des phares des voitures dessinait des yeux jaunes. Klaxons et autres avertisseurs ne cessaient de s'interpeller.

Bien avant que Cécile ne détecte les petites lumières rouge vif qui signalaient l'arrivée d'un patineur, Gwendal ressentit, pénétrant par la plante de ses pieds, le frottement des roulettes sur le bitume qui se répercuta à tout son corps. Puis le souffle que provoqua le passage d'un individu équipé de rollers, comme autant de vaguelettes contre sa peau.

— Et les filles? s'enquit-il en se dirigeant vers le faubourg Saint-Antoine.

— Je sais pas trop. Elles se font discrètes, ça, tu peux m'croire !

— C'est bien que tu aies décidé d'en parler. Vraiment bien.

Il lui pressa le bras, sentit ses émotions remonter à la surface de la peau. Des remous d'angoisse où s'entremêlaient les effluves de vanille et les relents aigres de la peur. De la brume.

Il se fit la réflexion que si le brouillard et la peur avaient la même odeur, alors, peut-être fallait-il y voir l'émanation de l'anxiété des gens. En trois ans, l'angoisse sécuritaire avait atteint son degré le plus élevé, entraînant autant de décrets de loi que d'interventions musclées, pour la plupart inutiles. Et si ce nuage qui enveloppait la ville était né d'un trop-plein d'inquiétude ?

Le suintement de la peur… de l'autre, de l'étranger, de l'inconnu, et puis du chômage, de l'avenir, de la mondialisation, ou d'être oublié, exclu, foutu. Peur d'être abandonné, d'être indigne et de faire confiance à la vie.

Conscient de toucher à ses propres appréhensions, il mit un terme à ses pensées.

— Tu sais, lâcha-t-elle abruptement, on ne meurt pas de se taire. Ça serait plutôt le contraire, non ?

— Détrompe-toi. Y a pas plus meurtrier que le silence. Et puis, juridiquement et moralement parlant, ça fait de toi une complice.

— Tu déconnes ou quoi ? Manquerait plus que ça, maintenant, tiens ! Complice, moi, merde alors !

46

Il voulut lui expliquer ce que ça signifiait d'être témoin, mais n'en fit rien.

À cause du vent qui se levait.

Il remonta le col de sa parka. Ça aussi, c'était nouveau. Brutales, des rafales surgissaient de nulle part, s'écrasant sur les gens avec la puissance de la mer déchaînée contre les rochers. Puis, instantanément, elles disparaissaient.

Au-delà du brouillard, d'où semblait sourdre une infinie détresse, âpre et sans cause apparente, le vent pétrifiait les gens et semait le chaos en eux, entraînant une augmentation sensible des suicides.

Le concernant, sa plus grande peur était de finir les tympans percés, tant le souffle du vent ressemblait, à s'y méprendre, à celui d'une bombe. Pire, c'étaient des dizaines de microbombes qui s'infiltraient dans ses oreilles, les unes à la suite des autres, au risque de le rendre complètement sourd. D'accentuer son isolement, sa rupture d'avec le monde des autres.

La brume ne représentait rien pour Gwendal, juste un écart de température qu'un vêtement supplémentaire réduisait à néant. À l'inverse des voyants, son imaginaire ne fonctionnait pas, n'éveillait aucune crainte en lui. Seul le contact des minuscules gouttelettes d'eau sur sa peau l'agaçait.

Mais dès lors que soufflait le vent, il sentait sa puissance et sa fureur lui pulvériser le corps, le transformer en véritable maelström. Un ouragan sonore qui mettait son équilibre en péril, exacerbant sa sensibilité jusqu'à la limite de l'insupportable.

Cécile se retourna, deux ou trois fois.

— Qu'est-ce qui se passe ? s'inquiéta-t-il.

— Rien... rien, je...

Impossible de ne pas regarder en arrière.

— Pourquoi, alors, te retournes-tu comme ça ?

Derrière elle, une trouée dans la masse brumeuse.

— Oh, putain !

— Quoi ?

— Scurf, murmura-t-elle, la respiration coupée, tandis que, par paquets entiers, les masses nuageuses se déplaçaient à la vitesse du vent.

— T'es sûre ?

— On aurait dit...

Un banc de brume remua, obstruant son champ de vision.

— Saloperie de purée de pois !

Elle avait les larmes aux yeux. Si c'était Scurf, alors ça craignait vraiment pour elle.

Il resserra son étreinte autour de son bras.

— Change de direction, lui intima-t-il. Traverse, bouge, on va trouver un endroit où se plan...

À neuf heures dix, à l'angle de la rue Claude-Tillier, un craquement épouvantable se fit entendre. Un deuxième, identique mais provenant cette fois-ci de la place de la Nation, lui fit écho. Lorsqu'ils sentirent le sol trembler sous leurs pieds, spontanément, ils se serrèrent l'un contre l'autre.

— Gwen...

— Chut ! On dirait...

Un fracas énorme l'obligea à se boucher les oreilles.

À l'intérieur de son corps, c'était comme si des milliers de cellules explosaient et se volatilisaient. À lui arracher un hurlement de douleur. Une houle sonore déferla en lui, prête à l'anéantir. Ses membres se vidèrent de leur sève, et ses muscles se contractèrent, empêchant le sang de les irriguer.

Voûté sous le poids du vent, momifié par la violence de l'impact, Gwendal cherchait son souffle. Se mêlant à la brume, une fine poussière lui obstrua les bronches. Il lui fallut plusieurs secondes, interminables, pour expulser un cri quasi asthmatique, et reprendre possession de lui.

Quelque part, des gens hurlèrent, mais leurs paroles se perdirent dans le vent.

Terrorisée, Cécile écarquillait les yeux à travers les nappes brumeuses qui s'enroulaient autour d'elle, balayées par l'explosion.

À neuf heures treize, le trottoir se mit à nouveau à vibrer. Quelqu'un passa près d'eux en gueulant que tout s'écroulait. Il sentit nettement le sol vrombir, comme prêt à éclater. Des centaines de vitres volèrent en éclats, déclenchant des mouvements de panique.

— Putain ! Gwen, qu'est-ce qui se…

— Je… une ex…

Plus bas, en descendant vers le métro Faidherbe-Chaligny, freinant brusquement, des voitures s'encastrèrent les unes dans les autres. Les klaxons se mirent à geindre sans répit. Plus haut, en remontant vers la place de la Nation, le même bruit de tôle métallique, les mêmes crissements de freins, inutiles et trop tardifs. Les mêmes cris de panique qui se répercutaient, assourdis par le brouillard.

À neuf heures quinze, l'hôpital Saint-Antoine se retrouva littéralement submergé, entre les malades qui criaient de terreur, les bris de glace et le vent qui pénétrait par les vitres, transportant poussière et autres débris.

À neuf heures dix-huit survint une nouvelle déflagration. Bien plus violente que les précédentes. Infernal pour son ouïe hypersensible, le bruit tétanisait Gwendal, et lui rappelait une autre explosion. Celle qui lui avait coûté la vue, sept ans auparavant. Un écho qui se réverbérait du fond de sa mémoire au faubourg Saint-Antoine.

Le vent s'engouffra entre eux, soulevant quantité de déchets. Voulant éviter un morceau de bois, Cécile lui lâcha le bras et le perdit de vue. Courant comme un dératé, quelqu'un la bouscula, agrandissant l'écart entre elle et lui.

Gwendal perçut le souffle brûlant de la dernière explosion qui remontait de la rue Claude-Tillier. Ça venait droit sur lui, créant des ondes de chaleur sur son visage. Il tourna la tête. À temps.

— Gwendal !

À droite. Deux ou trois mètres.

— Cécile ! brailla-t-il, en s'orientant au son de sa voix.

Elle tendit le bras vers lui, consciente que sa peur épousait la sienne.

Il se décida enfin à utiliser sa canne qu'il conservait repliée à l'intérieur de sa parka lorsqu'ils se promenaient ensemble. Il appréciait tant ces moments où il oubliait son état. Redevenant un homme au bras d'une jeune femme, il marchait dans les rues de Paris, le cœur temporairement allégé. Sans signe distinctif, sans aucune possibilité pour les autres de le cataloguer. De le renvoyer dans le monde marginalisé des aveugles.

À neuf heures vingt, le silence retomba, brutalement.

Une anormale tranquillité planait, à peine perturbée par les rafales de vent et cette infime confusion qui suit les catastrophes.

Profitant de cette accalmie, il recula à la recherche d'un mur où s'appuyer, tout en serrant le bras de Cécile.

— Et si on retournait au café ? demanda-t-elle, comme on se met à prier.

Luttant contre la terreur qui l'envahissait, Gwendal inspira profondément. Chaque perturbation géographique lui procurait une vive sensation de danger. Durant les longs mois de sa rééducation, le plus difficile avait été d'appréhender l'espace, et la menace insupportable que représentaient les innombrables changements de décor.

En suspension dans l'air, encombrant ses poumons, les cendres de l'explosion se fondaient dans la brume, distillaient un étrange avant-goût de mort. Le brouillard absorbait le silence ambiant, et des lambeaux d'humidité poussiéreuse lui collaient au visage.

En cet instant, du fond de sa nuit noire, Gwendal percevait le monde extérieur comme une immense poche d'air chaud et mouillé, se contractant et pulsant comme un organisme vivant qui se serait mis en tête de prendre possession de son corps terrorisé.

Épuisé, il laissa son sentiment d'impuissance monter, comme une lame de fond. Puis, parce qu'il en allait peut-être de leur vie, il écarta ce raz-de-marée émotionnel, repoussa, loin en lui, cette peur qui lui broyait les intestins et l'empêchait de raisonner.

— On y va ! lâcha-t-il d'une voix blanche.

Immobile, Cécile ne prêta pas attention au ton de sa voix.

Face à elle, se fendant d'un sourire narquois, Scurf scrutait attentivement Gwendal. Derrière lui, Funky et Willy, une montagne de muscles dotée d'un pois chiche en guise de cerveau.

— Hé, les mecs ! Il est pas beau le cum à Cécile ?

Tournoyant, le vent amplifia leurs rires.

Trois... ils sont au moins trois, compta Gwendal.

— Hé ! Qu'est-ce que vous dites de ça, fit Scurf avec un geste circulaire du bras. La fin du monde, les mecs ! C'est la fin du monde. Et moi, je suis l'Ange exterminateur !

Il éclata d'un rire sourd et inquiétant.

— Cécile... faut qu'on se parle tous les deux. Alors, lâche-lui la grappe, et suis-moi.

Elle se mit à trembler. Incapable de bouger, de crier ou de s'enfuir.

Statufiée, elle ne quittait pas Willy des yeux. Haut de deux mètres cinq, son énorme tête roulant sur un cou trop court, il avait les yeux légèrement exorbités, des bras épais comme des jambes, et des jambes aussi larges qu'un tronc d'arbre.

Un monstre, se dit-elle, regrettant de ne pas avoir écouté Gwendal plus tôt.

Trop tard !

Le vent siffla, fit tourbillonner des bourrasques de brume autour d'eux. Gwendal tentait de se calmer, d'échapper au vacarme et à la terreur qui le laminaient. De faire fonctionner ses neurones complètement englués dans la peur. Que pouvait-il faire contre Scurf, ce chien fou de seize ans, déchaîné et sadique ?

La puissance des rafales l'empêchait de se tenir droit. Vacillant, il s'arc-bouta et se trouva à nouveau séparé de son amie. Non pas à cause du vent, mais bien de Scurf qui venait de l'empoigner sauvagement, la tirant à l'écart.

— Cécile !

Le vent emporta son cri.

Frappant le sol de sa canne, paniqué, Gwendal avançait dans la masse quasi compacte de la brume. À croire que le vent compressait les milliers de gouttelettes d'eau entre elles pour en faire un mur de béton liquide. Du moins était-ce la sensation physique qu'il éprouvait au contact du brouillard. Il se cogna contre… une poubelle, peut-être. Concentré sur les voix, il reprit droit devant lui. Marchant à petits pas instables, il manqua de s'affaler lorsqu'il buta contre…

— Scurf ? hasarda-t-il.

— Bien vu, l'Aveugle. Allez, casse-toi.

— Laisse-la tranquille.

— Woualou ! Tu me fais peur, mec, jeta Scurf d'une voix dangereusement basse.

Gwendal enregistra son odeur. Un mélange épicé sous le piquant d'une crème, de celles qu'utilisaient les sportifs. Une haleine mentholée. Soudain, il perdit l'équilibre. Scurf venait de lui arracher sa canne.

— Dis, papi, pourquoi t'obéis pas gentiment, hein ? DÉGAGE !

Sourire fielleux et voix éraillée, poursuivit Gwendal, en retrouvant son aplomb. Haineux et sûr de lui. Habitué à commander. Cruel. Plus petit que moi… dans les un mètre soixante-quinze. Fusant à la vitesse de l'éclair, les informations affluaient à son cerveau.

Scurf envoya valdinguer la canne qui disparut, happée par la brume.

— À l'aide ! vociféra Gwendal. Au secours !

— Te fatigue pas, mec. Ils sont tous occupés à foutre le camp.

— Pourquoi ? ne put-il s'empêcher de demander, conscient de l'incongruité de sa question.

Scurf eut un petit rire sadique.

— Ça pète de partout ! T'as pas encore pigé, mec, c'est la fin du monde ! Et mon jour de chance.

Gwendal sursauta. Un sanglot s'écrasa au fond de sa gorge. Il était seul pour protéger Cécile. Autant dire qu'elle allait devoir se débrouiller sans lui. Une fois de plus, il maudit sa cécité et la rage éclata en lui, ébranlant ses dernières forces.

Désespéré, il tendit le bras, se saisit de celui de Scurf à la recherche de son poignet sous la veste en cuir.

Grain de la peau, souple. Chaud et lisse. Poils épais, donc bruns.

— Hé, tu m'lâches, là !

Au son de sa voix, Gwendal comprit qu'il était foutu.

— C'est une gamine, reprit-il, elle…

Il se plia en deux sous le choc, la respiration coupée par le coup de poing qu'il reçut en plein dans l'estomac. Jouant le tout pour le tout, tête baissée, il se précipita sur Scurf qui s'écarta, et le regarda s'écraser sur le sol.

Couvrant le cri de Gwendal, un rire claqua dans l'air.

Scurf tourna la tête et harponna Funky d'un regard qui fit blêmir ce dernier. Apathique, Willy retenait Cécile, un bras enroulé autour de sa gorge. Dans sa tête, le vent chantait. Et Willy l'écoutait.

Il observa Scurf flanquer un premier coup de pied dans le plexus, et un deuxième dans le bas-ventre de Gwendal qui, hurlant, roula sur le côté et s'évanouit. Déchaîné, il le bourra de coups, jusqu'à le laisser pour mort.

— Allez, les *gremlins*, on gicle, fit-il.

— Et lui ? couina Funky, les yeux brillants d'excitation. Tu l'crèves pas ?

Amicalement, Scurf passa un bras musclé autour de ses épaules. Lui chopant le lobe de l'oreille, il tira dessus. Un coup sec. Brutal.

— Si t'reconnait, hein ? gémit Funky.

Scurf lui colla une claque, à l'arrière du crâne.

— Toujours aussi con !

Un peu en retrait, impassible, Willy renforça son

emprise autour du cou de Cécile. Ronds et fixes, ses yeux ne quittaient plus Gwendal.

Quelque chose lui déplaisait.

Quelque chose se frayait un chemin de son corps immense à son esprit, plus lent, et si naïf pour un garçon de son âge. Arriéré, disaient les autres. Willy scrutait le corps ensanglanté de Gwendal, et laissait la colère monter graduellement en lui.

Scurf s'approcha de Cécile, en tirant Funky par la nuque.

— Allez, Funky, explique pourquoi le cum à Cécile y craint pas.

— L'est aveugle.

— Bravo ! Et pourquoi Cécile, elle craint ?

— Parce que… elle est pas aveugle ?

Scurf soupira, se retint de le tabasser et relâcha son étreinte pour s'occuper de Cécile.

— Alors, paraît que tu causes trop ?

— J'ai… j'ai rien… dit… Juré, Scurf ! Rien… rien du tout.

Funky se mit à ricaner. Scurf lui colla une autre baffe.

Nerveux, Willy s'agita, augmentant involontairement sa pression sur la gorge de Cécile qui s'étouffa de douleur.

Si Willy acceptait les ordres et les moqueries de Scurf, c'était uniquement à cause de Funky. Il l'aimait bien, le trouvait doux et frêle, toujours dans la lune. Même quand il jouait les gros bras, Willy ne voyait en lui qu'un lutin perdu dans le monde des hommes. Aussi, quand on s'en prenait à Funky, il se sentait devenir bizarre. Très bizarre. Faudrait pas que Scurf déconne de trop.

— Même pas à ton aveugle ? reprit ce dernier, conscient de l'état de Willy, à qui il fit signe de se calmer.

N'étant plus à un mensonge près, Cécile secoua négativement la tête. Une paire de claques lui déchira la lèvre inférieure. Elle gémit, se sentit devenir cotonneuse, mais trouva l'énergie de pousser un cri lorsqu'elle vit le poing de Scurf se lever. Le coup la laissa au bord de l'évanouissement. Pas suffisamment loin du bord, toutefois, pour ne pas deviner ce que manigançait son bourreau.

De la poche de sa longue et souple veste en cuir, Scurf sortit une paire de gants, en cuir très fin, qu'il prit le temps d'enfiler. Puis un couteau. Histoire de laisser un souvenir indélébile à cette connasse qui se prenait pour une starlette. Avec les balafres qu'il se préparait à dessiner sur sa jolie petite gueule, elle se tiendrait à carreau.

Muette de terreur et nauséeuse, Cécile jetait des regards désespérés autour d'elle, espérant encore l'aide de quelqu'un.

Une derrière gifle la laissa plus morte que vive.

Willy glissa ses bras énormes sous ses aisselles, l'empêchant de s'effondrer sur le sol comme une chiffe molle. Puisque Scurf lui avait ordonné de la tenir debout, il s'exécutait. Mais son impassibilité ne masquait en rien son manque d'entrain. Ni son irritation croissante.

Ce qui n'échappa pas à Scurf.

S'il n'avait rien à craindre de Funky, qu'il tenait

par les couilles depuis des mois, du jour au lendemain, Willy pouvait devenir incontrôlable. Son estomac se contracta. Qu'est-ce qu'un tas de muscles
aussi stupide que Willy pourrait bien faire s'il
pétait les plombs ? Il préférait ne pas savoir.

Lorsqu'il avait décidé de suivre Cécile jusqu'à la
place de la Nation, c'était uniquement dans le but
de lui foutre une dérouillée pour qu'elle se taise.
En général, avec les filles, ça suffisait.

Il eut un léger rictus, en repensant aux deux flics
qui squattaient depuis des semaines à la sandwicherie. À son business qui ne se portait pas au
mieux ces derniers temps. À l'ambitieux projet
qu'il mettait en place, et que cette pétasse risquait
de foutre en l'air !

Intimement convaincu que la bande à Raja se
tairait, car les filles n'avaient pas d'autre échappa-
toire que d'obéir et de la fermer, Scurf voyait en
Cécile, qui n'appartenait pas plus à leur monde
qu'elle n'était astreinte aux règles de la cité, un
danger qu'il fallait neutraliser. À n'importe quel
prix.

— J'vois pas d'autre solution, Cécile.

D'un geste lent et savamment calculé, il se
tourna vers Funky et lui tendit le couteau. Il venait
de décider que les claques et les estafilades ne suffisaient plus à le tranquilliser.

Pétrifié, Funky contemplait la lame. Lorsqu'il
osa enfin regarder Scurf, deux éclats rougeoyant de
colère et de haine le brûlèrent. Un regard impossible à soutenir, qui lui fit cligner des yeux plusieurs
fois de suite, de façon incontrôlable.

Les mains moites, il se saisit du poignard, et reconnut la marque sur le manche. Ses jambes se dérobèrent sous lui. Cette arme, c'était la sienne, celle qu'il cherchait depuis des semaines. S'il comprenait que quelque chose ne tournait pas rond, il n'était plus en mesure de réfléchir. Tout se brouillait en lui.

Scurf eut un mauvais sourire.

— Tu veux jouer dans la cour des grands, mec? Alors, magne! fit-il, bien trop calmement.

Funky déglutit difficilement, sentit la peur lui brasser les intestins. Entraperçut le regard de Willy, transperçant d'égarement et d'une infinie tristesse. Une bouffée de panique lui monta à la tête. Ses yeux s'injectèrent de sang, se vidant simultanément de toute trace de vie. Willy ne put réprimer un tremblement.

Froidement, Scurf observait Funky, évaluait son état, conscient de pouvoir le pousser exactement à l'endroit qu'il désirait atteindre.

Il est cuit, constata-t-il, satisfait. Prêt à signer son arrêt de mort.

Il allait faire d'une pierre deux coups.

Faire taire cette meuf qui l'emmerdait, et se débarrasser de ce poids mort qu'était devenu Funky depuis qu'il reniflait trop de dope. Nettoyer le terrain, pour mieux asseoir une réputation que certains lui contestaient depuis quelque temps. Tout compte fait, les choses se déroulaient mieux que prévu.

Il décrocha un adorable sourire à Cécile, se disant qu'elle lui rendait un foutu service.

— Alors, Funky, t'es une lope, ou quoi ?

Ça résonnait comme un défi. Scurf s'impatientait.

Ta race, Scurf ! Fils de…

Sentant son estomac se serrer, Funky retint une subite envie de vomir. Et dire que ça faisait des mois qu'il rêvait de devenir le bras droit de Scurf ! D'être un caïd, craint et respecté, et de quitter son petit business qui rapportait peu et le laissait sur sa faim. Lui, il voulait la grande vie.

— T'actives ! s'énerva Scurf. Ou c'est Willy qui s'y colle.

— Ça l'fait…

Le vent se mit à rugir.

La brume tourbillonnait autour d'eux, les effaçant et les faisant réapparaître tour à tour. Funky perdit momentanément l'équilibre. S'arc-boutant, Scurf écarta légèrement les jambes pour mieux tenir debout. Involontairement, Cécile s'écrasa un peu plus contre l'énorme Willy qui demeurait ferme et rigide, faisant parfaitement corps avec le vent.

Lorsque Funky s'approcha, le couteau à la main et le poing serré autour du manche qui lui brûlait la paume, Cécile perdit connaissance. Face à elle, Funky sautillait d'un pied sur l'autre. Indécis.

Brusquement, Willy s'énerva.

Lâchant Cécile, il repoussa Funky qui manqua à son tour de s'étaler et se dirigea droit sur Scurf. Surpris et inquiet, celui-ci recula. D'un mouvement de tête, il fit comprendre à Funky de se tenir tranquille.

— Woualou, Willy !

Le colosse s'arrêta, dodelina de la tête, tiraillé en dedans. Entre Scurf et Funky. Aussi énervé que triste, il tentait d'y voir clair. Ne comprenait pas pourquoi il fallait tuer cette fille, et trouvait cela injuste. Contre nature. Ça lui mettait le cœur à l'envers, et le sang lui montait à la tête, inondant son esprit d'une marée rouge.

Le vent souffla, balayant la brume autour d'eux.

Willy se tourna vers Funky, vit le couteau briller dans sa main et fonça sur lui.

Merde, ce connard va tout faire foirer ! jura Scurf en hésitant sur la marche à suivre.

— Déconne pas, Willy ! gueula Funky lorsque la main du géant se referma sur la sienne.

Les jointures des doigts craquèrent, et Funky sentit la peur et la douleur asphyxier son organisme, lui bloquer le cerveau. Willy lui secouait le bras afin de lui faire lâcher prise, sans réaliser que l'autre en était parfaitement incapable. L'étau qui enserrait la main de Funky n'aurait pas permis à un grain de sable de s'échapper. La respiration altérée par la souffrance, Funky eut un geste que Willy interpréta de travers.

Blême, il entendit sa main se briser sous la pression, vit son bras se retourner, et la pointe du couteau pénétrer dans la chair. Hébété, Willy le lâcha enfin, fit volte-face et dévisagea Scurf de ses yeux d'agate bleue.

Hypnotisé, les jambes agitées d'un léger tremblement nerveux, Scurf regardait le liquide, rouge et chaud, s'écouler à grands flots du ventre de

Funky. L'adrénaline lui fouettait le sang et les tempes. Ça bourdonnait dans sa tête.

Putain de merde ! Putain de merde !

Il planta deux yeux fous dans ceux de Willy, cherchant à dominer l'immense rage qui s'emparait de lui. Ce sale con de débile mental venait de tout faire foirer ! Fallait-il laisser Funky crever sur le trottoir ? Et Cécile ? Dans les pommes, amochée, mais capable de les dénoncer dès qu'elle reviendrait à elle.

— Reste calme… bouge pas.

Willy ne bougea plus. Vraiment plus.

À neuf heures trente-six, semblant provenir des quatre coins de Paris, des sirènes retentirent.

Debout, dans la brume et le vent, Willy regardait loin derrière Scurf, ayant déjà oublié Funky et le couteau qu'il lui avait planté dans le corps. Se détachant dans le gris de la brume et l'orange des flammes qui ravageaient la rue Claude-Tillier, son visage lunaire, couleur de craie, n'exprimait rien. Les yeux tendus, Willy humait le vent.

Totalement cramé… Bon, faut s'bouger, s'énerva Scurf, et vite !

— Willy, ramasse l'autre connasse, on s'arrache.

Sans un mot, avec une lenteur imposante, Willy se baissa, s'empara du corps de Cécile, qui le surprit par sa légèreté, et le jeta sur son épaule. Fasciné, Scurf lorgna une dernière fois le sang qui s'enfuyait du corps de Funky. Son regard, agile et nerveux, virevolta du couteau à la mare rouge qui s'agrandissait sur le trottoir. Puis il s'ébranla et chercha Willy.

Marchant en tête, celui-ci rêvait d'un monde rond et chaud. Pour oublier.

La peau douce de Cécile, et son parfum à la vanille.

Le regard de Funky, strié de désespérance.

Les yeux du Mal qui mangeaient le visage de Scurf.

3

Le quartier de la Nation baignait dans un silence morose, que les brumes matinales ne faisaient qu'accentuer.

Dégustant son premier café de la journée, Jeanne se sentait à plat, étrangement calme. Trop calme. Avec cette impression familière d'être coincée et de tourner en rond.

Debout au comptoir du *Blue Bar*, elle réfléchissait à sa vie, et à la quantité impressionnante de dossiers qu'elle avait accepté de traiter en quittant la police. Enfin, *quitter* n'était pas vraiment le terme. Plutôt prendre ses distances et acquérir une certaine indépendance. Ça datait de quelques mois. Juste après cette sale affaire de disparitions du côté du zoo de Vincennes[1].

Jeanne en avait eu sa claque des emmerdements liés à l'organisation interne de ses différents services, ne supportant plus d'avoir à se justifier en permanence. Ni de se faire balader de ville en ville, de brigade en commissariat, selon l'humeur de sa

1. *Portées disparues*, Folio Policier, n° 429.

hiérarchie. D'un côté, on la mettait sur la touche, de l'autre, on gardait un œil sur elle.

Elle s'était sentie lasse de se bagarrer : trop de nuits blanches à s'abîmer la vue sur des dossiers aussi obscurs que complexes. Lessivée de s'affronter à ce que l'humanité portait de plus laid et de plus vil, gavée de remplir des kilomètres de procès-verbaux qui n'intéressaient personne, un matin elle s'était rendue dans le bureau de son supérieur et lui avait annoncé sa démission.

Hors de question ! lui avait-on rétorqué.

Ayant imaginé que sa décision serait favorablement accueillie dans les hautes sphères de l'administration policière, il lui avait fallu quelques minutes pour réaliser qu'il en allait autrement. Si, en haut lieu, tout le monde ne l'appréciait pas, si certains estimaient que ses méthodes relevaient par trop du «hasard», d'autres semblaient ne pas pouvoir se passer d'elle : Jeanne Debords avait une sorte de talent inexpliqué pour résoudre les affaires les plus tordues.

Puisqu'elle voulait son indépendance, accepterait-elle néanmoins de continuer à travailler pour l'État ? Ou bien avait-elle décidé de jouer au détective, ce qui finirait par l'obliger à se mettre en marge de la loi. Elle ? Une fille de juge.

Jeanne ne douta pas un instant que ses interlocuteurs, à commencer par le préfet, connaissaient le poids d'un tel argument. Elle négocia cette nouvelle «mutation» en acceptant la direction du BEP, le bureau d'enquêtes parallèles, destiné à gérer les cas irrésolus qu'abandonnaient les enquêteurs, faute de temps, d'une piste valable et de moyens.

Jeanne possédait, selon ses supérieurs, toutes les qualités requises pour s'occuper des cadavres laissés pour compte. Son obstination et sa perception si particulière d'une scène de crime, qu'il s'agisse d'intuition, d'instinct ou de prémonition, faisaient d'elle l'une de leurs plus talentueuses enquêtrices.

Nerveuse, tenace, insupportable, mais douée.

Chiante, incontrôlable, butée, mais talentueuse.

Jeanne était ce que l'on appelle un «nez».

Dotée d'une hypertrophie de l'odorat, elle n'avait pas son pareil pour identifier des odeurs imperceptibles aux autres. Ce qui était un atout sur les lieux du crime — car la moindre émanation lui évoquait des images — pouvait devenir au quotidien un véritable calvaire.

Toutefois, comment utiliser cet univers olfactif lorsqu'il s'agissait d'apporter des preuves irréfutables pour coincer un meurtrier ? ne cessait-on de lui rabâcher. Jeanne avait appris à ne pas s'étendre sur le sujet.

Le BEP lui permettait de rester dans le système, tout en menant le plus librement possible ses enquêtes, sans pour autant tomber dans l'illégalité.

Elle et son équipe — les lieutenants Irma Buget et Frédéric Parthenay — avaient récupéré dix ans d'affaires non résolues. Plus de six cents dossiers, soigneusement ficelés et empaquetés, étaient arrivés dans leurs nouveaux bureaux, situés derrière la place de la Nation. Et Jeanne avait compris qu'elle s'était fait avoir.

Non résolues…

Cela signifiait des centaines d'affaires criminelles, pour la plupart des meurtres ou des disparitions. Des histoires sordides, avec leur lot de corps abandonnés et mutilés, de familles en pleurs, en face desquelles elle ne savait jamais très bien comment se comporter.

Ce matin, ça sentait la peur qui aigrit l'air et l'humeur des gens.

Ça fleurait l'angoisse qui cavale dans les veines de la terre, comme dans les entrailles de l'humanité. Elle verrouilla son esprit pour endiguer le flot d'images qui s'emparaient de son mental. Ces derniers temps, elle n'avait que des visions désastreuses.

Que faisaient donc ces hommes et ces femmes qui arpentaient la vie comme des dormeurs en suspension ? À quoi pensaient-ils en se levant chaque jour ? Où couraient-ils du matin au soir ? Et après quoi de si important et de si urgent, qu'ils ne prenaient même plus le temps de vivre.

Elle chassa ses pensées, et s'ébouriffa les cheveux qu'elle avait courts, châtains et désordonnés.

Au bout du compte, depuis six mois qu'elle dirigeait le BEP, elle bossait autant pour la PJ que pour la gendarmerie nationale, et personne ne la laissait souffler.

Elle recommanda un café, en se traitant d'imbécile.

Heureuse, car elle jouissait d'une véritable autonomie pour mener ses enquêtes, tout en s'appuyant sur les différents services de la police.

Heureuse, mais imbécile !

Pas une minute de répit. Pas un jour sans qu'un procureur, un préfet ou un juge ne lui téléphone pour savoir où elle en était.

Odeur d'arnaque.

Les dossiers non résolus semblaient brusquement être devenus le seul point de mire de ses «anciens» supérieurs, qui, de plus, essayaient de lui refiler n'importe quelle affaire jugée épineuse.

Mais si ce matin Jeanne était en rogne, c'était pour une autre raison.

Depuis des semaines — et au fil du temps cela faisait des mois —, elle repoussait un inévitable coup de téléphone qu'elle s'était pourtant juré de passer.

Sa dernière enquête «officielle» lui avait permis de comprendre à quel point sa longue et stérile querelle avec son frère ne menait nulle part. Celui-ci lui en voulait de n'avoir pas su convaincre sa hiérarchie, plusieurs années auparavant, de poursuivre l'enquête sur le meurtre de leurs parents.

Et lui, qu'a-t-il fait ? s'insurgea Jeanne, dont le calme apparent n'était qu'une forme déguisée de colère.

Noire, ancienne et solidement intériorisée.

Après tout, il avait exercé en tant qu'avocat ! Il devait bien avoir conservé quelques contacts influents qui auraient pu lui permettre d'accéder au dossier du juge Debords.

Odeur d'incompréhension. Filandreuse et rêche.

Le temps lui filait entre les doigts.

L'accumulation des affaires sur lesquelles elle bûchait ne lui permettait pas de se consacrer au seul dossier qu'elle souhaitait voir aboutir. Celui de la mort de ses parents. Celui pour lequel elle avait accepté la responsabilité du BEP. Et, comme par hasard, c'était le seul dossier qu'on avait «omis» de lui remettre.

Odeur de doute.

L'effleurant, une pensée, pâle et encore floue, la fit se tendre.

Se pourrait-il que…

Car, à bien y réfléchir, cette indépendance, acquise avec une déconcertante facilité, et l'intérêt porté à ses affaires non résolues, tout cela n'aurait-il, en fait, d'autre but que de l'empêcher de rouvrir celle qu'elle désirait plus que tout au monde résoudre ?

Je frôle la paranoïa, se dit-elle, ou bien je cherche un quelconque motif pour me défiler.

Et pourtant…

— Merde ! lâcha-t-elle, en renversant sa tasse.

— C'est rien, fit le serveur. J'vous en ressers un autre.

Elle s'abstint de répondre. Se passa plusieurs fois la main dans les cheveux, signe d'énervement. Consciente de sa colère, et d'une certaine impuissance, elle s'ordonna de se calmer, et d'agir. Aujourd'hui, ce matin même, à peine arrivée à son bureau, elle téléphonerait à son frère.

Une fois de plus, elle se promit de réfléchir au meilleur moyen d'obtenir la réouverture de l'affaire Debords. Paranoïaque ou pas, sa conviction était établie. Ces dossiers, et l'enthousiasme qu'ils suscitaient, ça sentait le coup pourri. En cet instant, elle fut convaincue qu'on la maintenait volontairement dans cette étrange position.

Fait chier !

On ne pouvait pas — on ne voulait pas — lui rendre sa liberté. Des fois qu'il lui prendrait l'envie de fourrer son nez Dieu sait où ! Mais on ne voulait pas plus lui laisser mener une carrière normale. Alors, on l'occupait, on la dirigeait sur des postes pilotes et on la mutait régulièrement, pour mieux la contrôler.

Elle soupira d'agacement, alluma une cigarette. Tout ça, c'était de la foutaise, car une seule question méritait réflexion : en quoi la mort du juge Pierre Debords, neuf ans plus tard, posait-elle encore problème ?

— Bonjour, Jeanne. Ça va ?

Tournant la tête, elle aperçut Frédéric Parthenay qui semblait aussi mal luné qu'elle.

— Salut. T'es matinal, non ?

Fred se contenta d'un haussement d'épaules.

Il avait passé la nuit à rêver de mariage, se voyant habillé de noir, coincé à l'église, entre deux femmes — l'une avait les traits de sa mère, l'autre ceux de son père. Face à un prêtre dont le visage était froissé par une colère incompréhensible, et qui, excessivement impatient, lui répétait à l'envi : « Voulez-vous prendre… »

Incapable de lui répondre, il se tournait vers sa mère pour découvrir qu'elle avait le visage d'Irma et qu'elle se moquait de son indécision ; blessé, il se tournait vers son père, pour faire face à Jeanne Debords, le visage fermé, concentrée sur les paroles du prêtre. Durant un laps de temps qui lui parut interminable, il ne cessa de tourner et retourner la tête vers sa mère-Irma, vers son père-Jeanne.

Il s'était réveillé en sueur et oppressé, gigotant comme un furieux dans son lit, et s'était levé complètement déprimé. À l'aube de ses trente-deux ans, il se faisait un sang d'encre, pour cause de célibat prolongé.

— Dis-moi, Fred, tu ne devais pas aller en province ?

— J'ai annulé. Hier soir, on a finalement retrouvé les pièces manquantes du dossier Verdon.

— Ça va ? s'enquit Jeanne.

— Disons que… Non, ça ne va pas. Vraiment pas. Tu peux m'expliquer, toi, ce que j'ai avec les femmes ? À croire que je les fais fuir !

Jeanne sourit.

— C'est Irma ?

Fred sursauta.

— Irma ? Qu'est-ce qu'elle a à voir avec…

— Rien… Je croyais que… enfin, que tu en pinçais pour elle.

Rougissant jusqu'à la racine des cheveux, qu'il avait brun foncé, à peine filés de gris, il piqua du nez sur sa tasse.

Jeanne ne put retenir un fin sourire.

Depuis qu'ils travaillaient ensemble, à raison d'une bonne douzaine d'heures par jour, elle pouvait difficilement ignorer les aléas amoureux de ses coéquipiers. Des frasques de la bouillonnante Irma aux incertitudes de Fred, qui n'étaient un secret pour personne. D'autant qu'il ruminait souvent, avec cet accent ensoleillé qui lui collait à la peau comme Marseille, sa ville natale.

Musclé et trapu, il se déplaçait à la manière d'un danseur, ou, mieux, d'un boxeur, dont il gardait le nez cassé, suite à une rixe qui remontait à des lustres. Il sentait le pastis et le basilic en permanence. Bien que Marseillais jusqu'au bout de l'âme, il se refusait à ponctuer ses phrases à la manière de ses concitoyens, arguant détester la vulgarité, surtout chez les femmes. Un sujet épineux entre lui et la très colorée Irma.

Jeanne ne comprenait pas comment il se débrouillait. Intelligent et fin, attentif aux autres, et possédant un charme incontestable, il semblait incapable de vivre une relation amoureuse satisfaisante. Elle se demanda ce qu'il pouvait bien en être de sa vie sexuelle, sujet qu'elle repoussa rapidement, car il la renvoyait à elle-même.

— Dis-moi, t'as parlé à Irma ?

— Quoi ? T'es folle !

Il s'empourpra de plus belle.

— Excuse-moi, je voulais dire…

— J'ai compris, répliqua Jeanne, se retenant de rire.

— Écoute, Irma, c'est vraiment compliqué pour moi. Tu comprends, on se connaît depuis des années, on travaille, on mange et on enquête ensemble… On vit comme un couple, sauf que… Bref, ce matin, j'ai décidé d'aller voir un psy, conclut-il à voix basse.

— Y a pas de honte, tu sais.

— Je sais. Mais quand même.

Il n'ajouta pas qu'elle lui posait un problème identique à celui d'Irma.

Jeanne esquissa un sourire qui s'évapora immédiatement.

Tout compte fait, elle pouvait bien se foutre de Fred, elle était aussi manche que lui. Comment se faisait-il que le simple fait de parler à l'un de ses proches soit si laborieux ? Elle n'en savait rien, se sentait lâche et stupide, ce qui ne l'aidait pas à avancer. C'était si simple, pourtant. Il suffisait de décrocher le téléphone !

Sauf qu'elle avait beau faire, se fustiger et se sermonner chaque jour, sa main s'écartait obstinément du combiné dès qu'il s'agissait de parler à son frère. Mais il y avait autre chose, que le lieutenant Frédéric Parthenay venait brutalement de réveiller.

Depuis bientôt un an, elle entretenait une relation amoureuse relativement stable avec Khaled, un des photographes de l'Identité judiciaire. Sauf qu'il était absent depuis un mois, et n'avait donné aucun signe de vie.

S'il bossait dans la police, mordu de photo, Khaled se débrouillait pour réunir l'ensemble de ses congés afin de partir à l'étranger, et de mettre le monde sur papier glacé. Cette année, son choix s'était porté sur la Biélorussie.

Au bout de cette route, il avait un vieux rêve à concrétiser : exposer. Quitter la police et sa violence, pour arpenter le monde, qui n'était pas exempt d'autres violences. Mais, surtout, il avait besoin d'être seul, de réfléchir à sa vie et à leur relation. À son rêve. Conclusion, elle n'avait aucune nouvelle, et commençait à mesurer le vide qu'il avait créé en la quittant.

Agacée, elle s'ébouriffa la frange, songea que son célibat commençait sérieusement à lui peser. Qu'elle en avait marre de s'endormir et de se réveiller seule, dans un lit à moitié gelé. Que sa sexualité mise au placard était, sans nul doute, également à l'origine de cette incroyable énergie qu'elle déployait pour résoudre cette montagne d'affaires irrésolues.

Ce matin, elle en avait ras la caisse de cette irritation qu'elle ne savait qu'enfouir en elle, et qui lui donnait envie de boire et de fumer à outrance. Le temps d'une seconde, elle se dit qu'elle ferait bien de suivre l'exemple de Fred, et de retourner voir son psy. La seconde d'après, elle abandonnait l'idée.

— Et l'affaire Joual, ça avance ? s'enquit Fred, conscient que Jeanne était perdue dans ses pensées.

— Absolument pas. Pourtant, je suis certaine que nous sommes sur la bonne voie. Ce greffier, cuisine-le un peu. Mieux, fous-lui la pression. On patine sur une affaire qui devrait être bouclée depuis un bail !

— Je sais, Jeanne, je sais…

— Débrouille-toi comme tu veux, Fred, mais trouve-moi quelque chose de solide ! N'oublie pas que j'ai un an pour faire mes preuves. Autrement dit : il nous reste six mois pour démontrer à notre chère hiérarchie combien nous sommes valeureux, nous, les autonomes !

Fred sourcilla. Il y avait bien plus qu'une note amère dans la voix de Jeanne. Ça sentait la déprime.

— Tu vas bien, Jeanne ?

— Bon, et si on allait bosser ?

Fidèle à elle-même, elle se dérobait dès qu'il s'agissait de parler d'elle. Il n'insista pas, ayant appris à attendre qu'elle prenne la parole d'elle-même.

— Au fait, tu connais la dernière d'Irma ?

Se fendant d'un sourire, elle hocha négativement la tête. Avec Irma, il fallait s'attendre à tout.

— Elle s'est mise au cigare ! lâcha Fred, visiblement choqué.

En sortant du *Blue Bar*, ils passèrent devant *Fleurs de rêve*, la boutique de Fergus Bart.

Puis ils longèrent le cimetière de Picpus, où se côtoyaient dans le repos éternel le général Lafayette, honoré chaque 4 juillet, et les anonymes des fosses communes où furent jetés pêle-mêle religieuses, gens du peuple et nobles, victimes de la révolution de 1789.

Odeur de terreau et de vieilles pierres.

Jeanne eut une brève vision de la place de la Nation, alors que les révolutionnaires tiraient des charrettes emplies de corps guillotinés. Des corps sans tête. Des têtes à jamais séparées de leur corps.

Elle frissonna. S'ébroua pour éloigner cette image, puis composa le code de l'immeuble qui abritait le BEP. Fort heureusement, les incidents du faubourg n'avaient pas atteint cette zone. Pour la première fois de sa vie, elle appréciait l'endroit où elle vivait et travaillait, se mettait même à avoir des idées de décoration. Des envies de recevoir chez elle. Encore faudrait-il qu'elle prenne le temps de faire quelques rencontres !

Il faudra que je pense à acheter une plante ou deux, se dit-elle.

Surgit alors l'image de sa mère en train de jardiner. Son frère et elle dans le jardin.

Lui téléphoner, aujourd'hui.

4

Un orage d'une exceptionnelle violence avait nettoyé le ciel.

Dès l'aube, une fine brume s'était réinstallée, accompagnée d'un vent aigre et coupant. Étendu sur le trottoir, couvert de crasse et de sang, une énorme bosse au front, Gwendal n'inspirait que dégoût et rejet à ceux qui le croisaient.

Suite au passage à tabac dont l'avait gratifié Scurf, il était resté inconscient un long moment, avant de se réveiller. Durant il ne savait plus combien de temps, il avait cherché à se rappeler ce qu'il faisait en pleine rue, le corps endolori et l'esprit confus. Maladroitement, il s'était relevé et s'était dirigé droit devant lui, dévoré par l'angoisse.

Au bout d'un temps qui lui sembla infini, les doigts écorchés à force de s'agripper à tout ce qu'il rencontrait, exténué moralement et physiquement, il s'était engouffré dans une rue qui descendait vers Daumesnil. Par à-coups, il appelait à l'aide, sans comprendre que les gens le fuyaient, épouvantés par son aspect et son air hagard.

Titubant dans les rues désertées, il s'était

assommé contre un réverbère, avait glissé le long du trottoir, où il gisait depuis. Mais tout cela ne formait plus dans son esprit qu'une résille de souvenirs, effilochée et trouée, dont il se fichait pas mal. Gwendal rêvait qu'il flottait.

Au-dessus de son corps.

Les yeux grands ouverts.

Recouvrer la vue, ne serait-ce qu'à travers ce rêve insolite, c'était retrouver la vie. Le goût d'être vivant. Sauf qu'à bien y regarder il avait l'air aussi mort qu'un macchabée raide étendu dans un tiroir à la morgue. Une situation qui ne paraissait troubler personne, puisqu'il était allongé dans cet état depuis la veille. Excepté un ou deux hommes plus misérables que lui, personne ne voulait prendre le risque de toucher, ne serait-ce que du bout des doigts, cet amas de vêtements détrempés et de chairs boursouflées.

Pour l'heure, il jouissait d'une sensation euphorique.

Depuis combien de temps évoluait-il dans cet entre-deux-mondes ? Il n'en savait rien et se contentait de vivre pleinement ces instants précieux où ses yeux n'étaient plus deux globes inertes. Batifolant autour de son corps, il observait la rue et ce qui s'y passait.

Redécouvrait les couleurs, les perspectives et les lignes de fuite. L'horizon. Malgré le gris de la brume, du bitume et des rares visages qui se tournaient vers lui.

Ainsi cet homme qui ressemblait à une loque, qui s'arrêta et lui fit les poches, poussant des grognements à chaque fois qu'il découvrait quelque chose.

À chaque secousse, Gwendal sentait son *corps de rêve* s'amincir. Refusant de se dissoudre, à grand renfort de gestes, il lui hurla d'arrêter, se concentra sur son double éthérique, puis sur ce paysage de brume grise, cherchant un point d'appui.

Son environnement ondulait. Dangereusement, il se disloquait. Essoufflé, il résista en s'accrochant au souvenir d'un sourire dont il ne parvenait pas à retrouver le propriétaire. Devant lui, se détachant sur fond de ciel laiteux, un sourire enjôleur et lumineux se matérialisa.

Hypnotisé, Gwendal ne le quittait plus des yeux. Lorsque l'homme l'abandonna enfin, son *corps de rêve* se condensa à nouveau, lui redonnant ce sentiment de légèreté et d'exaltation.

Si une part de lui aspirait à ne plus quitter cet état, une autre, plus lourde et grossière, plus physique et douloureuse, se bagarrait pour émerger. Pour revenir à la conscience et retrouver le contact, froid et désagréable, du sol sous son corps, mais signe qu'il était toujours en vie.

Quand il s'était aperçu qu'il flottait au-dessus de son propre corps, et qu'il voyait à nouveau, il avait tenté d'interpeller quelques passants.

Comprenant qu'on ne le distinguait pas en train de se balancer au-dessus de son corps, il abandonna l'idée de se faire aider et profita de cette curieuse situation, tout en restant auprès de son double de chair. De cet autre lui-même qu'il avait quelque difficulté à reconnaître.

En sept ans, sa mémoire avait gommé l'empreinte de son visage. Seule demeurait une fade représentation. Un éclat vert émeraude.

Ses yeux. D'avant.

Pour l'heure, débarrassé de sa gangue physique, louvoyant dans l'air brumal de ce matin d'avril, jouissant de ce rêve étrange et saisissant, il faisait le plein d'images. Ravivait en lui le souvenir de l'homme qu'il avait été. Qu'il avait renié le jour où, au sortir du coma, on lui avait annoncé qu'il n'y verrait plus jamais.

Gwendal fut pris d'un fou rire en imaginant la tête de son médecin s'il apprenait qu'il avait, ne serait-ce que le temps d'une illusion, recouvré la vue.

Son attention fut soudain attirée par une femme.

L'air inquiet, à quelques mètres de lui, elle observait Gwendal, vautré le long d'un mur. Secouant la tête, elle passa pourtant près de lui sans ralentir. Il eut l'impression, confuse et troublante, d'entendre ce qu'elle pensait.

Encore un pauvre type…

Un peu plus loin, elle s'arrêta et, se retournant, lui jeta un regard perplexe. Puis, d'un pas rapide et décidé, elle revint vers lui. S'agenouillant, elle posa fermement une main sur son épaule et tenta de le réveiller.

Du haut de son rêve, Gwendal la conjura de ne rien en faire.

Non, il ne redescendrait pas dans ce corps roué de coups, souillé et blessé. Il ne redeviendrait pas l'aveugle tourmenté, cet homme amoindri et diminué qu'il n'avait jamais accepté.

La femme persistait dans son intention.

— Monsieur ? Mon… sieur ? Mon…

Gwendal sentit son double éthéré se désagréger. L'image se brouilla, et il chuta dans la densité de la chair. Retrouva le contact du brouillard humide et collant qui lui suçait la peau. Dans un coin de sa mémoire s'alluma un sourire.

Rassurée de le sentir revenir à lui, la femme poussa un soupir de soulagement qui mourut sur ses lèvres lorsqu'elle aperçut un gigantesque clochard, d'au moins deux mètres de haut, s'avancer vers elle. Prestement, elle s'éloigna sans demander son reste. Sans vérifier si l'homme qu'elle venait de secourir était sauf.

S'arrêtant près de Gwendal, Simon maugréa. Avec précaution, il glissa deux bras robustes sous son corps et, soufflant vigoureusement, se releva. Dans ses bras, léger comme une plume, Gwendal refaisait connaissance avec son corps, douloureux et contusionné.

— Un ange, chantonna Simon, ce matin, un ange est tombé du ciel.

En l'examinant plus attentivement, il se fit la réflexion qu'il avait une sale dégaine pour un ange.

Et puant de saleté, avec ça.

L'idée de transporter un ange noir le fit sourire. Après tout, c'était exactement ce qu'il lui fallait, à lui le crasseux, l'indigent.

Lui, Simon l'Africain.

Avec délicatesse, Simon déposa Gwendal sur une couche de cartons et papiers journaux, bien à l'abri du vent qui s'engouffrait par les ouvertures de ce vieil immeuble délabré qu'il squattait depuis bientôt quatre ans.

Brûlant de fièvre, Gwendal baragouinait dans son sommeil.

Noir de crasse, les yeux déchirés, veinés de vert et de rouge, il exhalait une odeur de pestiféré. Ce qui n'empêchait nullement Simon de considérer son nouveau protégé comme un ange. Un cadeau du ciel. Sous la saleté du visage, il discernait la finesse des traits.

Il hocha la tête, se disant que même les anges devaient trouver la vie bien rude ces derniers temps.

Il songea à appeler un médecin, renonça et décida d'ausculter lui-même son invité, pour conclure qu'une bonne toilette et des tisanes feraient l'affaire. Il le lava et soigna comme il put ses blessures, lui banda les côtes à l'aide d'un tissu. Pour finir, il étendit plusieurs couvertures sur Gwendal qui gémissait par intermittence.

À chaque fois que l'odeur du sang se répandait dans sa mémoire.

À chaque fois que l'éclat de l'explosion lui brûlait les yeux.

Basculant enfin dans un autre rêve insolite et chatoyant, il retrouva indemne cette sensation rafraîchissante et lumineuse de quitter son corps. Cette impression de flottement dotée d'une formidable densité émotionnelle, presque physique.

Son cœur battit la chamade au moment où il sentit s'entrouvrir ses yeux de rêve.

À travers des filets de brume, une forme se déplaçait à l'intérieur d'une baraque de fortune. Se concentrant sur l'unique pièce, il aperçut un géant noir qui mettait de l'eau à chauffer, au milieu d'un bric-à-brac digne d'un brocanteur.

D'un léger mouvement, il se propulsa dans l'air, s'amusant à voleter à travers la pièce, alla s'installer sur l'épaule de Simon et l'observa. Gêné par la brume qui s'infiltrait à travers les brèches des murs, il eut soudain l'idée de la faire disparaître. Un sentiment de jubilation énorme le terrassa lorsqu'il découvrit qu'il pouvait influer sur son rêve.

Juste un rêve, s'entendit-il penser, avant de redescendre lourdement dans la matière et de perdre toute sensation de légèreté, de fluidité du corps et de la conscience. Il se rendormit avec l'étrange et cruelle impression de s'être perdu, une fois de plus.

S'installant à ses côtés, Simon entreprit de lui faire boire un peu de son breuvage, dont lui seul connaissait la recette, souvenance de son ancienne vie de guérisseur.

Là-bas, quelque part dans la lointaine et caniculaire Afrique.

Simon suspendit son geste, reposa le bol de tisane et ferma les yeux, refusant ce nouvel assaut de souvenirs qui le martyrisaient depuis plus de onze ans.

Déployant son corps immense, il se dirigea vers le fond de la pièce, vers ce qui restait d'une salle à manger, prit un petit magnétophone à piles, appuya sur « start », revint s'asseoir en tailleur près de Gwendal, et se laissa porter par la flamboyance du *Trouvère* de Verdi.

Simon adorait l'opéra.

Dans l'immeuble éventré, entre vent et brume, passé et présent, les amours tragiques et mortels de Leonora et Manrico emplirent l'espace. Se balançant de façon quasi imperceptible, les yeux clos, Simon fredonnait d'une voix rauquie par l'émotion. En cadence, Gwendal se tournait et se retournait, les voix des chanteurs se mêlant à ses rêves enfiévrés.

*

Dans la vitrine de sa boutique, Fergus Bart aperçut son reflet, et recoiffa ses cheveux qu'il avait aussi noirs que ses yeux. À la manière d'un golfeur, il portait un pantalon écossais, à dominante rouge et grise, un pull en laine noire et épaisse et, par-dessus, une doudoune gris clair sans manches. Ses boots bordeaux étaient couverts de poussière et d'humidité.

Ces derniers jours, il consacrait un peu de son temps à aider les gens du quartier, ceux qui avaient perdu un logement ou un commerce depuis l'explosion de la rue Claude-Tillier, et l'effondrement d'une partie du faubourg.

Pas vraiment appropriée cette tenue pour faire le ménage, nota-t-il, en recroisant son double sur la porte vitrée.

Un certain élan de solidarité avait vu le jour, quelque peu contrecarré par l'arrivée de bandes ou de SDF bien décidés à profiter de la situation. Puis les pompiers avaient entamé le déblayage des zones sinistrées. Certains habitants avaient été logés à la hâte dans des tentes de fortune dressées à même la chaussée. D'autres avaient été momentanément relogés par la ville, avec la promesse que la police veillerait sur leurs biens.

Enfin, ce qu'il en restait.

Trois ou quatre équipes patrouillaient à intervalles réguliers, ce qui n'allait pas faire fuir les pillards, qui s'affairèrent dès les premières heures. Quant aux équipes envoyées pour sonder le terrain et repérer les éventuelles fuites de gaz, elles avaient bien autre chose à faire.

Plusieurs conduites ayant explosé, l'on redoutait que cette catastrophe ne se propage à d'autres blocs d'immeubles. Du boulevard Diderot à la place de la Nation en passant par le faubourg Saint-Antoine jusqu'à Ledru-Rollin, tout le secteur était bouclé. Sans discontinuer, l'eau s'écoulait le long des caniveaux.

Étrange, se dit Fergus en cherchant ses clés, qu'il faille toujours un désastre pour que les gens s'entraident. Redécouvrent leurs voisins et réapprennent à se parler. Si l'on commençait par prendre soin les uns des autres, peut-être n'y aurait-il plus besoin de calamités pour s'humaniser.

Ces événements avaient interrompu le cours de la vie de Fergus. Grâce à cette incroyable capacité qu'il avait à s'immerger dans sa bulle créatrice, il repoussait vers l'extérieur tout ce qui était à même de perturber sa joie de vivre.

Depuis quelques jours, un projet insensé prenait forme en lui, lui causant des insomnies à répétition. Un manque de sommeil qu'il devait à la formidable excitation qui s'emparait de lui à la seule idée de réaliser une telle… *folie* ?

Il interpréta le désastre du faubourg comme un signe, une aubaine pour lui permettre de se consacrer à son projet.

Jusqu'alors, sa vie s'était déroulée tranquille et fleurie, vivifiée par ce talent fou qui était le sien lorsqu'il s'agissait d'assembler fleurs, plantes, bois et autres matières. Une vocation que ses parents avaient soutenue dès le début, n'hésitant ni à investir leurs économies ni à lui prodiguer conseils et aides, tant ils étaient fiers de leur fils.

Fergus eut une pensée émue pour eux. Pour cette vie qui était la sienne. Il remarqua néanmoins que cela ne lui ressemblait pas de concevoir quelque chose d'aussi hors norme.

D'aussi… excentrique, admit-il en époussetant ses habits.

Son regard se porta de l'autre côté de la rue, heurta Simon qui se penchait. Ramassant un papier gras, il le glissa dans un sac en plastique, se releva, les mains posées sur ses reins douloureux, et secoua la tête comme pour chasser quelque mouche invisible. Apercevant Fergus, il lui sourit et traversa pour venir à sa rencontre.

— Ben, t'ouvres tard, non ?

— Salut… tu entres boire un café ?

Simon prit le temps de réfléchir.

Il venait à peine de commencer sa journée et

savait qu'il en aurait jusqu'à la tombée du jour, à ramasser les ordures que les gens jetaient sur les trottoirs et dans les parterres de fleurs. À balayer la poussière et les déchets que le vent transportait depuis le faubourg. Et puis il y avait son ange noir qui l'attendait, baignant dans une fièvre que les tisanes semblaient impuissantes à faire tomber.

Il baissa la tête et planta deux yeux fatigués dans ceux de Fergus.

Des yeux qui avaient connu le soleil de l'Afrique, et s'étaient usés dans l'exil et les travaux de basse besogne.

Des yeux qui avaient pleuré la mort de sa femme, de ses enfants et de son village. Des yeux qui n'y voyaient plus bien, car ils portaient, gravée jusqu'en dedans de l'iris, toute la violence du monde. De la plus insignifiante à la plus inhumaine.

Il referma la porte de son esprit sur ses souvenirs.

Lorsque Simon entrait dans la boutique de Fergus, il pénétrait dans un temple. Un lieu de beauté, de recueillement et de silence. Une oasis qui embaumait mille parfums, où les fleurs s'épanouissaient mieux que les ouailles qu'ils apercevaient certains jours se rendre à l'église du coin.

Du bout des cils, il inspecta religieusement cet endroit qu'il chérissait. Qui le lavait de son environnement insalubre et le régénérait, jusqu'au plus profond de son âme tressée de larmes et de rêves brisés.

Ici, des roses, à peine ouvertes mais dont on devinait la générosité des couleurs et le velouté des pétales, et des glaïeuls à grandes fleurs. Spectaculaire était celui qui portait le nom d'Aigle noir, le préféré de Simon. Grenat foncé, presque noir. Une caresse sulfureuse et délicate, sublime d'harmonie.

Là, des tulipes éclatantes de grâce et de simplicité, et des fuchsias délicats qui retombaient en cascade. S'échappant d'anciennes vasques, des pétunias faisaient tinter silencieusement leurs cloches colorées.

Ébloui par les rouges vifs et les verts marginés de blanc, l'exubérance des jaunes et des pourpres, Simon cligna plusieurs fois des yeux.

Il éprouvait toujours un extraordinaire bien-être à se trouver en ce lieu. Lui, le pouilleux, l'homme de la rue, le sans-domicile qui vivait sous un amas de cartons, dans les débris d'un immeuble à l'abandon. Lui, l'ancien sorcier et médecin que tout le village respectait.

Soudain, Simon eut honte.

De lui et de sa vie de misère, une vie de cloche-merde comme il disait. De son manteau puant le bouc, et de sa peau couverte de crasse. Malgré tout le soin qu'il portait à rester le plus propre et le plus présentable possible. Il sentit son cœur se fêler, se répandre en larmes de sang.

Qu'avait-il fait de sa dignité ?

Lui attrapant le bras, Fergus le trouva soudain vieilli.

— Viens, je vais te montrer quelque chose et puis, après, on boira un café.

Ravalant larmes et humiliation, Simon hocha la tête et se laissa conduire jusqu'au fond du magasin.

S'arrêta devant une gerbe blanche aux reflets de velours pourpre.

— Tu l'appelles comment, cette rose-là ?

— Elle, c'est la Duchesse Isidora Belcanto.

Simon se pencha pour humer le parfum des fleurs qui exhalaient le jasmin et la rose, ainsi qu'un étonnant mélange épicé. Il se perdit un instant entre les pétales généreux et les images qui parcouraient les strates de sa mémoire, et lui parlaient de son Afrique lointaine. D'odeurs oubliées. De la peau d'une femme bien-aimée.

— Merci, Duchesse. Alors, on l'boit ce café ?

— Je veux d'abord te montrer quelque chose… viens.

Sur un pied d'arbre, large et rond, à l'écorce épaisse et mordorée trônait la dernière création de Fergus. S'enroulant autour d'une sphère, des rameaux de cerisier du Japon, noués et piqués de mimosa et de renoncules orangées, emprisonnaient des plumes aériennes et violines, des graminées blondes comme les blés. Deux ou trois touches de vert amande achevaient de créer l'harmonie de la composition florale.

— Misère de Dieu ! Ça ferait un beau nid, ça.

Fergus sourit.

— Tu crois qu'un oiseau aimerait y déposer ses œufs ? s'enquit-il rêveur.

Ses yeux brillèrent, ensoleillant le noir de l'iris. Il se passa la main sur un début de barbe, fit crisser ses doigts dessus, l'esprit en vadrouille.

— Tu sais, Fergus, j't'ai vu, l'autre jour, au cime…

— Chut ! Plus un mot.

Simon tourna la tête et aperçut Camélia.

Divine !

De taille moyenne, pulpeuse et la peau aussi blanche que celle de Simon était noire, Camélia rayonnait de vie. Sa beauté résidait tant dans ses étonnants yeux turquoise que dans son charisme et un mélange parfait de rigueur et d'excentricité.

Il se sentit rapetisser, intimidé comme toujours quand la compagne de Fergus s'approchait de lui. Ce matin, elle sentait le musc et la fraîcheur des sous-bois.

Il ferma les yeux.

Dans son cœur brisé, un élan de reconnaissance gonfla pour ces êtres qui lui permettaient de jouir de tant de beauté.

Dans son âme résonna la voix de ses ancêtres.

Les yeux clos, il entonna un vieux chant, hommage modeste d'un homme tourmenté à un couple qui lui offrait de se reposer en ce lieu béni.

Fergus et Camélia, merci d'exister en ce monde !

Rouvrant les yeux, il s'aperçut qu'il était seul.

Il en profita pour remettre un peu d'ordre dans ses émotions et faire le plein de sensations, de couleurs et d'arômes, plus subtils les uns que les autres.

Camélia !

Il soupira.

Rousse aux yeux verts ou bleu turquoise, selon l'humeur et le temps.

Et les mains de Camélia ! songea Simon.

Étouffant une bouffée d'émotion, il repoussa le

souvenir d'une femme altière, à la démarche souple et légère, féline et gracieuse. Au regard terre de Sienne qui portait loin. Sa femme. Disparue. Torturée et noyée, avec tout le village.

Si seulement il avait été là… Peut-être aurait-il pu empêcher… Mais comment savoir ? Cette question demeurerait à jamais sans réponse, et le hanterait jusqu'à la fin de sa vie.

Si seulement…

Le nez enfoui dans les pétales soyeux d'Aigle noir, durant quelques secondes, il oublia sa vie. Et la rue qu'il avait décidé de nettoyer, à l'aide d'un programme drastique qu'il s'appliquait à tenir quoi qu'il advienne.

Personne ne savait pourquoi — et personne ne songeait à le lui demander — Simon avait entrepris de ramasser les ordures que les gens jetaient, en particulier rue de Picpus. Et, certains jours, quand son corps le voulait bien, il poussait jusqu'à la Nation.

— Simon, tu viens ?

À regret, il s'arracha à l'imposant et majestueux glaïeul et se dirigea vers la réserve, tira sur son manteau et aplatit ses cheveux crépus et grisonnants. Se jura de ne plus être sale.

De sauver cet ange tombé d'un nuage de brume.

Camélia s'approcha de lui, glissa son bras sous le sien, lui communiquant chaleur et vitalité. Souriante, elle s'adressa à Fergus en le regardant droit dans les yeux.

— *Angelo mio*, j'ai pensé qu'il serait temps,

vraiment temps d'offrir un village à Simon, lâcha-
t-elle d'une voix chaude et imposante.

Simon sursauta.

Fergus renversa le café.

Un village ? ? ?

5

À dix heures quinze, la porte du BEP s'ouvrit sur Irma, en doudoune jaune d'or, brillante d'humidité. Souriante, elle se prépara un thé en abreuvant Jeanne et Fred de détails sur sa soirée de la veille.

Au moment de leur installation, Jeanne lui avait donné carte blanche pour gérer tout ce qui touchait à l'informatique, d'autant que, pour une fois, l'État n'avait pas lésiné sur les moyens. Un investissement qui avait permis à la belle Irma Buget d'offrir au BEP une infrastructure à faire pâlir d'envie les autres services de la police.

En premier lieu, elle s'était connectée au FNAEG, le fichier national automatisé des empreintes génétiques, qui à l'heure actuelle comprenait plus de dix mille empreintes. Suite à quoi, elle s'était mise en réseau avec le fichier des disparitions et le SALVAC, système d'analyse des liens de la violence associée aux crimes, pleinement opérationnel depuis peu, avec qui elle échangeait nombre d'informations.

Puis elle avait embauché trois stagiaires, lesquels avaient passé leurs journées à créer une banque de données sur les affaires non résolues et tout autre cas jugé intéressant par Irma.

Enfin, un logiciel conçu par l'un de ses amis informaticiens, dont elle refusait de révéler le nom, l'autorisait à lancer des recherches, rapides et efficaces, capables de faire des liens entre les différentes banques de données, en France comme à l'étranger. Le tout en réseau avec son portable qui lui permettait de surcroît de se passer de connexion par fil avec l'Internet.

Ce matin, Irma était dans une forme éblouissante, car elle attendait que son anonyme ami informaticien lui installe un agent autoévolutif, qui entreprendrait de résoudre certains problèmes en se passant des humains.

Rien que d'y penser, elle jubilait.

Autoévolutif, ça voulait dire qu'un programme sophistiqué manœuvrerait au milieu d'une masse d'informations confidentielles. Une fois installé, il pouvait se produire n'importe quoi, le meilleur comme le pire.

Pour finir, elle envisageait sérieusement de remplacer les panneaux muraux, si chers à Jeanne, par des rétroprojections murales, directement reliées à son ordinateur.

Rien que ça, tiens, ça va être coton à faire passer ! bougonna-t-elle, en appuyant sur la touche de démarrage. Alors, tu parles que le coup de l'agent autoévolutif, c'est pas gagné… Je me demande bien comment on peut encore vivre sans l'informatique !

Ni Jeanne ni Fred ne mettaient le nez dans l'ordinateur d'Irma, ce qu'elle n'arrivait pas à comprendre. Pour l'heure, l'un et l'autre étaient concentrés sur leur travail. Lui, épluchant les fax qui étaient tombés dans la nuit ; elle, reprenant, pour la dixième fois en trois jours, un dossier vieux de six ans, concernant le meurtre d'un couple de retraités et un greffier suspect.

Odeur de non-dit.

Si les dossiers du BEP passionnaient Jeanne, elle éprouvait une certaine difficulté à ne pouvoir tirer profit de ses facultés olfactives. Ces reconstitutions de scènes de crime, à l'aide de photos et de longs descriptifs, ne stimulaient guère son mental. Si ça continuait ainsi, elle finirait par perdre ce « nez » si précieux pour son métier.

— Faudrait qu'ils arrêtent de nous faxer tout et n'importe quoi ! râla Fred, jetant à la poubelle un fax concernant la découverte de deux cadavres au bord d'une rivière, dans les Pyrénées.

Une heure plus tard, Irma leva la tête de son ordinateur, et les interpella vivement.

— La vache, s'exclama-t-elle, y a du nouveau !

— À quel sujet ? demanda Fred qui lisait un autre fax.

Irma leur expliqua, avec enthousiasme et quantité d'expressions bigarrées, qu'on venait de retrouver un corps, dans une petite rue du XXe arrondissement, non loin de Ménilmontant. La mort remontait à moins de dix heures. Elle lança simultanément l'imprimante et une recherche, avec pour mot-clé : décapitation.

Jeanne l'écoutait d'une oreille distraite, l'œil collé à son agenda où était écrit, en grosses lettres rouges : TÉL. JM !

— Et en quoi ça nous concerne ? s'enquit Fred. Je croyais qu'on ne bossait que sur de vieilles affaires.

— Justement, s'emporta Irma, de plus en plus excitée, ce meurtre a attiré l'attention du commissaire Claie parce qu'il lui en a rappelé un autre !

Les premiers résultats de ses recherches s'affichèrent.

— La vache ! Trop… trop dingue !

Jeanne et Fred accordèrent leur attention à la fougueuse Irma.

— Viens-en aux faits, Irma, fit Jeanne, en refermant son agenda.

— C'est fou ça… Nom de… nom de Dieu de merde !

— Irma ! ! ! s'exclamèrent Jeanne et Fred.

— Ça vient ! Bon, y a de grandes chances pour qu'on ait à se mettre sous la dent une nouvelle série de meurtres.

Jeanne s'impatientait.

Fred ne put s'empêcher de sourire. Il n'y avait bien qu'Irma pour se réjouir d'une telle situation. Il lui jeta un regard enamouré, se disant qu'elle était vraiment douée dans sa partie.

Ses yeux bleus, légèrement rougis par le manque de sommeil, papillonnèrent sur la peau cuivrée d'Irma. À vingt-sept ans, elle en paraissait cinq de moins, portait exclusivement des couleurs pimpantes qu'elle mélangeait avec plus ou moins de bonheur — ce matin, son pull vert pomme tranchait violemment sur un pantalon rose pailleté.

Dans ses cheveux, des éclats d'or et de vert rehaussaient ses longues tresses. Il adorait ses yeux, légèrement obliques, et ses pommettes saillantes, sa bouche charnue et son sourire de chipie. Puis il secoua la tête en apercevant, bien en évidence sur son bureau, une boîte de cigares. Rien à faire, il ne se faisait pas à cette nouvelle lubie d'Irma.

L'autre soir, alors qu'ils buvaient un verre au *Blue Bar*, elle s'était levée pour aller acheter un cigare. Ça lui avait pris un bon quart d'heure de discussion avec le patron, avant qu'elle ne revienne avec un havane au bec. Il n'avait pu s'empêcher de penser qu'elle se donnait un genre à la limite du vulgaire.

Irma en avait rajouté une couche, tirant de façon suggestive sur un véritable barreau de chaise. À la fin de la soirée, elle signait son adhésion au club d'amateurs de cigares, dont les membres se réunissaient tous les quinze jours.

Depuis, c'était devenu un sujet de discorde entre eux. Et ça ne faisait que commencer, car Irma s'était mis en tête de le gagner à sa cause.

— Irma... fit Jeanne, dont l'attention était à nouveau perturbée par la vision de son agenda.

— En bref, neuf meurtres. Asphyxie — cagoule ou sac sur la tête. Poings et pieds ligotés, traces de torture sur tout le corps qui est toujours retrouvé au domicile des victimes. Sept dans leur cave, deux dans leur chambre, et le truc de fou ! c'est que toutes ont eu la tête tranchée. Bon, j'ouvre un nouveau dossier… l'affaire des Décapités, ça vous va ? conclut-elle en se retournant vers Jeanne, un sourire éclatant aux lèvres.

Cette dernière était blême.

Inquiète, Irma jeta un regard interrogateur à Fred qui avait son idée quant à l'état de stupeur qui paralysait Debords.

— Neuf, articula péniblement Jeanne, c'est avec ou sans le dernier crime ?

— Avec, fit Irma, mal à l'aise.

Elle adorait Jeanne, lui vouait une admiration sans bornes et se sentait redevable auprès d'elle de son début de carrière, dont elle se félicitait chaque jour depuis sa première affectation à Caen[1].

— J'ai fait une connerie ? finit-elle par demander.

Jeanne secoua la tête négativement, ses yeux traversant sans la voir la belle Irma. Se passant plusieurs fois de suite la main dans les cheveux, elle alluma une Camel. L'odeur mielleuse du tabac lui flanqua la nausée.

— Lieux des crimes, fit-elle d'une voix blanche.

— Six en province, que des bleds paumés ! Deux en région parisienne, et le dernier dans le XXe, énuméra Irma, de plus en plus déstabilisée.

— Rapide profil des victimes, poursuivit Jeanne, la voix encore plus blanche.

Irma s'apprêtait à lui en donner lecture, mais sa voix se cassa.

— Qu'est-ce qui cloche ? demanda-t-elle enfin.

1. *Pour toutes les fois*, Folio Policier, nº 374.

— Parmi les victimes, est-ce que tu as trouvé un couple ? intervint Fred en tendant une tasse à Jeanne, qui s'en saisit d'une main tremblante.

— Non. C'est quoi l'os dans le fromage ?

Jeanne se précipita aux toilettes pour vomir son maigre petit déjeuner. Lorsqu'elle croisa son reflet dans la glace accrochée au-dessus du lavabo, elle tressaillit tant elle était livide. Elle prit quelques minutes pour se recomposer un visage humain, et retourna dans son bureau.

Fred lui adressa un regard doux et prévenant. Même si elle n'avait rien d'un chef autoritaire, il demeurait conscient qu'elle était sa supérieure. Formé à l'école de la gendarmerie, il conservait une attitude respectueuse pour sa hiérarchie, à la manière des militaires.

— On passe cette affaire en priorité, fit Jeanne. Je compte sur vous pour me dresser un tableau complet : mode opératoire, victimologie, enquête de voisinage, rapport médico-légal. Fred, tu t'arranges pour assister à l'autopsie… enfin, comme d'habitude. Je verrai ça en fin de journée, j'ai…

Enfilant son blouson en cuir râpé, elle referma son agenda, le fourra dans la poche intérieure et sortit sans un mot.

Puisqu'elle n'arrivait pas à décrocher cette vacherie de téléphone, elle irait directement chez son frère. Il était plus que temps d'en finir avec cette histoire. D'autant que l'Histoire semblait la rattraper ce matin.

Étrange qu'il suffise d'un meurtre « de trop » pour qu'une longue suite d'événements refasse surface.

En l'occurrence, plusieurs assassinats qui finissaient par constituer une série.

Comme quoi, se dit-elle en poussant la porte du hall, le BEP remplit bien ses fonctions.

Une fois dans la rue, elle inspira profondément, remonta le col de son blouson, pesta intérieurement contre la brume qui collait tant à la peau qu'au paysage. Malgré le choc qu'elle venait d'encaisser, l'air frais et la décision de se rendre chez son frère lui faisaient du bien. Elle allait enfin passer à l'action.

Remonter le temps.

Redérouler le fil de l'histoire.

Rétablir l'équilibre rompu neuf ans et demi plus tôt.

Elle s'arrêta chez Fergus pour y acheter une superbe composition florale. La femme de son frère ne pourrait qu'aimer ça. Même elle, à qui les fleurs ne disaient pas grand-chose — elle leur préférait les plantes vertes ou les arbres —, reconnaissait qu'elle aurait pu faire des folies dans cette boutique.

Le laissant choisir, elle en profita pour découvrir les lieux, quand une femme l'interpella.

— Excusez-moi…

Pivotant lentement, Jeanne plongea son regard gris ardoise dans une mer bleu turquoise.

— Désolée, mais j'ai l'impression de vous connaître…

— J'en doute, répondit Jeanne.

— Mais si, s'exclama Camélia, vous êtes la fille de Pierre Debords !

Jeanne chavira en entendant le nom de son père. S'accrochant fermement à l'intérieur d'elle, à cette zone de protection sur laquelle elle s'appuyait depuis toujours, elle ne laissa rien voir de son trouble.

L'inconnue lui offrit une longue main ferme et douce, se présenta et entama la conversation avec un naturel déconcertant. Brièvement, Camélia Zampa évoqua sa rencontre avec le juge Debords, douze ans plus tôt, lorsqu'elle se préparait elle-même à devenir juge d'instruction.

— Vous avez le même regard que lui… gris, tendu, intelligent.

Tandis qu'elle réglait ses achats, Camélia lui expliqua combien elle avait été bouleversée par la mort de Pierre Debords. Un homme qui leur manquait à tous.

La coïncidence ne pouvait que troubler Jeanne qui, en sortant de chez Fergus Bart, ne croyait définitivement plus au hasard.

Si jamais elle y avait cru un jour.

Elle s'engouffra dans un taxi, direction gare du Nord.

Bientôt dix ans, songea-t-elle.

Qu'avait-elle fait de sa vie pendant cette décennie ?

Deux ou trois grosses affaires criminelles à jouer sur le fil du rasoir avec des déments. Une dépression grave et trois ans de thérapie. Des cauchemars qui revenaient inexorablement en juin, comme pour fêter la mort de ses parents.

Une mise au placard, trois mutations, des dizaines de déménagements. Peu d'amis. Une ou deux histoires d'amour qui avaient eu le mérite de l'aider à tenir debout. Une bouffée d'air frais tous les ans lorsqu'elle prenait une semaine de congé pour se rendre à un festival de science-fiction.

Arrivée en gare, elle s'installa sur le quai, attendit le train pour Enghien.

Des centaines de journées à vivoter entre solitude, vie de bureau, enquête de routine, quotidienneté. À écouter, comme sur un disque qui rejouerait la même chanson, ses sempiternelles interrogations sur la vie et l'expérience humaine. Sur ce que pouvait bien signifier le crime dans l'histoire des hommes.

Des milliers d'heures à se pressurer les neurones pour y voir plus clair. Autant de questions en plus, et toujours pas l'ombre d'une réponse satisfaisante.

Qu'y avait-il au-delà de la pulsion de mort, ou de l'impulsion qui poussait un homme ou une femme à passer à l'acte ? Au-delà des apparences et des certitudes, que pouvait bien vouloir dire un assassin, surtout lorsqu'il faisait partie de la catégorie des serial killers ?

Que tentaient-ils de dire à travers la répétition et la ritualisation de leurs actes ? S'ils cherchaient à dire quelque chose, ce qui restait à prouver. Certains tueurs avaient été longuement étudiés, sous toutes les coutures. Au bout du compte, ils généraient plus de questions qu'ils n'apportaient de réponses.

Car, quoi qu'en disent certains, sur le territoire

français on tuait en série. Peut-être pas autant qu'aux États-Unis, ou, plutôt, ni de la même manière ni dans les mêmes proportions médiatiques et spectaculaires. Mais on tuait, on violait et on torturait.

En gare d'Épinay, son regard absorba la foule disparate. Une population qui n'hésitait pas à échanger deux ou trois heures de transport en commun contre un petit bout de jardin. Pour les mieux lotis. Les autres, ceux que la capitale refoulait, finissaient entre les murs de béton d'une cité où la vie s'étiolait rapidement.

À l'entrée comme à la sortie de la gare, des tags fatigués et délavés par la pluie. Des familles montaient ou descendaient, silencieuses ou piaillantes. Plombées de fatigue. Des mômes égarés, tendus, furieux de vivre, ou plus certainement de survivre. Le train s'ébranla.

Et le meurtre, brutal et rédhibitoire, se dit-elle, n'était que l'une des facettes de la cruauté humaine. Qui comptabilisait la maltraitance psychique ? Qui se faisait le défenseur des victimes de pervers, de l'indifférence et du non-dit qui ravageaient tant de familles ? Personne, car pour cela il aurait fallu…

Quoi ? se demanda-t-elle agacée.

Dix ans de sa vie lui tournaient le dos, reposaient au fond du fleuve vaseux de son passé, n'existaient pour ainsi dire plus. Avaient rejoint les méandres de sa mémoire, si sensible et si souvent incertaine. Finalement, ça se résumait à peu de chose, dix ans. L'espoir de parvenir à vivre mieux, à vivre au plus près d'elle et de ses aspirations. Quelques souvenirs, agréables ou terrifiants. Autant d'images, réconfortantes ou abominables.

Odeur fugace de lointain, de fleurs séchées.

Odeur d'abandon, de papiers jaunis.

— Mais enfin, elle a quoi, Jeanne ?

— Relis le *modus operandi*, Irma.

— Attends ! Je l'ai lu mille fois… C'est quoi la merde ?

Frédéric Parthenay poussa un soupir. Même si elle faisait quelques progrès en la matière, Irma ne pouvait s'empêcher de parler comme une charretière, ce qui le mettait toujours au supplice.

— On aurait cru que tu lisais le descriptif de la scène du meurtre des parents de Jeanne, lâcha-t-il à voix basse. Exception faite de la décapitation, dont je n'ai pas souvenir. Mais je ne serais pas étonné qu'elle ait passé sous silence cet aspect-là. Tu la connais, dès qu'il s'agit de sa vie personnelle, elle est plus muette qu'une tombe !

Nom de Dieu de merde, se dit Irma, se laissant retomber sur sa chaise. Cette fois-ci, Jeanne-La-Tenace, tu n'y couperas pas !

Elle regarda Fred longuement, le trouva mignon à croquer tant il avait l'air ému. Se souvint qu'il en pinçait pour Jeanne, haussa les épaules et reporta son attention sur son ordinateur. Anticipant, elle entama une recherche approfondie, poussa jusqu'à essayer de trouver des informations sur l'assassinat de Pierre et Nicole Debords, se doutant qu'une telle initiative serait sans doute mal vécue par Jeanne.

Mais, nom de Dieu, quand faut y aller, faut y aller !

*

— Non. Non et non, Charlie. Non.

Charlie leva deux yeux de cocker vers Simon.

— Tu ne peux pas retourner là-bas, poursuivit Simon, la voix tendue par l'anxiété. Pas question ! Tu vas rester avec moi. Tu m'entends, Charlie ?

Elle hocha la tête.

Son regard brouillé de terreur quitta les yeux inquiets de Simon pour se fixer dans ceux d'un jeune homme qui se tenait derrière lui. Il tourna la tête. Soupira.

— Hyacinthe !

Le dénommé Hyacinthe s'avança timidement.

Je m'appelle Hyacinthe… Hyacinthe… Hya…

Il affichait un air perdu, aussi pâle et incertain que l'était sa mémoire.

Je m'appelle…

— Tu fais quoi, là ? fit Simon, perplexe et agité.

— Je… heu, je sais plus.

Comment allait-il s'en sortir avec ces deux-là ?

Deux cerveaux mous. Deux âmes en peine.

À peine adultes et déjà brisés par la vie. Se souvenant tout juste de leur passé, ils vivaient l'instant présent la peur au ventre, comme Charlie. Ou la tête vide, comme Hyacinthe qui semblait avoir à la place de la mémoire une véritable passoire. Rien ne s'imprimait dans son esprit. Pas plus sa vie passée que les dernières heures.

Simon haussa les épaules, attrapa Hyacinthe par un bras, Charlie par l'autre et, sentant venir la fatigue, il se dirigea vers un banc, non loin de la boutique de Fergus.

Et ce brouillard, songea Simon, c'est pas bien normal, ça !

Ce qui le préoccupait, c'était cette fièvre qui ne lâchait pas le corps de Gwendal. Tôt dans la matinée, Simon s'était rendu dans le XVIIIᵉ arrondissement afin de dégoter plantes et fleurs capables de venir à bout de ce mal qui menaçait la santé de son ange noir.

Soufflant bruyamment, il se frotta les mains et fit courir son regard sur la rue embrumée, avant de se laisser tomber sur le banc. En face de lui, à travers les nuées chargées d'humidité qui rendaient tout glissant, se découpait la devanture bariolée du *Blue Bar*.

Simon sentit son cœur gonfler en pensant à son tenancier, car il ne se passait pas une journée sans qu'il ne lui offre à boire ou à manger. Pas une, non plus, sans qu'un habitant du quartier ne lui témoigne un peu d'estime. D'humanité.

En échange, Simon nettoyait le quartier, rue après rue.

Depuis quelques mois, estimant cela insuffisant, il hébergeait deux à trois SDF dans la carcasse de ce vieil immeuble où il avait lui-même élu domicile.

Ce qu'il leur faudrait à tous, se dit-il, c'est un travail. Une activité. C'est pas bon de rester comme ça, à rien faire, à traîner dans les rues.

Charlie jetait des regards apeurés autour d'elle,

malgré la présence rassurante de Simon, la fermeté de la main qui lui tenait le bras. La chaleur et la sécurité qui en irradiaient.

— Bon, Charlie, écoute voir un peu…

Simon dut s'interrompre pour redresser Hyacinthe qui glissait sur le côté droit. Face à eux, sortant du bar, le pas hésitant, un homme s'avançait en direction du banc.

— Manquait plus que lui !

Charlie tourna son fin visage, encrassé par plusieurs jours de déambulation, et autant de nuits passées à se planquer. Pour échapper à la violence et à la cruauté de la rue et de certains SDF.

La veille, elle avait trouvé un coin sous un pont, près des quais de Seine. Se croyant à l'abri, elle avait dû décamper lorsqu'une bande avait attaqué une voiture, et molesté violemment la conductrice. Terrorisée, Charlie avait assisté à toute la scène, avant de s'enfuir. L'apercevant, l'un des pillards s'était lancé à sa poursuite.

Alors, elle était revenue près de Simon.

Depuis, elle s'employait à effacer de sa mémoire le souvenir des braseros qui brûlaient dans la nuit. Des torches qui avaient enflammé la robe de la conductrice.

— Je t'écoute, Simon, répondit-elle d'une voix désincarnée, lui adressant un regard où la gratitude se mêlait à la panique.

— Plus tard, mon p'tit. On a de la visite.

Elle se retira au fond d'elle. Très loin. Sans réussir à calmer cette envie de vomir qui devenait quasi permanente ces derniers jours.

— Hé, Simon ! gueula l'homme qui titubait vers eux. Simon !

— Moins fort, Banana Split. J'suis pas encore sourd.

Banana Split éclata de rire. Se gondola de rire. Vacillant sur ses deux jambes, il rétablit son équilibre d'un coup de reins. En fut quitte pour une brutale suée. De la poche d'un blouson cuit par la crasse, il sortit une banane, la porta à son oreille comme s'il tenait un téléphone. Puis il entama une conversation téléphonique qui fit désespérément soupirer Simon.

— Allez, fit ce dernier, on rentre à la maison.

Il se leva, aida Charlie et Hyacinthe à en faire autant, se disant que c'était pas une vie que la leur. Oubliant ses problèmes, Simon passa un bras autour des épaules de Charlie, un autre autour de celles de Hyacinthe, s'étonna de leur fragilité. De la minceur de leurs os.

Jetant un dernier coup d'œil à Banana Split, toujours en grande discussion, il hocha la tête d'exaspération.

— Et lui ? s'enquit Charlie.

— T'inquiète, ma jolie, l'est en bonne compagnie !

Il eut un large sourire qui s'évanouit devant l'air de stupeur de Charlie.

— Mais, Simon, il parle tout seul... avec une banane ! Il... il va pas bien, ou quoi ?

Devant son inquiétude, il interpella Banana Split qui finit par interrompre sa conversation imaginaire et, d'une démarche incertaine, entreprit de les rejoindre.

Y a bien que les fous pour se traiter de fous, songea Simon en se remettant en route.

Habitué à repérer la moindre immondice, son regard se durcit en apercevant les reliefs d'un petit déjeuner manifestement pris à la hâte, et inachevé. Juste devant l'entrée du cimetière.

Pourquoi donc les gens jettent-ils leurs ordures dans les rues ? s'irrita-t-il, hésitant à planter ses deux protégés sur le trottoir pour reprendre sa tâche.

Soudain, il sut ce qu'il devait faire pour occuper ceux qu'il recueillait. Regardant encore une fois le cimetière, il se fendit d'un énorme sourire.

Misère de Dieu ! songea-t-il, en voilà une idée grandiose !

6

Gwendal se tourna et se retourna sur sa couche, tâta le sol et parvint à identifier la texture du carton et du papier journal.

Avec précaution, il se redressa, à l'écoute. Retrouva intacts le poids de sa solitude et la présence de l'angoisse. Mourant de soif, il éprouvait un besoin irrépressible de marcher, de sentir ses muscles travailler, pomper le sang et s'oxygéner.

Incapable de mettre de l'ordre dans ses souvenirs, ni de comprendre où il se trouvait, il se leva. Pris de vertige, il se rassit un moment.

Le temps qu'il fallut à Simon pour revenir.

— Salut, lança-t-il, sans cacher son contentement.

Un large sourire barrait son visage fatigué. Les soins prodigués, dignes de ceux d'une mère à son enfant, et les tisanes avaient fait leur effet. L'ange noir revenait à la vie.

— Salut, répondit Gwendal, avec un peu de retard.

— Tu dois te demander où t'es, pas vrai ?

Gwendal hocha la tête. Simon lui résuma la situation.

— Café ? fit-il, déjà en train de mettre l'eau sur le feu. Du vrai !

Gwendal sentit un fou rire nerveux le prendre. Se ressaisit.

— Mais… vous êtes qui ?

— Une pauvre cloche… à qui tu dois la vie, tout d'même ! s'esclaffa Simon. Vrai, j'ai cru que t'allais y passer. Tu sais quoi ? J'fais le café, et on cause. En attendant, tu peux te décrasser là-bas, ajouta-t-il en montrant une petite pièce, au fond, à droite.

Gwendal se leva, s'assura que la tête ne lui tournait plus. Mais où était-il donc ? Et qui était cet homme ?

Son accent parlait de ses origines africaines, d'une légère déformation de la bouche ou du palais. Un homme qui semblait immense et possédait une voix, chaude et enveloppante, capable d'emplir tout l'espace.

Des éclairs allumèrent sa mémoire.

Il avait déjà « vu » cet homme !

La voix du *Trouvère* s'éleva dans l'air, reprise par Simon qui chantait à pleins poumons tout en lavant des tasses. Gwendal ne put réprimer un brusque tremblement de tout son corps. Le seul endroit où il l'avait « vu », c'était en rêve !

— C'est où, là-bas ? gueula-t-il, perturbé de ne pouvoir se repérer.

Simon baissa le son.

— Ah, ouais, j'me disais bien… t'es aveugle.

Il s'approcha, lui prit le bras et le guida. Gwendal

compta chaque pas qu'il faisait, sa main explorant les coins de mur et les chambranles de porte. Ce qu'il en restait.

— J'te ferai faire le tour du propriétaire, gloussa Simon… après le café.

Il lui mit le savon dans une main, une brosse à dents et du dentifrice dans l'autre, l'approcha d'un évier qui faisait peine à voir. Ouvrit le robinet d'eau froide, chercha du regard une serviette, la seule en sa possession, et la posa sur l'épaule de son protégé.

Faudra que je pense à m'offrir un peignoir, et à réparer la douche, se dit-il, pour la millième fois en quatre ans.

Depuis le temps qu'il vivait ici, il avait investi pour rendre les lieux aussi confortables que possible. Le quotidien aussi plaisant que faire se peut. Son RMI lui permettait quelques extras, d'autant qu'il pouvait compter sur l'aide généreuse des habitants du quartier. Une seule chose le tracassait. Par quel mystère ne s'était-il jamais fait expulser ?

— Tu crois que tu vas t'en sortir ?

— Pas de problème, répondit Gwendal, en dépit de la tension qu'il ressentait, et d'un sentiment d'égarement qui frisait la crise de nerfs.

Ce besoin des autres était sans nul doute ce qu'il acceptait le plus difficilement depuis qu'il avait perdu la vue. La codépendance affective et celle que réclamaient les petites choses de la vie quotidienne lui étaient franchement insupportables.

Tout en se brossant les dents, il repensa à ce

maudit jour où on lui avait appris qu'il était définitivement aveugle.

À l'époque, il avait souhaité mourir.

Les mois qui suivirent, il lui fallut pratiquement tout réapprendre. À marcher, à faire la vaisselle, à découper sa viande, autant de choses qu'il ne pouvait plus faire sans y porter attention.

En sept ans, il avait acquis une autre forme de vision.

Non sans un certain intérêt scientifique mal placé, on lui avait expliqué qu'il possédait une « vision faciale », un peu à la manière des dauphins et des chauves-souris, ce qui était rarissime. Une sacrée chance, selon son médecin qui ne sut jamais à quel point il avait frôlé la mort, ce jour-là.

Il eut une brève réminiscence de son séjour à l'hôpital. De sa sortie du coma, et de cette incroyable terreur qu'il avait ressentie en découvrant qu'il ne se souvenait plus de rien. Aujourd'hui encore, ses souvenirs demeuraient nébuleux. Par moments, il se « voyait » courir vers une voiture, porter ses mains à ses yeux et hurler de douleur.

Tout le reste était flou ou absent.

Pendant des mois, la même question l'avait hanté : pourquoi moi ?

Tandis qu'il finissait de se sécher et de se rhabiller, Gwendal retrouva la mémoire des derniers jours. Son rendez-vous au *Blue Bar* avec Cécile. Ce brouillard qui inquiétait tout le monde. L'explosion. Scurf…

Cécile !

— Ça va, mon gars ?

Les mains accrochées à l'évier, il se laissa submerger par le chagrin et l'impuissance. Se vida de toute l'angoisse qu'il avait emmagasinée depuis l'explosion du faubourg.

Simon l'aida à se repérer jusqu'à son « lit », où il se laissa tomber, épuisé.

— Bois ton café pendant qu'il est chaud, fit Simon en lui collant un bol fumant entre les mains.

Gwendal se sentait au bord des larmes, épuisé de fatigue physique et émotionnelle. D'incompréhension. Que faisait-il ici ? Et depuis combien de temps était-il là ?

— Vous... vous appelez comment ?

— Simon... Simon l'Africain. Y a longtemps que j'porte plus d'autre nom que celui-là, ajouta-t-il, une note de tristesse dans la voix.

— Moi, c'est Gwendal Hardel... Gwen.

Il but son café, reposa le bol et s'approcha de Simon, les mains tendues vers lui.

— Je... je voudrais toucher votre visage.

Du bout de ses doigts si sensibles, il explora le visage de son hôte. Front haut, cheveux crépus. Yeux enchâssés, pommettes plates et larges, nez épaté et grande bouche. La peau était granuleuse et les mâchoires solides et carrées, légèrement écrasées au niveau du maxillaire inférieur.

Simon se laissait faire. Ému que son ange fasse ainsi connaissance avec lui. Ému, parce que ça faisait des années que personne ne l'avait touché.

Gwendal descendit au niveau des épaules, perçut toute la puissance de ce corps immense, à la charpente osseuse épaisse et solide. Palpant les bras, il chercha la main de Simon qu'il prit dans la sienne, et serra longuement. Chaleureusement.

— Merci.

Puis il se réinstalla sur sa couche de cartons. Avec l'impression d'avoir posé ses mains sur un géant qui sentait le musc et dégageait une force musculaire et intérieure, tout aussi tranquille que phénoménale.

— Vaut mieux que tu m'dises «tu», proposa Simon. Et puis que tu m'dises un peu ce que tu fichais par terre.

Rassemblant ses idées, il entreprit de raconter son histoire à Simon, y ajouta quelques informations sur son passé, s'étonnant lui-même de la facilité et du plaisir qu'il prenait à lui parler.

— C'est quoi, ça? Scurf, Funky, c'est pas des noms, ça! rugit Simon.

— C'est pour éviter de se faire identifier, parce qu'ils magouillent, alors ils se donnent des surnoms, et en changent chaque fois que de besoin.

Gwendal se tut, conscient de la rage de Simon qui ondoyait dans l'espace.

— Alors, t'as été flic? Et tu fais quoi, maintenant?

— Rien. Je touche mes allocations et… rien. Je «regarde» passer les journées. Je m'emmerde, quoi!

Simon rigola. Ce type lui plaisait bien.

Un ange policier, ça, c'était pas courant.

— Ben, mon gars, va falloir t'remuer, pour la

gamine, j'veux dire. Faut pas la laisser entre les mains de…

— Scurf.

— Une ordure, tiens !

Furieux, Simon se leva d'un bloc, déplaçant l'air autour de lui. Comme des bouffées de chaleur, une microréaction atomique qui atteignit Gwendal de plein fouet.

— Tu veux que j'te dise, reprit-il en versant du café, je supporte plus d'entendre des histoires comme la tienne. Tous ces mômes qui… qu'on… abîme et qu'on oublie. Y en a deux ici, complètement détruits. Une fille, Charlie, jolie comme un cœur, toujours à rendre service. Et un garçon, pas bien vieux lui non plus, et gentil avec ça. Je l'appelle Hyacinthe, comme la fleur… Il connaît même plus son nom. Moi, ça me retourne, à la fin !

Il enfonça la touche de démarrage de son vieux radiocassette, et *Le Trouvère* résonna dans l'immeuble déglingué. Les deux hommes se laissèrent porter par la musique et les voix des chanteurs.

Simon eut l'intuition que son ange dialoguait avec lui-même, et le laissa en paix, se réfugiant dans la musique.

Pour la première fois depuis son accident, Gwendal mesura le temps perdu, les heures passées à ruminer et à végéter.

Il eut soudain honte de lui, de s'être aussi longtemps apitoyé sur lui-même. D'avoir choisi de vivre en reclus, en écartant les autres de sa vie. À commencer par sa famille, et ses anciens collègues. Soi-disant parce qu'il ne voulait pas de leur pitié.

116

Quand sa thérapeute, Hélène Vortz, lui avait suggéré de reprendre des études, il avait refusé. Quand sa mère et son père lui avaient proposé d'habiter avec eux, il avait décliné l'invitation. Quand son ancien chef lui avait expliqué qu'il ne pouvait plus le garder à la Crim', mais qu'il ferait tout pour l'aider à se recaser, il avait préféré prendre la porte.

Quand, exténuée de lutter à sa place, Anne était finalement partie, après avoir vaillamment tenu quatre ans, il n'avait plus décroché le téléphone.

Anne…

Gwendal se sentit suffoquer.

Il repoussa le souvenir d'Anne, de ces trois dernières années marquées par son départ, et ensevelit à nouveau ce chagrin qu'il ne parvenait pas à guérir.

Un terrible sentiment de vide s'abattit sur lui, lui donnant l'envie furieuse de tout envoyer valser. Handicapé il était devenu, aveugle il resterait. L'envie de disparaître était si violente qu'il se mit à trembler, submergé par un impérieux désir de mourir.

Quand son corps cessa de tressauter, quand les spasmes qui l'agitaient se calmèrent, il inspira profondément plusieurs fois de suite.

Rien que de la peur, songea-t-il.

Peur, après le départ d'Anne, de se confronter à sa vie. À la solitude de l'appartement qui, en son absence, se refroidissait, perdait charme et attrait. Ce n'était plus le lieu du confort et de la sécurité, mais celui du manque et de la solitude. De celle qui n'avait aucun nom. Peur de recommencer sa vie, et qu'elle lui explose à la figure. Comme la précédente.

— Ça va, mon gars ? s'enquit Simon, d'une voix douce.

Hochant la tête, Gwendal inspira profondément, et se calma.

Pour la première fois depuis son accident, il envisageait sa situation avec un regard neuf. Que l'intervention de Simon lui serve au moins à sauver Cécile ! S'obligeant à croire qu'elle était encore en vie, il se concentra sur le souvenir de son rire et de son parfum à la vanille.

— Au fait, Simon, pour le faubourg, t'es au courant ?

— Sûr ! C'est toujours le bordel là-bas. Beaucoup de casse, et de la racaille qui s'installe, des miséreux faut dire. Ça s'bagarre encore un peu avec les pompiers et les flics, mais y tiennent le coup et lâchent pas le terrain. Faut qu'ils en profitent, parce les pelleteuses sont déjà là. Vont tout reconstruire.

— Faudrait que j'aille voir, j'ai un appartement rue Claude-Tillier.

— On ira ensemble, alors. Mais attends-toi au pire, mon gars.

Simon dévisagea son ange, glissa le long des traits épuisés mais fermes et racés. Seuls les yeux, déchirés, étaient difficiles à soutenir. Sensible à la beauté, Simon percevait celle de cet homme qu'il appréciait de plus en plus. Le jugeait droit et malheureux, condamné à vivre seul derrière ses yeux meurtris. Il pressentait également que l'on pouvait lui faire confiance, qu'il irait au bout de sa route, même s'il devait buter sur un chien fou.

Misère de Dieu! Ces yeux!

— Dis donc, t'as pas des lunettes, parce que…

— J'ai dû les perdre… On m'a fait les poches pendant que j'étais dans les vapes.

— M'étonne pas! Allez, on y va.

Il prêta à Gwendal un pull, bien trop grand pour lui, mais qui le protégerait un peu de l'humidité ambiante. En quittant son antre, Simon rattrapa Hyacinthe qui errait dans la rue et demanda à Charlie de veiller sur lui. Puis, tenant Gwendal par l'épaule, il le guida jusqu'à chez lui.

Aujourd'hui, le faubourg grouillait de monde, des ouvriers essentiellement, et le personnel de la ville qui sondait le terrain, centimètre par centimètre. Par-ci, par-là, des braseros illuminaient les nappes de brume.

Quelques rares bagarres éclataient encore entre SDF et gens du quartier, mais la situation redevenait calme. Curieux et envahissants, journalistes et badauds flânaient, en quête de sensations fortes. Bulldozers, pelleteuses et autres engins sillonnaient le faubourg.

Rue Claude-Tillier, Simon se dit que ça valait mieux que son ange soit aveugle. Il y avait quelque chose d'infiniment désolant à regarder ces monstres de pierre, couverts de suie, brûlés par les flammes et les tripes à l'air.

— Bon, ça s'annonce mal, jeta Simon.

— Décris-moi ce que tu vois.

Ce que fit Simon, sans en rajouter. Sans en enlever.

Gwendal lui indiqua le numéro de son bâtiment, et voulut savoir s'il y avait moyen d'accéder à son appartement qui se trouvait au dernier étage, à gauche. Simon leva les yeux. Au-dessus de lui, pendant dans le vide, comme attiré par le sol, un plancher déglingué et des barres en fer griffant le ciel comme des pinces d'insectes. Des murs fissurés et noircis par le feu, effondrés.

— J'crois pas, mon gars. Tout est mort, ça tient… à un fil, comme qui dirait. Va falloir que t'ailles à la mairie, y t'diront quoi faire.

Gwendal hocha la tête, demanda à Simon s'il voyait quelque chose d'utile à récupérer.

— Parce que, si tu n'y vois pas d'inconvénient, je crois que tu viens de te trouver un nouveau locataire, ajouta-t-il en souriant.

Au fond, cette catastrophe lui rendait service. Depuis le temps qu'il aurait dû quitter ce misérable deux-pièces, empestant le passé et un deuil qu'il ne parvenait pas à faire. Qu'il refusait de faire.

Simon passa son bras autour de ses épaules.

— Pas d'problème, mon gars, tu restes chez moi tant que tu veux, et pour la récupe, j'ai une meilleure idée. Mais…

— Quoi ?

— Faudrait pas que tu parles aux flics ?

— C'est prévu, mais, avant, je dois mettre un peu d'ordre dans ma vie.

Simon se marra.

De l'ordre ?

Manquait pas d'air, cet ange-là !

Tard dans la soirée, un taxi déposa Gwendal devant le 20 de la rue de Picpus, là où vivait Simon, qui vint à sa rencontre.

Dehors, le vent soufflait par à-coups, chassant la brume qui se déchirait en flammèches luisantes, tels des drapeaux claquant mollement dans la nuit.

— Vous êtes sûr que c'est là que vous allez ? s'inquiéta le chauffeur en ouvrant le coffre de son véhicule.

— Sûr et certain, répondit Gwendal.

Il se sentait heureux, et fier de lui.

En un après-midi, il avait réglé plus de problèmes qu'en sept ans ! Il revenait les bras chargés de cadeaux, la plupart utilitaires, destinés à Simon et à son petit monde. La présence de son sauveur et l'intensité de son énergie lui faisaient un bien fou.

Malgré un reste de fatigue et des courbatures, il se sentait plutôt en forme, engagé à rembourser Simon et à retrouver Cécile. S'il n'était pas certain qu'elle soit encore en vie, il s'accrochait fermement à cet espoir, aux fragrances de vanille.

Ébahi, le chauffeur de taxi regarda son passager s'éloigner en compagnie d'un géant noir et pénétrer dans la cour d'un immeuble dont il ne restait pas grand-chose.

Simon vivait dans un immense rez-de-chaussée qui à l'origine avait formé deux appartements. Il avait réparé le plafond pour limiter les infiltrations lorsqu'il pleuvait, renonçant à utiliser ce qui restait des étages supérieurs. Dehors, dans la cour, il y avait plusieurs anciens ateliers, à l'abandon.

Heureux de se retrouver, les deux hommes s'assirent sur des caisses en bois, et burent en silence une bière, fraîche et pétillante. Gwendal avait fait quelques courses, sans trop savoir ce qu'aimait Simon. Il avait aussi pensé à lui trouver des cassettes pour satisfaire son goût pour l'opéra. Sans compter qu'il n'envisageait pas d'écouter *Le Trouvère* en boucle pendant toute la durée de son séjour.

Gwendal lui fit le récit de tout ce qu'il avait fait depuis qu'ils s'étaient quittés, rue Claude-Tillier. Expliqua qu'il était allé voir ses parents, morts d'inquiétude, et leur avait appris qu'il logeait chez un ami, en attendant que sa situation redevienne normale.

Ami...

Simon se sentit chavirer de l'intérieur. Ça faisait combien d'années que personne n'avait parlé de lui en ces termes ?

Sa gorge se noua. Il acheva sa bière d'une longue rasade.

Sur sa lancée, Gwendal lui parla de sa famille qui avait décidé de l'aider, non seulement dans ses démarches avec la mairie et les assurances, mais aussi financièrement.

Il s'était fait prêter de l'argent, avait acheté une paire de lunettes et une nouvelle canne, ainsi que deux téléphones portables. Un pour lui et un pour Simon, qui se demanda ce qu'il allait faire de ce truc-là. Peut-être l'offrir à Banana Split qu'avait l'air d'aimer ça.

Suite à quoi, il avait rendu une visite à ses anciens collègues. C'était ainsi qu'il avait appris que le jeune Funky avait été poignardé, et qu'aucune autre victime n'était à déplorer. On lui avait également confirmé que les parents de Cécile avaient déclaré la disparition de leur fille, dont on était toujours sans nouvelles.

Puis il se pencha, palpa le sol d'une main, attrapa un sac en plastique et en sortit deux cassettes.

— J'ai aussi été voir ma psy. Elle m'aide depuis des années à accepter ma cécité… Ça, c'est un livre qu'elle a enregistré, parce que je fais des rêves bizarres…

Gwendal s'arrêta, n'étant pas certain d'être compris par Simon.

— Tu sais, mon gars, avant, quand j'vivais chez moi, là-bas… j'étais sorcier, *medicine man* si tu préfères. J'ai même travaillé avec une équipe de toubibs français.

Gwendal attendit, mais Simon n'avait aucune envie de s'étendre sur le sujet. Pas ce soir.

— Simon ? interrompit Charlie depuis le seuil de l'entrée.

Il déplia son immense carcasse et alla à sa rencontre. Elle attendait sagement devant les restes d'une ancienne porte, respectant la seule règle du squat qu'aucun SDF n'aurait songé à enfreindre. On n'entrait pas chez Simon sans son autorisation.

Gwendal repensa à sa séance de thérapie avec

Hélène Vortz, et aux deux cassettes qu'elle lui avait prêtées.

Vivement intéressée par ses rêves, celle-ci lui avait immédiatement recommandé la lecture de plusieurs ouvrages, tout particulièrement celui d'une certaine Laure Bellanger qui faisait des recherches dans ce domaine depuis des années[1].

Elle lui avait expliqué que la lucidité en rêve était un processus qui advenait lorsque le dormeur se réveillait dans son rêve. Le corps restait endormi, mais la conscience en éveil du rêveur lui permettait d'accéder à d'autres dimensions de lui-même. Cela supposait une certaine conscience de soi, et un contrôle potentiel du rêve.

Enthousiasmée, elle l'avait exhorté à explorer cette extraordinaire possibilité, d'autant qu'il parvenait spontanément à incorporer le réel à ses rêves. Comme la fois où il s'était réveillé avec l'impression d'avoir déjà «vu» Simon. Plus sûrement, avait-elle supposé, son cerveau enregistrait des informations issues de l'extérieur et les lui restituait au cours de son sommeil. Rien de surnaturel ou de magique là-dedans.

Se souvenant d'un livre à propos d'expériences aux frontières de la mort, il lui avait fait part de ses interrogations. Mais Hélène Vortz avait été catégorique, cela ressemblait bel et bien à un rêve lucide. Ces découvertes et ces nouvelles perspectives éveillaient fortement sa curiosité. Il lui tardait d'écouter les cassettes.

1. *Pour toutes les fois*, Folio Policier, n° 374.

Une fois Charlie partie, Simon traversa la salle jusqu'à la cuisine, sans doute l'endroit le mieux aménagé de l'immeuble.

Se saisissant d'un large plat en terre cuite, il y versa le contenu d'une casserole où mijotait du poulet, en prit un deuxième pour y mettre du riz et deux fourchettes, et rejoignit son ange qui sirotait le fond de sa bière. Il soupira d'aise. Ça faisait si longtemps qu'il n'avait pas dîné en bonne compagnie.

— Bon, fit-il en s'asseyant, avant de parler littérature, ça donne quoi avec les flics ? Vont faire quelque chose pour la gamine ?

— Ouais, sûrement.

— T'en penses quoi, toi ? fit Simon, ouvrant deux autres bières.

— Que je ferais mieux de m'en occuper.

— Ça, ça m'plaît ! tonna Simon. Et j'vais te filer un coup d'main. Je serai tes yeux, hein ? T'en dis quoi ?

— Que je comptais bien là-dessus.

Après avoir descendu plusieurs canettes de bière, et après des heures de discussion, l'estomac rempli et le cœur léger, les deux hommes décidèrent d'aller se coucher.

*

Tandis que Simon veillait à ce que tout son petit monde trouve une place pour la nuit, Fergus Bart changeait de vêtements, préparait son matériel, enfilait un blouson, et s'éclipsait de son appartement. Dehors, la brume l'accueillit, idéale pour dissimuler sa silhouette.

Rapidement, il se dirigea vers le cimetière de Picpus, difficile d'accès car il ne donnait pas directement sur la rue. Mais Fergus avait trouvé le moyen d'y pénétrer sans se faire remarquer.

Sauf par Simon, se rappela-t-il, en se glissant sous le grillage qui séparait la Fondation Rothschild du cimetière.

Une fois à l'intérieur, il respira l'air de la nuit. Cracha un nuage de vapeur chaude et eut l'impression bizarre d'inspirer des filaments de brume. Tout en longeant l'une des allées, il se dit que ces variations climatiques étaient pour le moins mystérieuses.

Comme des sautes d'humeur, songea-t-il, en s'approchant d'une statue représentant l'archange Michel terrassant Satan.

Il en fit le tour, prit quelques mesures, réfléchissant à la meilleure façon de l'intégrer au sein de son projet. Emmitouflé, il s'assit sur un banc et laissa travailler son imagination. Bien qu'elle fût en dehors du site des tombes, cette statue le stimulait. Lorsqu'il eut froid, il se releva et remonta l'allée.

Ici, plus de mille trois cents personnes — gens du peuple et d'Église, nobles, militaires, magistrats —, transportées sur des charrettes depuis la place de la Nation, avaient été jetées dans les fosses communes, sans aucun service religieux.

Il avait fallu l'intervention des sœurs de la famille des Noailles pour en faire un lieu consacré au recueillement et à la prière en faveur des suppliciés. Lieu de pardon aux excès des hommes égarés par l'idéologie. Lieu d'amour et de confiance en l'avenir.

Lors de sa première visite, il avait été sidéré par l'austérité régnante. Pas une fleur ne venait briser l'aspect dépouillé des sépultures, maussades et sombres. Pas un bouquet ne participait à la méditation et à la beauté du lieu. Une telle nudité, proche de l'hérésie, dans un endroit dédié au souvenir et à la prière, voilà ce qui était à l'origine de son projet.

Depuis, il avait dessiné et conçu une décoration florale, démesurée et somptueuse, qui viendrait magnifier le geste des sœurs de la famille des Noailles. Cette nuit, il achèverait son repérage et ses derniers croquis. Ensuite, il pourrait entamer la partie créative et la réalisation de plusieurs compositions.

Au milieu des pierres tombales, sur lesquelles couraient des silhouettes brumales et instables, comme des langues humides qui lécheraient la pierre grise et froide, il entrevit une ombre se déplacer le long d'un mur.

Avec précaution, se dissimulant derrière les caveaux, il s'approcha.

— Simon ! s'exclama-t-il d'une voix étouffée. Mais qu'est-ce que tu fous là ?

7

Il était plus de vingt-trois heures lorsque Jeanne émergea du métro Daumesnil.

Le jour le plus long de ma vie! se dit-elle en remontant vers la rue de Picpus.

Elle marchait d'un pas rapide, le col de son blouson serré autour de son cou pour se protéger de l'humidité qui n'avait fait que s'accentuer depuis le début de la journée.

Des bancs de brume se déplaçaient rapidement, poussés par le vent, donnant l'impression de transporter autant de fantômes qu'il y avait eu de morts dans la longue histoire de l'humanité.

Jeanne avançait à travers un nuage compact, éprouvant un mélange de sourde angoisse et de mélancolie.

Des silhouettes glissaient le long des murs, remontaient ou descendaient les trottoirs. Étouffés, des fragments de phrases venus de nulle part lui parvenaient comme un rébus à déchiffrer. Dans la rue, seuls les vélos et les rollers circulaient. Jeanne apercevait des lueurs, vertes ou orange fluo, qui trouaient le brouillard. Certains utilisaient même des cornes de brume.

Les mains enfoncées au fond des poches de son blouson, elle repensa à ses retrouvailles avec son frère.

Il l'avait tout d'abord froidement accueillie, ce dont elle s'était peu formalisée. Après tout, la distance et une certaine froideur étaient des traits de caractère plutôt communs au sein de la famille Debords.

Enfin, de ce qu'il en restait, rectifia-t-elle, avec un pincement au cœur.

L'image de son père, grand et mince, le visage fermé et volontaire, concentré et perpétuellement sous tension, lui traversa l'esprit. Elle se revit un jour de vacances d'été, moment rare et fort apprécié, vers l'âge de douze ans, face à cet homme qu'elle admirait et adorait, lui annonçant qu'elle serait flic.

Après l'avoir patiemment écoutée, son père s'était penché vers elle, avait posé ses grands yeux gris au bord des siens et, silencieusement, durant une éternité de secondes, il l'avait regardée comme plus personne ne devait jamais le faire.

Il avait souri, s'était relevé, hochant très légèrement la tête, et s'était éclipsé sans un mot. Le lendemain, il lui offrait son premier roman de science-fiction. Depuis, elle était restée fidèle à cette littérature que d'aucuns méprisaient.

À peine était-elle installée dans la salle à manger de son frère qu'elle avait regretté d'être venue.

Du bout des lèvres, elle avait siroté un apéritif trop sucré à son goût, et grignoté des cochonneries salées qui lui coupèrent l'appétit. Elle n'avait pas vu ses neveux, partis avec leur mère pour le fabuleux monde de Disney. Ne saurait sans doute jamais si la composition florale qu'elle avait trimbalée depuis Paris serait appréciée à sa juste valeur.

Elle avait découvert que Jean-Marie Debords s'était retranché du monde des vivants, acceptant tant bien que mal son isolement et son départ du barreau. Quant au décès de leurs parents, il refusait d'en parler. Une seule chose l'intéressait : la position de Jeanne. Que comptait-elle faire ? Avait-elle, enfin, les moyens de rouvrir le dossier concernant leurs parents ? Frère et sœur s'étaient plus d'une fois affrontés à ce sujet. Violemment même, car Jeanne supportait difficilement qu'il refuse de l'épauler.

Minimisant ses doutes et soupçons, il lui avait répondu que sa paranoïa était plus développée que jamais. Pourquoi n'arrivait-il donc pas à admettre que quelque chose puait dans ce dossier ? Que quelqu'un s'évertuait à laisser pourrir une affaire qui avait pourtant défrayé la presse durant de longs mois !

Non loin de la Fondation Rothschild, elle se heurta à un passant ivre mort, s'excusa, râla et se frotta le nez pour se débarrasser de l'odeur d'alcool et d'acétone qui enveloppait l'homme.

Mais que voulait-on cacher ?

Qui pouvait ne pas avoir intérêt à l'élucidation du meurtre d'un ancien juge ?

Qui pouvait à la fois se sentir inquiété et être suffisamment haut placé pour manipuler les pions de cet incompréhensible échiquier ? Où Jeanne s'était égarée, créant des perturbations, ignorante qu'elle était des règles d'un jeu qui, tout en la concernant au plus près, avait été habilement conçu pour la maintenir à l'écart ?

Le visage de son frère, tendu et gris, s'afficha dans son esprit.

Que signifiait l'attitude de Jean-Marie ?

Odeur diffuse de peur.

Se sentait-il menacé, se demanda-t-elle, incrédule. Et de quoi ? Et par qui ?

Un étau de boue se resserra autour de sa gorge, et la culpabilité l'assaillit.

Culpabilité envers ses parents.

Calmant l'un et réconfortant l'autre, Nicole Debords avait égayé leur vie, contrebalançant le silence et la froideur qui caractérisaient son mari. Ce qui n'était qu'un vernis protecteur, consciencieusement appliqué couche après couche, année après année, pour survivre dans un milieu aussi poussiéreux que fidèle aux coutumes intrinsèques à l'exercice du pouvoir.

Culpabilité envers son frère.

Qui vieillissait mal, alors même qu'il n'avait pas encore cinquante ans. Qui suait la rancœur et se plaignait de ses conditions de vie, refusant d'admettre qu'il était le seul à l'orchestrer.

Un frère qui s'était toujours tenu loin d'elle et qui, enfant, lui en avait fait voir de toutes les couleurs, à la mesure de son extrême jalousie. Elle l'avait regardé grandir, émerveillée — car c'était bien d'avoir un grand frère —, se jurant qu'un jour il se tournerait vers elle et l'accepterait enfin.

Bouffi d'amertume et de regrets, Jean-Marie Debords possédait cette agressivité propre à ceux qui se sentent rejetés par la personne qu'ils aiment le plus. Dont ils attendent, en vain, un signe de reconnaissance. Il en avait conservé une indéfectible hostilité envers sa sœur.

Jeanne ne lui avait rien dit concernant la découverte d'Irma, de ce dossier qui portait dorénavant une étiquette rouge et noire, avec la mention : les Décapités. Elle ne lui avait rien révélé de sa propre douleur. Rien appris non plus.

Un sifflement la fit sursauter et lui fit perdre le fil de ses pensées.

Instinctivement, elle se colla au mur. Les yeux à l'affût. Sur la défensive. Pesta intérieurement en comprenant qu'il s'agissait d'un patineur ou skater qui arrivait droit sur elle. Elle sentit, plus qu'elle ne vit, quelque chose passer à vive allure dans le brouillard, en chuintant. Le long de la silhouette noire qui frôla ses pieds, des clignotants rouges.

Soufflant bruyamment, Jeanne se passa nerveusement la main dans les cheveux. Dix ans de culpabilité ! De quoi empêcher n'importe quel être normalement constitué de vivre sa vie.

Dix ans à vivre recluse dans ce grenier aux souvenirs. Eh quoi ? Ce n'était tout de même pas elle qui avait massacré ses parents ! Alors, d'où venait ce sentiment de faute qui la rongeait de l'intérieur, et lui interdisait de s'engager pleinement dans la vie ? Qui l'enferrait dans le passé, l'empêchant de jouir du présent et de construire réellement l'avenir.

En face d'elle, le cimetière reposait, silencieux, paquebot au milieu des nuages de brume. Sur sa gauche, elle aperçut l'enseigne du *Blue Bar*, bleue et jaune. Un peu plus loin, la croix verte de la pharmacie qui, depuis l'arrivée du brouillard, restait allumée en permanence. Tel un phare.

Elle projeta son esprit vers la place de la Nation, du côté du restaurant de Nina. Imagina les néons rouges affrontant le brouillard. À l'intérieur, il devait y faire bon, et la vodka coulerait jusque tard dans la nuit pour accompagner une excellente cuisine russe.

Elle se dit qu'elle y ferait peut-être un tour, avant de se rappeler que Nina avait mis la clé sous la porte, juste après les incidents survenus dans le quartier.

Installée à son bureau, Jeanne ouvrit son agenda et raya avec une certaine satisfaction TÉL. JM. Quand bien même sa conversation avec son frère s'était révélée infructueuse.

Jean-Marie avait été on ne peut plus clair. Ou elle prenait en main la réouverture du dossier sur la mort de leurs parents, ou plus jamais il ne lui ouvrirait sa porte. Cette fois-ci, elle l'avait pris par surprise, mais qu'elle ne compte pas renouveler l'exploit, lui avait-il répété une bonne dizaine de fois. Aigri et buté.

Jeanne sentit le chagrin s'emparer d'elle, lui

comprimer la poitrine, puis disparaître, emportant les restes d'un émerveillement de petite fille pour un frère inaccessible.

Elle attrapa une pile de dossiers laissés à son attention, alluma une Camel et se plongea dans la lecture des différents rapports concernant neuf meurtres qui semblaient bel et bien constituer une même série.

Les Décapités, se dit-elle, songeant aux circonvolutions de l'Histoire qui faisaient qu'elle travaillait juste à côté de la Nation. Là où l'on avait guillotiné quantité d'anonymes.

Ce qui l'amena à se demander ce qui pouvait bien motiver un individu pour qu'il décapite ses victimes… post mortem.

Un bruit lui fit lever la tête.

Se tenant dans l'encadrement de la porte, Irma et Fred, hésitant l'un et l'autre à sourire.

— Qu'est-ce que vous fichez ici ?

Irma se lança dans une vive description de leur soirée au *Blue Bar*, et s'épancha sur l'art de déguster un cigare, qui donna le tournis à Fred. D'un geste de la main, il la fit taire.

Jeanne lui adressa un regard reconnaissant.

Autant elle adorait l'ardeur et l'enthousiasme d'Irma, autant ce soir elle appréciait le calme du très procédurier Frédéric Parthenay qui, fidèle à lui-même, lui avait dressé une synthèse parfaite. Qui n'attendait plus que d'être lue.

Elle n'avait pas besoin qu'Irma lui explique ce qu'ils faisaient ici, à cette heure avancée de la nuit. Elle les connaissait désormais trop bien. Se sentant émue de leur attention, elle s'ébouriffa la frange, et décida de profiter qu'ils étaient ensemble pour tenter d'y voir plus clair dans le dossier des Décapités.

— T'as vu, Jeanne, pour les victimes ? lâcha Irma en s'affalant sur son siège.

— Pas encore…

— Parce que, cette fois-ci, ça renarde velu !

— Ça quoi ? fit Fred, étouffant un bâillement.

— Ça pue ! Tu peux m'croire, ajouta Irma, cette fois-ci, c'est craignos !

Fred soupira en l'écoutant parler, s'affaira à son bureau, tout en regardant Jeanne du coin de l'œil.

À sa façon, Irma venait de résumer la situation. Les jours à venir promettaient d'être pénibles. Puis il se rappela qu'il avait rendez-vous chez son psy le lendemain après-midi. Pour une fois, elle avait raison… ça craignait !

N'en croyant pas ses yeux, Jeanne sentit quelque chose remuer en elle. Encore embryonnaire, dépourvue de relief et de sens, une pensée affleurait juste au bord de sa conscience. Lui procurant l'impression qu'elle détenait une partie de la solution, et qu'il suffisait de déplacer un élément pour y voir clair.

Les victimes… Nom de Dieu ! Toutes des…

*

Scurf traînait en bas de chez lui, attendant que son vieux soit couché pour rentrer en faire autant. Fumant joint sur cigarette, il écoutait sur un Sony portable un vieux CD de Buuba.

Autour de lui, les garçons de la Cité Verte allaient et venaient, certains planquaient, d'autres faisaient le guet ou mettaient la pression sur les habitants du coin. Le ghetto et le chômage de masse, le repli communautaire et l'abandon de la mixité entre les jeunes, entraînaient un processus régressif primaire, que Scurf utilisait à son avantage.

Un peu après minuit, il aperçut Nadia qui profitait de la nuit pour se tirer en douce de chez elle. Filant droit vers elle, il la chopa par un bras et la secoua brutalement, en la traitant de tous les noms.

— T'étais où, hein ? Putain, t'étais où ?

— Mais... Ta race, Scurf ! Lâche-moi ! gueula-t-elle.

S'il la cherchait, ce n'était sûrement pas pour la féliciter.

— Sont où les autres salopes ?

— Chais pas... hé, tu m'fais mal, là !

— T'as encore rien vu ! Elles sont où ?

— Sur la vie d'ma mère, j'en sais rien ! J'suis pas payée pour les surveiller.

Il aurait dû y penser plus tôt. C'était pas con, ça, comme idée. Payer une fille comme Nadia pour qu'elle surveille les autres. Déjà qu'elle lui servait de rabatteuse, contre du fric ou de la dope.

— Maintenant, t'es payée pour, siffla-t-il.

— Pour faire quoi ?

— Pour surveiller cette bande de salopes !

Nadia opina de la tête. Elle verrait plus tard pour les détails, Scurf avait l'air à deux doigts de déboulonner.

— Et puis trouve-moi une fille !

Elle se raidit.

Au début, ça l'amusait d'aller dans d'autres cités ou à Paris pour appâter une fille, la ramener ici et la jeter dans les bras de Scurf et de sa bande de minables. Au début. À cause du fric.

Maintenant, elle en avait marre, se trouvait nulle et commençait à avoir sérieusement la trouille, surtout avec le procès qui se rapprochait.

Elle se sentit pire qu'une merde. Aurait aimé pouvoir remonter le temps, et tout recommencer. Ce qu'ils avaient fait à Bouchra était dégueulasse. Immonde !

Bouchra, plus morte que vive, et rien ne pourrait réparer ça.

Un détail qui n'avait pas l'air de faire flipper Scurf, se dit-elle en le regardant de biais.

— Demain, j'vais aux Halles, mentit-elle, se demandant comment elle allait faire pour se sortir de ce piège, pour lui échapper.

— Ça l'fait ! lâcha-t-il, nerveux.

— Pour les autres, chais pas Scurf. J'crois qu'on les a pas vues depuis des plombes.

— Casse-toi.

En s'éloignant, elle repensa aux derniers mois. Songea que même au collège ils avaient harcelé Bouchra. Et toujours personne pour la défendre. Pour entendre les cris qu'elle poussait dans les toilettes. Cage d'escalier, cabane, école claquèrent dans son esprit, accompagnées de hurlements, obligatoirement silencieux.

Car aucune fille n'avait oublié l'histoire de Yamina. Ni la honte des parents qui renièrent leur fille au moment où elle avait désespérément besoin des siens. Ni l'exil d'une adolescente, envoyée on ne savait où, pour y vivre terrée et cloîtrée à vie. À peine née, et déjà morte !

Toutes les filles, de toutes les cités autour de Paris, et partout ailleurs en France, connaissaient cette histoire qui avait circulé à la vitesse de la lumière. Aucun risque pour leurs tortionnaires : désormais, pas une d'entre elles ne parlerait.

Nadia cracha par terre.

De rage, de désespoir et de dégoût. Des autres et d'elle-même. Elle s'enfonça les écouteurs du walkman dans les oreilles. Fermant les yeux, elle imagina sa mémoire telle une immense ardoise noire. Se vit passer l'éponge dessus.

Gommer les images, les souvenirs et les sensations.

Gommer la mémoire et le corps jusqu'à obtenir un poli si parfait qu'il ne resterait plus une ombre. Plus un éclat du passé. Plus une marque.

Libérée, elle rouvrit les yeux, se demanda ce qu'elle fichait dehors, à cette heure-ci. Se rappela qu'elle étouffait chez elle. Se déhanchant au rythme de la musique qui lui éclatait les tympans, elle partit en direction de la sandwicherie, unique lieu où elle pouvait s'échouer tranquillement. Ces derniers temps, les autres filles avaient tendance à l'éviter. À cause du procès.

Le visage de Bouchra s'afficha dans son esprit. Celui d'aujourd'hui. Les os apparents et les mâchoires serrées, indéfiniment crispées. Les lèvres blanches et les yeux morts.

Frissonnant, Nadia s'efforça de remplacer cette vision, de se remémorer la Bouchra d'avant. Celle qui avait les yeux vifs, noisette clair. Les pommettes hautes et les lèvres gourmandes. Quatorze ans, et envie de croquer la vie à pleines dents. De passer son bac, et de se tirer de son trou de banlieue. De ces étendues bétonnées, où seule la misère était logée correctement.

Quatorze ans, et des rêves pleins la tête et le cœur. Cassés en mille morceaux. Éparpillés au vent de la barbarie.

Nadia avait eu tout le temps d'y penser.

D'imaginer la terreur de Bouchra. Et ses rêves souillés, dissous dans la peur qui lui broyait le ventre, matin et soir. Et qui, la nuit, devaient perler à la surface de la peau. Volutes noires, mortelles et étouffantes, qui finissaient par retomber sur son corps, l'asphyxiant.

Nadia la voyait se réveiller, haletante et brûlante de fièvre, cherchant à expulser l'air de ses poumons pour se défaire d'un poids énorme. Une main sur la gorge, retenant un cri qui n'avait déjà plus rien d'humain, il lui fallait sans doute de longues minutes pour retrouver son souffle, sans jamais parvenir à expurger ce qui la dévorait.

Nadia n'imaginait rien qu'elle ne connaisse déjà. Ne faisait que transposer ses propres angoisses. Toutes les amies de Bouchra avaient accordé leur cœur et leur respiration sur la sienne.

Sauf elle.

Ça suffit !

Du coin de l'œil, elle vit Scurf faire les cent pas,

perçut sa tension et se promit de l'éviter. Comment ferait-elle pour oublier tout ça ? Pour se racheter, si c'était encore possible.

Et pour se trouver une fille, qu'il se démerde, jura-t-elle en s'éloignant.

Des plombes !

Instinctivement, il sut que c'était la pire nouvelle qu'on pouvait lui annoncer. Depuis la mort de Funky, beaucoup le fuyaient, refusaient de lui parler ou de le voir, alors si en plus les filles s'étaient fait la malle… L'image de Raja sur le quai du RER lui revint en mémoire. Fière et murée dans son dédain, qui ne laissait jamais rien paraître, même pas la peur.

Salope de menteuse !

Quand elle lui avait dit qu'elle allait aux Halles, il avait proposé de l'accompagner. Et cette garce lui avait répondu en le menaçant avec son cutter ! Longtemps, il était resté sur le quai, à attendre son retour. Pour rien.

Il explosa de colère.

— LA SALOPE !!! Elle m'a eu !

Quelqu'un savait forcément où était passée la bande à Raja, et cette pétasse de Bouchra. Il suffisait de trouver qui. Et d'arriver à le faire parler. Un méchant sourire lui barra le visage. Pour ça, il se faisait confiance. Celui ou celle qui savait où étaient les filles le lui dirait. De gré ou de force.

De loin, il repéra Willy avachi au pied d'un escalier.

Encore un putain de problème !

140

La mort de Funky, le trajet en voiture depuis Nation avec Cécile, dans les vapes sur la banquette arrière et qui n'arrêtait pas de gémir, la mise en quarantaine qu'ils subissaient, tout cela n'était rien comparé aux changements qu'il percevait chez Willy. Qu'il ne comprenait pas, ne savait ni gérer ni contrôler.

Les yeux immobiles de Willy, deux billes bleues dans un ciel de nuages blancs, se posèrent sur Scurf, le perforant. Agacé, celui-ci se laissa tomber à ses côtés, évitant ce regard qu'il ne supportait plus. Qu'est-ce qui pouvait bien se passer sous le crâne d'un géant de chair et de muscles ?

— Tu fous quoi, Willy ?

— J'écoute.

Complètement taré, se dit Scurf, se demandant ce qu'il allait faire de lui.

— T'écoutes quoi ?

— Le vent.

Scurf scruta la nuit. Des filets de brume se déplaçaient lentement çà et là, mais il n'y avait pas un pet de vent.

Il hocha la tête. Ce n'était pas le moment de le contredire. D'une voix calme, il lui expliqua son problème avec les filles.

— Tu vas bouger ton cul, Willy, et me trouver cette salope de Raja !

— Non.

— Quoi ?

— Le vent dit non.

Penchant sa lourde tête, Willy planta son regard fixe et cotonneux dans deux yeux bouffis de fureur.

L'immensité polaire contre le feu du volcan. Frémissant, Scurf se détourna.

Willy releva la tête, nez au vent, attentif à quelque chose que personne hormis lui ne pouvait entendre. Contenant sa rage, Scurf se leva, lui tapota l'épaule, se jurant de trouver une solution au problème que lui posait ce monstre.

Après la mort de Funky, Willy avait pris une décision. Depuis qu'il avait compris que le sang était sacré, et qu'il fallait tout faire pour l'empêcher de s'échapper du corps. Plus rien ne l'attachait à Scurf. Dans sa tête, Willy conversait avec le vent, le seul ami qui lui restait. Désormais, épousant son chant, il lui demandait conseil et réconfort. Notamment pour la fille que Scurf retenait prisonnière.

— Hé ! hurla Scurf, apercevant un garçon d'une douzaine d'années. Amène-toi !

Ahmed stoppa net dans son élan, hésita et bifurqua dans sa direction.

— Alors, on la fait quand cette bête de teuf ?

Ils se claquèrent dans les mains. Restèrent une ou deux minutes sans parler, à tirer sur un joint.

— T'as pas vu cette salope de Raja ?

Ahmed secoua négativement la tête. Regarda bizarrement Scurf.

— T'as un problème ? lâcha-t-il sur la défensive.

Ce dernier baissa les yeux. Pas question de parler de Funky ou de cette fille que Scurf avait ramenée à la cité.

— Et Jérémie, il est où ?

— À la sandwicherie, non ?

Scurf cuisait d'une colère qui ne trouvait aucun exutoire.

Quelque chose n'allait pas et menaçait ses projets. Il avait trop de problèmes à gérer. La détention de Cécile, dans un appartement qui servait de cache, lui posait mille difficultés. Qu'est-ce qui l'empêchait de la tuer ?

Pour qu'elle se tienne tranquille, il lui faisait une injection, à intervalles réguliers, l'accoutumant et la rendant dépendante, silencieuse. De la came de bonne qualité, et ça finissait par lui coûter un max. D'autant qu'elle ne lui apprenait rien sur Raja et sa bande.

Et comme si ça ne suffisait pas, Willy pétait les plombs !

Un mauvais point pour lui qui l'avait toujours utilisé pour foutre la trouille aux autres, et asseoir son autorité. Car personne ne se risquait à contrarier un géant que tous jugeaient ravagé.

— Demain, on se retrouve à la cave, fit Scurf d'une voix sourde.

— Quelle heure ? demanda Ahmed, les yeux brillants.

— Six. Tu vas où ?

— Me vautrer.

Scurf lui planta son regard de cinglé dans les yeux. Que ne donnerait-il pas pour dormir quelques heures ! Il leva la tête. Les lumières étaient toujours allumées chez lui.

— Demain, fit Scurf, à six heures.

— Ça l'fait, répondit Ahmed en s'éloignant.

Il pouvait compter sur ce môme. Jamais il ne le

lâcherait. Jamais il n'irait raconter ce qu'ils faisaient dans les caves de la cité. À moins de signer
son arrêt de mort, car son frère aîné ne lui pardon-
nerait jamais. Ce que Scurf n'ignorait pas. Il avait
correctement monté son affaire, et tenait les plus
jeunes en main.

Il avait savamment mis en place une combine,
cercle vicieux qui les emprisonnait, ne leur laissant
aucune latitude. Aucune marge de manœuvre,
puisqu'ils n'avaient ni les moyens de s'en sortir,
excepté la fuite, ni l'énergie de s'opposer à lui.

Au contraire, une dette en entraînait une autre,
comme un besoin en créait un nouveau. Prenant
exemple sur le système, Scurf jonglait avec le sur-
endettement délictueux, manipulant chacun habilement.

N'en pouvant plus de se cailler dans le hall de
l'immeuble, il décida de tenter sa chance, et rentra
chez lui.

Le cœur battant, il se retourna en entendant un
grincement. Face à lui, son père, endormi, le visage
chiffonné par le sommeil et l'usure. La gueule de
bois.

— T'arrives d'où ?

Scurf haussa les épaules. Sans répondre, il se
dirigea vers la cuisine, ouvrit le frigo, attentif aux
moindres mouvements de son père.

— J'te cause !

— J'étais avec les autres, répondit Scurf en
l'épiant du coin de l'œil.

Son père eut un mauvais rire.

Scurf referma le frigo avec une douceur inha-
bituelle. Mâchouillant un morceau de gruyère, il
affronta son père, certain qu'il détesterait ça.

— Baisse les yeux, sale petit con !

— N'approche pas, p'pa !

En ricanant, son père cherchait du regard de
quoi le frapper.

Il l'attendait depuis minuit. S'endormant et se
réveillant régulièrement. Au fil des heures, la
colère avait enflé en lui, au point d'imbiber chaque
cellule de son corps amaigri par l'alcool.

Les yeux de Scurf se posèrent sur le dossier de la
chaise. En même temps que les mains de son père.

— Arrête, p'pa, fais pas ça !

— Ça t'amuse de glander toute la nuit avec ces
connards de bougnoules, hein ?

Son père brandit la chaise au-dessus de sa tête.
Scurf sentit la peur fondre sur lui. Une peur avec
laquelle il vivait depuis sa naissance.

La chaise vola dans la cuisine, s'écrasa contre
le mur.

Quelque chose tangua en lui.

Ouvrant un tiroir, il se saisit d'un couteau, et le
pointa en direction de son père, retrouvant l'excitation qu'il avait éprouvée face à Cécile.

Celui-ci vit rouge.

— Pose ça ! Bordel de merde, pose ça, tout de
suite !

— Ta race !

— Je vais t'apprendre, sale petit con, à me man-
quer de respect !

Jamais Scurf, Michael de son vrai prénom,

n'avait osé lui tenir tête. Il observa son fils plus attentivement. Ne vit rien d'autre qu'un gamin de seize ans, les yeux furieux et les maxillaires contractés. Dans sa main, un couteau.

— J'suis ton père !

— Ah, ouais ? Tu m'fais mal, tiens !

— Pose ça, Michael, ou je vais te dérouiller comme jamais, t'entends ? POSE CE PUTAIN DE COUTEAU !

D'un geste rapide, Scurf le camoufla derrière son dos. Sa mère venait d'apparaître dans l'embrasure de la porte. Le visage marqué par une trop courte nuit de sommeil. Une trop longue vie de boulots éreintants. Un mariage bien trop misérable.

Il se détesta. Ça dura une minuscule seconde, mais ce fut suffisant pour qu'il éprouve une haine terrible contre lui. Contre son père, et le monde entier.

— Qu'est-ce qui se passe ? demanda-t-elle, d'une voix lasse, les yeux dirigés vers la chaise brisée.

— C'est rien, m'man, on discutait.

Sa mère eut un pauvre sourire.

Son père lui jeta un regard méprisant et vida les lieux en bousculant sa femme. Profitant de ce que sa mère ne le regardait pas, Scurf se débarrassa du couteau et lui proposa de mettre l'eau à chauffer pour son café. Elle lui sourit, gentiment. Tristement.

Scurf sentit ses yeux s'humecter.

La prochaine fois, je le tue !

Sa mère l'embrassa, et comme chaque matin, à cinq heures et demie précises, elle se mit à prépa-

146

rer un frugal petit déjeuner, sans poser de questions.

*

Willy dormait, et Willy rêvait.

Chevauchant une bourrasque de vent, il se sentait roi de l'univers, prince du ciel, et si léger. Tellement léger. Tellement puissant.

Willy dormait, et Willy respirait le vent.

S'imaginant des contrées immenses, où le vent, doux et caressant, bercerait l'herbe verte. Les plantes et les feuilles des arbres.

Willy dormait, et Willy chantait le vent.

Traversant des pays de paix et de tendresse, qui n'existaient qu'en rêve. Tournoyant dans les cieux, il se jouait des courants d'air, heureux comme jamais. Comme nulle part ailleurs. Puis le vent s'apaisa, et disparut.

Willy dormait, et Willy devenait le vent.

8

Confortablement assise à une table du *Blue Bar*, Jeanne dégustait une vodka. Rêvait à Khaled et s'inquiétait de son silence.

Sur les conseils du patron, Irma et Fred s'étaient mis au cognac. Après avoir caressé la cape d'un Épicure nº 2 de Hoyo de Monterrey, humé ses arômes et s'être pliée au rituel de la décapitation, Irma savourait son cigare. Sous l'œil réprobateur de Fred.

Ils avaient passé des heures à éplucher les documents qu'Irma imprimait sans relâche. Au bout d'un moment, Jeanne avait ressenti une brutale envie de boire, de se saouler même.

— Dis-moi, Jeanne, fit Irma, qu'est-ce qu'on fait pour…

Elle l'accrocha du regard. Fred vint au secours d'Irma.

— Je crois qu'il va falloir que tu nous affranchisses sur tes parents.

Odeur du passé, de feuilles mortes.

Odeur de vase. De vieux bois et de formol.

Une vision, aussi brève qu'accablante, s'imposa à elle, lui restituant le souvenir des catacombes,

148

et des corps meurtris et putrides de ses parents. Jeanne lâcha Irma pour fixer Fred, qui ne put s'empêcher de rougir. Il avançait sur un terrain miné, en sachant que c'était inévitable.

D'un geste de la main, elle recommanda un verre, tenta d'éclaircir ses idées et leur narra ce qu'elle savait de la mort du juge Debords et de sa femme, n'éludant aucun détail. Le patron du *Blue Bar* déposa silencieusement trois verres, un blanc givré pour Jeanne, deux autres ambrés pour Irma et Fred qui retenaient leur souffle.

Jamais elle n'avait autant parlé d'elle ou de sa famille. Ni de ses difficultés avec l'administration judiciaire et policière. De ces événements qui remontaient désormais à presque dix ans.

Un matin de juin, le 8 pour être exact, le juge et sa femme avaient disparu. Ils sortaient de chez eux pour se rendre au marché, comme ils le faisaient chaque dimanche depuis plus de vingt ans, et semblaient s'être volatilisés.

Immédiatement avertie, et ce en raison d'un dossier brûlant sur lequel travaillait son père, la brigade antiterrorisme était entrée en action. Une mauvaise coordination entre les services n'avait fait qu'accentuer les difficultés de Jeanne, renforçant sa colère envers ses supérieurs.

Envers son frère aussi, qui n'avait rien entrepris pour seconder sa cadette. Cela restait un point obscur et douloureux pour elle qui ne comprenait toujours pas son attitude. Quant aux explications qu'il lui avait fournies l'autre jour, aucune ne s'était avérée convaincante.

Une question cognait en elle. Se pourrait-il que son frère lui cache quelque chose d'important ? D'un geste de la main, elle chassa cette pensée de son esprit, et reprit son récit.

Le 19 juin, au cours d'une descente dans les catacombes, dans le but d'arrêter un groupe de skinheads qui se livraient à des messes noires, Jeanne avait buté sur les cadavres de ses parents. Elle fit une pause pour refouler les images qui l'assaillaient.

Il s'était ensuivi une assez longue période de dépression, et quelques actions qui ne l'avaient menée nulle part, puisqu'elle s'était fait rapidement mettre sur la touche. Depuis, elle cauchemardait, et s'efforçait de museler sa mémoire. De négocier avec son impuissance.

— Mon problème, fit-elle, d'une voix rauque, c'est que je n'ai pas encore trouvé le moyen de pression idoine pour reprendre cette affaire.

— Une chose m'échappe, intervint Fred. En quoi ce dossier gêne-t-il à ce point — et qui ça gêne — pour que personne ne puisse y toucher ?

— La version officielle, reprit Jeanne, secret défense. Papa enquêtait sur un réseau de terroristes. Je n'en sais pas plus. Je n'ai eu accès qu'à très peu d'éléments. C'est pour ça qu'on m'a expédiée à Caen, après m'avoir baladée de service en service.

Buvant son cognac et se délectant de son cigare, Irma l'écoutait, fascinée par son histoire, qui n'était pas sans faire écho à la sienne, dans une moindre mesure.

Ancien gendarme et homme d'une grande probité, le père d'Irma avait été victime d'un chauffard au cours d'un banal contrôle d'identité. Il y avait laissé ses jambes, et était cloué depuis dans un fauteuil roulant. Irma s'était mis en tête de retrouver son agresseur.

Disparaissant plusieurs semaines, elle avait enquêté, seule, obstinée et blessée. En vain. À son retour, elle avait décidé d'entrer dans la police. Imperceptiblement, Irma sentait que résoudre l'histoire de Jeanne, c'était obtenir justice pour son propre père.

— Autrement dit, reprit Fred, ta conviction est faite : l'assassin des Décapités est le même que celui de tes parents. T'as vu le profil des victimes ? On marche sur des œufs, Jeanne.

Elle opina de la tête, voulut boire un coup, s'aperçut que son verre était déjà vide. Machinalement, elle interpella le patron.

Celui-ci regarda sa montre, hésita. Il était tard, mais ces derniers temps la police avait autre chose à faire dans le quartier que de contrôler les fermetures des bars. Il s'approcha et déposa une bouteille sur la table.

— C'est pas tout, lâcha Irma, en tapotant son cigare sur le bord du cendrier. On fout quoi, nous, maintenant ?

— Je dois trouver le moyen de récupérer ce dossier.

— Ouais, autant dire que c'est la merde, ronchonna Irma, légèrement éméchée. Ce qu'il faudrait, c'est une monnaie d'échange…

— Ça ne réglerait pas tout, Irma.

— Ça serait déjà un progrès. Je peux essayer de pirater…

— Pas question, fit Jeanne.

— J'en suis cap, tu sais.

— Je n'en doute pas une seconde.

Irma soupira, haussa les épaules et acheva son cigare sans ajouter un mot.

— Je suis sérieuse, Irma, poursuivit Jeanne. Pas question que tu fasses un truc pareil.

Cette dernière hocha la tête, message reçu.

Frédéric voulut savoir jusqu'où Jeanne avait pu progresser, du temps où elle pouvait encore enquêter. Il apprit que toutes les pistes aboutissaient à une impasse. Au point qu'elle en était arrivée à contester la version officielle.

— Pourquoi ?

— Si c'étaient réellement des terroristes, j'aurais dû trouver une information dans ce sens, non ?

Or s'il existait une piste qui lui avait semblé d'avance vouée à l'échec, c'était celle d'un réseau terroriste. Bien entendu, son père enquêtait sur un groupe d'extrême droite, et son infiltration dans les sphères politiques et administratives. Sauf que ça ne collait pas.

— J'ai toujours pensé que si l'on m'empêchait d'accéder au dossier, c'était pour une raison qui n'avait rien à voir avec ces terroristes qui, depuis, ont été arrêtés.

— Ton impression ? s'enquit Fred en jetant un regard furtif à Irma qui somnolait sur son siège, cigare à la main.

— Que mon père instruisait une autre affaire.

Délicate et confidentielle, si j'en juge le mal de chien qu'on s'est donné pour me faire renoncer.

— Politique, alors, conclut Fred.

— Possible. En fait, j'en sais rien, Fred, c'est ça qui me rend malade. Ne pas savoir. Ne pas comprendre. Hésiter. Me sentir ballottée par les événements.

Fred hocha la tête.

Ce genre de situation ne lui était pas inconnu, même si, le concernant, c'était plutôt d'ordre sentimental. Familial aussi.

Il n'ignorait rien des trafics auxquels se livrait son père, épaulé par les autres hommes de sa famille, ni de leur aversion envers lui depuis qu'il était entré dans la police. Un conflit douloureux qui durcissait les yeux de son père. Quant à sa mère, elle se lamentait qu'il soit le seul de ses enfants à ne pas être marié. À ne pas lui donner de petits-enfants. Ses sœurs y avaient pourtant largement pourvu.

Mais sa mère n'en démordait pas : il faudrait bien que son unique fils se range, qu'il épouse une gentille petite femme, et qu'il transmette le nom.

Il relégua au fond de lui la tristesse qu'il éprouvait en constatant la distance qui se creusait, d'année en année, entre lui et les siens. Son impuissance face à un célibat qu'il ne revendiquait pas.

Tout au contraire, il se sentait fait pour l'amour. Sauf que son cœur vivait toujours cette incompréhensible situation qui consistait à désirer deux femmes à la fois. Pour finir par n'en avoir aucune. En désespoir de cause, il s'offrait quelques périodes de trêve, allant d'une amante à l'autre.

Deux jours plus tôt, après sa première séance de thérapie, l'abattement l'avait saisi devant l'étendue des dégâts. S'il voulait s'en sortir, il lui faudrait aller au charbon, creuser cette question, et bien d'autres. Il songea un instant à ce que lui avait dit son psy, d'une étrange et froide intelligence. Mais Frédéric Parthenay ne doutait pas qu'il faille de l'étrangeté pour exercer un tel métier.

Abandonnant les complications de sa vie amoureuse, il reporta son attention sur l'affaire des Décapités.

Ils avaient recoupé les faits et annoté chaque dossier, dressé un nouveau profil des victimes et réétudié les scènes de crime, lu et analysé tous les rapports. Irma et lui étaient retournés sur les lieux, avaient patiemment réinterrogé les familles. L'autopsie de Dominique Gabriel, trouvé dans un recoin du XXe arrondissement, n'avait apporté aucun élément nouveau.

— Une chose m'échappe, fit Irma en soufflant une épaisse fumée odorante, pourquoi notre assassin leur tranche-t-il systématiquement la tête, après les avoir tués ? Je veux dire, c'est quoi son mobile à ce taré ?

Jeanne chercha ses mots et leur livra le contenu de ses dernières réflexions.

— On dirait une volonté d'éradiquer les victimes, comme pendant la Révolution, tuer la monarchie, physiquement et symboliquement. Notre tueur tente peut-être de nous dire qu'il ne s'attaque pas à une personne, juste par aversion pour elle, mais pour déstabiliser et faire pression sur son groupe,

154

briser la représentation de la fonction, reprendre le pouvoir…

— Post mortem ? s'exclama Irma.

— Bien sûr ! Sinon, où serait le plaisir de la torture, répondit Jeanne, cinglante. En fait, j'en sais rien… ce n'est pas ça qui m'emmerde, si vous voulez savoir.

— On en est toujours au stade des hypothèses, répondit Fred. Ça vaudrait le coup de demander l'avis d'un psy, non ?

— Qu'est-ce qui t'emmerde ? fit Irma.

— Expliquez-moi un peu, poursuivit Jeanne, comment notre assassin, qu'on présume être un homme, d'une grande force physique et qui aurait entre trente et cinquante ans, fait pour réussir son coup à chaque fois ? Qu'il s'agisse d'une femme ou d'un homme, c'est à croire que les victimes lui ouvrent grand leur porte !

— On a déjà fait le tour des familles, fit Irma, et même si c'est souvent le cas, là, aucun doute, le meurtrier ne fait pas partie des proches.

— Je suis d'accord, mais il faut bien qu'il les connaisse. Qu'il sache à quel moment intervenir, qu'il sonne à leur porte, reste plusieurs heures, voire plusieurs jours, chez elles. Merde, à la fin, on n'a pas affaire à n'importe quelles victimes !

Fred et Irma se regardèrent furtivement, inquiets de l'état de nervosité dans lequel Jeanne s'enfonçait d'heure en heure. Qu'ils partageaient, vu que l'affaire des Décapités ressemblait à une bombe qui mettrait un terme définitif à leur carrière respective, si elle explosait.

— Et mes parents, reprit Jeanne, tu peux m'expliquer comment mon père a pu se retrouver dans les catacombes ? Lui qui ne descendait jamais à la cave nickel chrome de leur immeuble résidentiel !

— Pourquoi ? demanda Irma, mal à l'aise.

— Pourquoi quoi ?

— Pourquoi il n'allait jamais à la cave ?

— Parce qu'il était phobique ! s'exclama Jeanne. Peur du noir, et peur de l'enfermement. Deux phobies pour le prix d'une !

Elle attrapa son paquet de cigarettes, en alluma une d'une main tremblante, se passa plusieurs fois de suite la main dans les cheveux.

— Jeanne ? s'enquit Fred.

— Quoi ?

— Et si on se gourait complètement…

— Qu'est-ce que tu veux dire ?

— Que l'assassin ne se rend peut-être pas chez ses victimes.

Soudain, Jeanne sentit qu'un morceau du puzzle bougeait, s'ajustait et trouvait enfin sa place.

— J'comprends pas, fit Irma.

— Et s'il les tuait ailleurs ? Ensuite, mais seulement plus tard, il les ramène chez elles, ou dans un lieu qu'il choisit — comme pour tes parents et le meurtre de Gabriel. Puis il s'arrange pour maquiller la scène de crime afin de nous faire croire qu'il les a tuées là.

— Faut qu'il soit vachement fortiche, alors, s'exclama Irma, en plissant les yeux de fatigue.

Jeanne fixait intensément Fred, les yeux assombris. Dans son esprit, tous les éléments qu'elle connaissait et avait ressassés depuis des années volèrent en éclats, et se rassemblèrent différemment.

— Ça expliquerait pourquoi on a retrouvé Dominique Gabriel à trois cents mètres de chez lui, et pas dans son lit. Son assassin a dû être interrompu...

S'il manquait des pièces à ce casse-tête, la configuration dans laquelle elle évoluait avait meilleure allure que celle du passé. Elle s'avérait bien plus terrible aussi. Ce n'était pas seulement un sociochopathe intelligent et organisé qu'elle recherchait : il y avait bien plus que de la préméditation dans ces meurtres.

Il y avait le goût de la torture et d'un jeu auquel elle ne comprenait encore rien, et qui reposait sur des règles défiant toute logique. Or l'enquête criminelle requérait de la logique. Elle sut qu'ils allaient devoir penser, réfléchir et agir autrement.

Oui, mais comment ?

Le ressac qui lui secouait le ventre lui disait qu'ils venaient de franchir une autre limite. Qu'aujourd'hui, simplement en déplaçant une équation dans leur raisonnement, elle avait la certitude qu'ils n'avaient encore rien vu en matière de folie criminelle.

Elle remua les pieds, comme s'ils étaient prisonniers d'une terre glaise, aspirante et froide, capable de la tirer vers le fond, jusqu'aux entrailles de la terre. Une terre ensemée de graines de folie qui germaient çà et là, donnant naissance à des assassins qu'on avait peine à imaginer.

— Bravo, Fred, lâcha-t-elle, d'une voix plus

douce. Et dire qu'en dix ans pas un flic n'a pensé à ça, à commencer par moi ! Tu reprends tous les rapports d'autopsie… en partant de l'hypothèse que les victimes sont assassinées en dehors de chez elles. Et que ces victimes-là ne sont pas n'importe quelles victimes !

C'était tellement aberrant qu'ils n'arrivaient même pas à les nommer. Comme si ça pouvait leur porter malchance. Ou pire.

Fred hocha la tête, parfaitement conscient de la difficulté de leur tâche, et lui indiqua Irma. Collée au dossier d'un confortable fauteuil en cuir, elle ronflottait.

— Il est temps d'aller se coucher, fit Jeanne en se levant. Tu t'occupes d'Irma, et moi de l'addition.

— Jeanne…

— Oui ?

— Si on a raison, pourquoi ce tueur a-t-il choisi les catacombes pour tes parents ?

— Je me le demande…

Il était clair que l'assassin avait voulu signifier qu'il maîtrisait la situation jusqu'au bout. Qu'il connaissait tout de ses victimes. Qu'il exerçait sur elles son pouvoir, et que la peur était son arme de prédilection. Mais pourquoi précisément les catacombes ? N'y avait-il pas d'autres lieux, plus proches de l'ancien domicile de ses parents, et plus accessibles ?

Pareil choix devait obligatoirement reposer sur une construction logique, elle le savait, et certainement pas sur de l'aléatoire. Alors ? Savait-il qu'une descente était prévue ce jour-là dans les catacombes ?

Elle se tendit. Sentit le froid gagner son organisme, comme un signal d'alarme.

— Et puis, si ce n'est pas politique, poursuivit Fred, qu'est-ce qui pourrait être aussi dérangeant pour que ce dossier, dix ans plus tard, reste irrésolu et sente toujours la poudre ?

— Bonne question, lieutenant Parthenay.

— Tu veux que je te dise, Jeanne, notre boulot, parfois, ça ressemble à une mission suicidaire. Comment fait-on pour lutter contre de tels détraqués, sans se brûler les ailes ?

Ils quittèrent le *Blue Bar* pour retrouver une brume diffuse qui se faufilait entre les bâtiments, filtrant et déformant les rares lumières du quartier.

Marchant dans les rues désertées, Jeanne tournait et retournait le problème dans sa tête. Quand tout cela avait-il débuté ? Au moins douze ans plus tôt. Où ? En ville. Grande, moyenne ou petite, mais toujours dans le tissu urbain. Jamais en rase campagne. La plupart du temps chez les victimes. Comment les victimes étaient-elles choisies ? Mystère. Pourquoi ? Autre mystère. Par qui ?

Les profils psychologiques décriraient sans doute un homme, intelligent, stratège, certainement aisé et ayant une situation socioprofessionnelle lui permettant une bonne intégration sociale. Bien entendu, ses voisins le trouvaient charmant, voire serviable.

Pourquoi les victimes ne se défendaient-elles

pas ? Et son père, qu'avait-il à voir dans tout ça ? Mobile ? Une dizaine de possibilités additionnées d'un puissant zeste de folie. Parthenay n'avait pas tort lorsqu'il parlait d'entreprise suicidaire.

Soudain, elle s'arrêta, d'une part pour laisser passer quelqu'un à rollers, d'autre part, parce qu'un souvenir surgissait, se glissait juste au bord de sa conscience.

Les victimes… Comment font-elles pour…

Complètement réveillée, elle fit demi-tour et retourna à son bureau.

— Putain de merde, lâcha-t-elle à voix haute, si j'ai raison, alors… Nom de Dieu !

Elle fut happée par une épaisse nappe de brume qui se déplaçait avec une lenteur exaspérante pour les nerfs.

Odeur pénétrante de mort.

Odeur cinglante de folie.

Quelque part, peut-être sur le trottoir d'en face, se promenait l'un des tueurs les plus redoutables.

Si dangereux, que son esprit pliait rien que d'y penser.

Si implacable, qu'elle se demanda si elle était taillée pour un tel affrontement.

Huit hommes et une femme, bâtis pour affronter le pire, avaient été mis à mort sans aucune difficulté. Et leur nombre augmenterait sans nul doute d'ici à demain. Dès qu'elle aurait vérifié un détail.

Comment faisait-elle pour épouser à ce point-là la trajectoire d'un malade mental, assoiffé de sang ?

160

La force de l'habitude, ou quelque chose comme ça, s'entendit-elle penser.

Et combien de temps pensait-elle tenir à ce rythme-là ?

Essoufflée, elle mit immédiatement la cafetière en route, farfouilla dans les piles de dossiers d'affaires non résolues. Au bout d'une heure, elle en déposa quinze sur son bureau, dont la lecture l'amènerait jusqu'au petit matin.

Si elle n'avait qu'une piètre mémoire des noms et des lieux, en revanche, elle n'oubliait jamais une scène de crime.

Jeanne ouvrit le premier dossier, avec la conviction que l'assassin de ses parents savait qu'elle se rendrait dans les catacombes ce 19 juin. L'odeur de la mort se répandit dans les locaux du BEP.

*

À quelques mètres du BEP où Jeanne mettait sens dessus dessous son bureau pour vérifier sa théorie, en plein cimetière, Simon et Fergus se confiaient leurs secrets.

— Et voilà toute l'histoire, Fergus.

Les deux hommes s'étaient assis sur un banc, sous les arbres qui balançaient doucement dans le vent.

— C'est dingue, fit Fergus, pour la dixième fois. Simon, c'est complètement dingue !

— Pas plus que ton idée de redécorer le cimetière ! Misère de Dieu, Fergus, a-t-on jamais eu une idée pareille !

Fergus allait répliquer que ses idées valaient bien les siennes, quand Simon éclata de rire. Un rire tonitruant qui résonna haut et fort dans la nuit. Auquel Fergus se joignit.

Une fois calmés, ils décidèrent de s'associer. Après tout, s'ils devaient fréquenter le cimetière, autant s'unir.

— Juste une chose, Simon, pas un mot à Camélia.

— Comprends pas pourquoi tu lui dis pas.

— Je compte sur toi, Simon. C'est important.

— Tu tournes pas rond, Fergus, faut toujours faire confiance à sa femme.

— J'ai confiance en Camélia, c'est pas la question.

— Bon, c'que j'en dis...

— Tu vois, Camélia, c'est la reine des surprises. Alors, pour une fois, j'ai envie de la surprendre, tu piges ?

— Ça, j'comprends mieux. Compte sur moi, je sais garder un secret... mieux qu'une tombe, ajouta-t-il en se marrant.

Ils se glissèrent sous le grillage et traversèrent tranquillement la fondation Rothschild. Une fois dans la rue, Simon attrapa Fergus par la manche de son blouson.

— Remarque, j'tourne pas vraiment rond non plus !

Les deux hommes se sourirent, plus complices que jamais.

9

Soulevant le couvercle d'une tombe, grise et gelée, des enfants pâles et obéissants, aux yeux évidés, muselés et affublés de colliers pour chien et de laisses, avançaient lentement, tirés par des adultes au regard halluciné. À la tête d'une meute de loups, une déesse recouverte de sang livrait combat sur combat dans une forêt, tentant de sauver une jeune fille.

Toni sortit brutalement de ce rêve lourd et oppressant. Jeta un rapide coup d'œil autour d'elle, et se rallongea en soupirant. Sphinx bondit sur le lit, en jappant.

Elle se leva, s'habilla sans se doucher et suivit Sphinx qui dévala les marches de l'escalier de l'immeuble où ils vivaient depuis peu, dans un agréable trois-pièces du XXe arrondissement.

De retour, elle se prépara un thé et un solide petit déjeuner avant de reprendre ses activités de la veille.

Commettre le plus parfait des crimes ne revenait-il pas à trouver le moyen le plus efficace de se débarrasser des corps des victimes ?

Elle y songea un moment, puis décida qu'elle préférait que l'on retrouve les corps. Que la presse s'en empare, et en fasse ses choux gras. Que l'on parle des morts et que l'on sache quelles ordures ils avaient été. Les doigts sur le clavier d'un ordinateur portable, elle relut son texte.

… Vous ne me connaissez pas et, croyez-moi c'est une chance pour vous. Une sacrée chance ! Je n'aime qu'une seule chose, faire souffrir les autres. Les écraser et les réduire à l'état de merde insignifiante. Les humilier et les briser. Tirer les fils de ces pauvres petites marionnettes d'humains, serviles et corvéables à merci. Je n'aime que l'argent et le pouvoir. Je ne donne rien que je ne puisse reprendre immédiatement. Je suis immonde, sans honte et sans remords. Ainsi, vous n'aurez pas à me pleurer.

CATHERINE FRONTIER

Estimant que, pour une première tentative, c'était encourageant, elle imprima et glissa la feuille dans une enveloppe, non sans avoir enfilé une paire de gants.

Elle prit un bain, choisit des vêtements discrets et confortables. Vers dix-sept heures, elle décida qu'il était temps d'aller à son « rendez-vous ». En quittant son appartement, elle se demanda si tuer une femme serait différent.

En tout cas, ça me changera, se dit-elle, en refermant la porte sur Sphinx qui gémissait.

Elle se frotta les yeux pour chasser cette pression

qu'elle ressentait depuis plusieurs jours. L'image de Rokh disparaissant à l'horizon la traversa. Sans doute était-il retourné chez lui. Chez son maître. Là où tout avait commencé. S'était arrêté. Avait recommencé.

Désormais, ses moindres gestes et pensées s'articulaient et se déroulaient le long d'un fil conducteur lisse de sentiments. D'un jeu où il n'y avait rien à gagner. Rien à perdre.

Ça, c'est toi qui le dis ! siffla Rokh dans son esprit.

La vengeance n'est pas un plat qui se mange froid, lâcha-t-elle à l'intention du rapace. C'est un plat que l'on doit faire longuement mijoter avec attention, afin de le servir chaud et à point. Une fois digéré, il n'en reste plus rien. Rien à gagner, rien à perdre.

Faux, la vengeance est la faiblesse des hommes, entendit-elle aboyer.

Si t'es si malin, Sphinx, explique-moi ce que tu ferais à ma place.

Rien. Seul compte le Groupe.

Foutaise, répliqua-t-elle.

Faux, poursuivit le faucon. Seules comptent la liberté et l'acuité du regard.

Je vais vous dire un truc, fit Toni, tremblante. Les hommes sont pires que les animaux. Alors pour eux, il faut inventer des traitements particuliers. Aussi odieux que leurs actes. Ça s'appelle la loi du talion. Barbare, mais efficace. Tiens, prends mon père, cette ordure… Que crois-tu qu'il faille faire pour qu'il s'arrête de torturer et dévaster la vie des autres ? C'est le principe de l'ingérence. Si je ne fais rien, il détruira encore et encore.

Tu deviens comme lui, fit Sphinx dans la tête de Toni qui se sentait fiévreuse.

Non. Je suis Lui. Je suis issue de sa chair et de son sang, de ses couilles. Autant dire que je suis foutue d'avance !

Envole-toi, suggéra le faucon, s'infiltrant loin dans son esprit. Envole-toi, deviens la Reine de l'air et du ciel. Personne ne réussira à t'y suivre.

Je ne peux plus fuir. Je l'ai déjà fait, et j'ai failli en mourir.

Toni se prit la tête entre les mains. Sentit qu'elle se perdait, se démultipliait. Devenait femme, mammifère et oiseau. Elle se concentra sur les fils de sa pensée meurtrière, brodant une immense toile, un filet resserré de rancœurs et de douleurs où viendraient s'échouer, comme des baleines, ses futures victimes.

Inspirant profondément, elle fit refluer ses voix et ses impressions animales qui l'envahissaient par moments.

Mentalement, elle souleva une fois encore le couvercle de sa tombe intérieure. Comme pour renforcer sa détermination et sa volonté à tuer. À liquider ses anciens agresseurs. Réparer chaque dommage, chaque outrage infligé au corps. Nettoyer l'empreinte du viol, de l'humiliation et de l'intégrité bafouée.

Il ne se passait pas une journée sans qu'elle n'interroge ce corps qui contenait depuis sa naissance, il y a vingt-deux ans, le récit complet des blessures de sa vie. Aucun affront n'avait été rayé de cette cartographie faite de chair et de sang. Tout était présent à la mémoire du corps, et Toni entendait bien obtenir réparation.

Dans le métro, elle observa la foule. Des hommes et des femmes aux yeux cernés et creux. Désertés par la vie.

Ça dégoulinait de fatigue. De celle qui se logeait jusqu'au fond des os et faisait se voûter les épaules, mangeait les muscles et rendait l'esprit mou, les nerfs fragiles. Ça transpirait l'ennui d'une vie sans but, exsangue de rêves et de passions. Suait la contrainte à gagner cette foutue vie grise et épuisante.

Toni sortit à la Muette, enfila la rue de la Pompe et bifurqua rue de Siam.

Trouver le bon immeuble, y pénétrer, monter les trois étages à pied, lentement et les sens en éveil, le tout sans se faire repérer, s'avéra d'une simplicité enfantine. Désormais, il ne restait plus qu'une porte en bois entre elle et sa proie. Qui s'ouvrit sur une femme d'une cinquantaine d'années, trop fardée et donnant l'impression de sortir à l'instant de chez le coiffeur. L'effet de surprise s'estompant rapidement, elle pinça les lèvres, ce qui accentua l'aridité de ses traits.

— Mais qu'est-ce que vous faites là, Mlle… Muller ? fit-elle, visiblement agacée.

— Vous vous souvenez de moi ? demanda Toni, non sans relever qu'elle venait d'écorcher son nom.

— Et comment j'aurais pu vous oublier ! Qu'est-ce que vous voulez ? fit-elle en songeant qu'elle ferait mieux de lui claquer la porte au nez.

La main de Toni sur le chambranle ne le lui permettait plus. À moins d'écraser cette main, fine, jeune et nerveuse.

— Je dois absolument vous parler… Ça ne prendra que quelques minutes, insista cette dernière.

Catherine Frontier la détailla de la tête aux pieds. Avec un franc mépris qui n'échappa nullement à Toni.

— Je sens que je devrais refuser… Bon, entrez, mais sachez que je suis pressée !

Cette dernière hocha la tête, en souriant.

— C'est très aimable à vous, docteur, je n'en ai pas pour longtemps, lança-t-elle, légèrement caustique.

Mais Catherine Frontier n'y prêta pas attention.

Intérieurement, elle tempêtait, se souvenant combien cette petite peste lui avait donné du fil à retordre du temps où elle travaillait pour elle. Enfin, travailler était un bien grand mot, car Toni… Fuller ? Schuller ? était une incapable, doublée d'une gourde. Toujours habillée comme une souillon, alors qu'elle tenait l'accueil de l'un des cabinets de dermatologie les plus huppés du quartier !

Avec nonchalance, Toni s'installa dans un canapé en cuir chocolat, jeta un regard circulaire sur l'immense pièce qui servait de salon. Enregistra les aquarelles au mur, les tapis en soie, les miroirs aux lourds encadrements, les vases en cristal et les meubles marquetés.

Aucun doute, le docteur Frontier gagnait fort bien sa vie, d'autant qu'elle fraudait et sous-payait son personnel. Sans parler du prix exorbitant de ses consultations que les bourgeois du XVIᵉ acceptaient sans sourciller. Pourvu qu'elle leur rende, même temporairement, leur jeunesse, factice et hors de prix.

Bien entendu, Catherine Frontier ne lui offrit rien à boire.

Toni hésitait sur la façon dont elle s'y prendrait pour mettre un terme à la vie de son ancienne patronne. Cette femme avide de pouvoir et de reconnaissance, qui l'avait insultée et humiliée pendant cinq longues semaines. De préférence devant ses patients.

Salope !

— Bon, qu'est-ce que vous voulez ? Et pourquoi venir ici, au lieu de vous présenter à mon cabinet ?

— Je voulais vous parler de cette période où j'ai travaillé pour vous…

— Mon Dieu ! Mais c'était il y a…

— Deux ans et demi. J'avais tout juste vingt ans. Ça, je dois dire que vous m'avez gâtée pour mon anniversaire.

— Comment ça ? s'enquit Frontier, légèrement sur la défensive.

Toni entreprit de lui rafraîchir la mémoire.

Elle l'avait embauchée le matin de son anniversaire, un 26 octobre. Catherine Frontier était entrée en trombe, furieuse contre l'un de ses collègues qui, la veille au soir, lui avait volé la vedette lors d'une remise de prix. Tout le monde en avait pris pour son grade. Sa secrétaire, comme ses patients — jamais à l'heure, jamais précis, jamais contents.

Elle fit une pause, enfonça ses yeux azurés dans ceux de son interlocutrice qui, se tortillant d'impatience dans son fauteuil, ne cessait de regarder sa montre en or, incrustée de brillants.

Toni se cala plus profondément contre le dossier moelleux du canapé, et reprit son récit.

Ce matin-là, tout y était passé.

La couleur de ses cheveux et son teint brouillé, son absence de coquetterie et sa manière de s'habiller qui déshonorait ses clients, ses ongles rongés. Son incompétence et son manque de vivacité pour répondre au téléphone. Sans parler de son écriture illisible et de sa manie de fumer, dès le lever du jour. D'empester le tabac toute la journée.

— Et tout ça pour mille euros par mois, siffla Toni.

Le docteur Frontier se leva. La colère se lisait sur son visage amidonné au fond de teint, poudré et rafistolé. Ses lèvres, gonflées artificiellement — sa grande spécialité —, frémissaient de rage.

— Foutez-moi le camp ! Immédiatement !

— Tututu… Je n'ai pas terminé.

— Sortez d'ici ou j'appelle la police !

— Allez-y, j'en profiterai pour leur toucher un mot de vos magouilles.

Un épais silence s'abattit sur les épaules de Catherine Frontier. Sa tension augmenta sensiblement. Nerveusement, elle se mit à triturer ses nombreuses bagues en or.

— Mais qu'est-ce que vous voulez, à la fin ? grinça-t-elle.

— Rasseyez-vous. J'ai bientôt fini.

Indécise, Catherine Frontier obtempéra.

Ce n'était pas la première fois que l'une de ses anciennes employées menaçait de porter plainte. L'une d'elles avait même été jusqu'aux pru-d'hommes. Or ce n'était pas le moment d'avoir des ennuis.

Vraiment pas le moment !

Elle songea à lui proposer une somme d'argent suffisamment alléchante pour qu'elle déguerpisse, et qu'elle la ferme.

Elle était à quelques heures de décrocher ce qu'elle avait cherché à obtenir toute sa vie : la consécration professionnelle. Et la reconnaissance internationale pour l'élaboration d'un produit révolutionnaire dans le domaine du traitement de certaines maladies de la peau.

Qu'est-ce que cette petite merdeuse lui voulait donc ?

— Combien ? lâcha-t-elle d'une voix blanche de colère.

Toni éclata de rire.

Désarçonnée, Catherine Frontier se sentit soudain à l'étroit dans son appartement luxueux, dix fois trop grand pour abriter la célibataire sans enfant qu'elle était toujours à cinquante-deux ans.

Soudain, insidieusement, sa conscience s'agita, lui soufflant dans le creux de l'oreille, avec maints souvenirs à l'appui, ce qu'elle infligeait à ses employées, mais aussi à ses collègues ou à sa famille. Les humiliations constantes. Les remontrances perpétuelles. Les petites phrases assassines, et ses colères terribles qui tétanisaient et détruisaient tout le monde.

L'heure est mal choisie pour un examen de conscience, se dit-elle, horripilée. Tout cela ne compte plus.

Ça n'avait jamais autant compté, en réalité.

— Combien ? répéta-t-elle, se retenant de gifler cette emmerdeuse qui lui faisait perdre son temps.

Jetant un regard à sa montre, elle constata qu'elle serait en retard à son dîner de gala.

— Rien, répondit Toni.

— Comment… ?

— J'aurai tout le temps de me servir… après.

— Après quoi ? fit Catherine d'une voix trop aiguë.

Quelque chose n'allait pas.

Quelque chose dans le regard de cette fille l'inquiétait.

— Est-ce que vous vous souvenez, reprit Toni, de ce qui s'est passé cet après-midi-là ?

— Sincèrement, non.

— Vraiment ? fit Toni en se levant.

Immédiatement, Catherine Frontier sut qu'elle courait un danger. Toni la dominait de trente ou quarante centimètres.

Mais cela ne suffisait pas.

Elle l'écrasait de sa jeunesse, de cet air arrogant et rebelle qu'elle avait toujours eu. Qu'elle exécrait !

172

Toni se coula derrière le confortable fauteuil, posa une main ferme et vigoureuse sur son épaule. Se penchant pour lui parler à l'oreille, elle respira son parfum capiteux qui virait aigre avec la sueur.

— Faites un effort, vous n'avez tout de même pas oublié ?

— Heu… J'ai… je vous en prie, c'était il y a si longtemps !

— *Bueno !* Le temps efface tout, n'est-ce pas docteur ? Sauf que non. Sauf, qu'aujourd'hui, c'est le temps du souvenir, et de la réparation.

Catherine Frontier sentit la sueur lui inonder le dos et l'intérieur des cuisses qu'elle tenait fortement serrées l'une contre l'autre. Son cœur cognait dur, douloureusement, dans sa poitrine.

Bien entendu qu'elle se souvenait de ce maudit 26 octobre ! La veille, elle avait été publiquement humiliée par un jeune gringalet qui avait reçu le prix qu'elle convoitait depuis dix ans. Son prix ! Le lendemain, sa secrétaire avait été parfaite pour passer ses nerfs et sa hargne.

Parfaite de timidité, de maladresse et de stupidité, tant elle avait besoin de son misérable salaire. Et elle s'en était donné à cœur joie toute la journée ! L'apothéose avait été ce moment inénarrable où elle lui avait tendu un tube de dentifrice et une brosse à dents. La traitant comme une pestiférée, elle l'avait obligée à traverser la salle d'attente, comble à cette heure de la journée, en lui intimant de se laver les dents, lui hurlant qu'elle avait une haleine de putois. Pour finir, elle lui avait ordonné de ne plus fumer, pas même à l'extérieur. Sinon, c'était la porte.

Le soir même, elle en avait ri aux larmes en dînant avec l'un de ses collègues et amants. Elle s'en souvenait parfaitement bien. Et ça changeait quoi ?

Ça changeait tout.

De son blouson, Toni sortit son poignard. Fit glisser la lame sur la gorge de son ancienne patronne. La proximité du corps de sa victime lui donnait à ressentir ses émotions, à palper l'odeur vinaigrée et sûre de sa peur.

Toni inspira profondément. Humant cette frayeur d'une façon quasi animale.

— Vous savez quoi, docteur ? siffla-t-elle, vous allez, enfin, faire la une des journaux. Chouette, non ?

Catherine Frontier n'était plus en mesure de lui répondre.

Impatiente, Toni, qui s'était pourtant promis de faire durer le plaisir, venait de lui trancher la gorge d'une oreille à l'autre.

Frustrée, elle se dirigea vers la salle de bains. Tout en se nettoyant, elle observait son reflet dans le miroir rococo accroché juste au-dessus du lavabo aux robinets en forme de gueule de lion, dorés à l'or fin.

Œil pour œil, se dit-elle, souriant à son double.

Elle éclata de rire. D'un rire aussi laconique qu'éraillé.

Après avoir remis en place deux ou trois mèches de cheveux, elle retourna auprès de sa victime en se demandant s'il ne convenait pas, finalement, de mettre le feu à l'appartement. Elle abandonna l'idée, l'estimant trop dangereuse pour les autres locataires de l'immeuble, et veilla à nettoyer toute trace de son passage.

Se munissant au préalable d'un foulard, elle sortit de la poche de son blouson une enveloppe qu'elle déposa aux pieds du cadavre. Sur le rectangle blanc, elle avait écrit au feutre rouge, en gros caractères : *Autobiographie d'une salope*.

Pour finir, elle déroba tout ce qu'elle put, et s'éloigna sans être inquiétée.

L'air sentait la pluie et cette chaleur propre à l'orage qui vient de passer. Il faisait agréablement chaud, ni trop ni pas assez.

Marchant d'un bon pas, à hauteur du métro Franklin-Roosevelt, Toni décida de s'arrêter boire un verre. Une fois installée, elle sortit une feuille de la poche de son pantalon, emprunta un stylo au serveur et raya de sa liste le nom de Catherine Frontier.

Tu te comportes comme une idiote ! Une bleue ! Fallait attendre. Maintenant, ça te rapporte quoi qu'elle soit morte. Reste plus qu'à recommencer.

Et tu comptes tenir combien de temps à ce rythme-là ? fit la voix de Sphinx dans son esprit.

Pas bien longtemps, asséna Rokh, *avec une note narquoise. Elle ne fait rien d'autre que s'éloigner de sa trajectoire.*

Et c'est quoi, ma trajectoire, selon toi ? s'énerva-t-elle.

Voler, je te l'ai déjà dit.

Je ne suis pas comme toi, Rokh, je ne vole pas. Je suis un être humain.

Pas sûr, rétorqua Sphinx. Pas sûr du tout. Tu tues pour le plaisir, pas pour te nourrir, je ne comprends pas ça. Tu ne respectes pas le Groupe.

Voler, ça veut dire s'envoler. Quitter la matière physique. Les vivants ne sont-ils pas les seuls à pouvoir mourir ?

Toni serra les mâchoires. Fit le vide dans sa tête. Chassa Sphinx et Rokh. Portant sa main à son front, elle se découvrit en sueur.

Je perds les pédales !

Écartant toute pensée, elle dégusta un verre de vin blanc, vert et piquant sous la langue, laissa son regard flâner par-delà les baies vitrées de la brasserie. D'où elle avait vue sur l'avenue des Champs-Élysées.

Des hommes et des femmes passèrent non loin d'elle. Si leurs ancêtres avaient connu le rythme accablant et mortel des mines ou des usines, eux se perdaient dans les rouages du tertiaire. Pressés de rentrer chez eux, ils avançaient la tête légèrement penchée, évitant de croiser le regard de leurs semblables.

Des travailleurs qui courent sans savoir pourquoi, de leur boulot à leurs cubes de béton impersonnels qu'ils quittent chaque matin, éreintés.

Qu'ils réintègrent chaque soir, après un travail abrutissant. Ce qui ne doit pas suffire à les abrutir complètement puisqu'ils se jettent sur la télévision, à peine arrivés dans leur home shit home.

176

Chacun y retrouve sa moitié et ses demi-portions, pousse sa plainte, se vide d'une autre journée insipide et pénible. Vite fait, bien fait.

Ranger les courses, donner le bain aux gosses, préparer et avaler le dîner. Vite fait bien fait.

S'envoyer en l'air, avec plus ou moins de bonheur. Le plus souvent en fantasmant sur un autre corps. Vite fait, mal fait.

Des yeux, elle accrocha deux femmes, la trentaine, blondes et pâles. Les entendit rire à propos d'un de leurs collègues. Les délaissant, elle observa un instant trois jeunes filles assises sur sa gauche. Jeunes, massives, dégageant autant de violence que de terreur.

Elles prennent du poids pour se protéger. Pour écarter d'elles les regards et les mains des hommes. Non mais, quelle merde ! Elles vivent dans la peur, se font insulter, sans comprendre que la peur se nourrit de la peur, et attire les loups !

Au bar, un homme, encore jeune, buvait une bière en regardant un vidéo-clip. Son visage reflétait son vide intérieur. Elle l'imagina rentrant chez lui, atteint d'une insuffisance chronique pour la vie. Se vautrer devant le poste de télévision. Regarder les informations, en attente de quelque mort ou catastrophe dans le monde qui jouerait son rôle : celui de relever son maigre quotidien.

Effet de catharsis, tiens, ça plairait à mon taré de père !

Et combien seront-ils à faire la même chose, exactement à la même heure ? Combien de mômes vont prendre des coups ce soir ? Combien seront-ils à s'engueuler? Ou à s'ignorer, l'assiette remplie de tristesse, avachis devant la télé, avec un regard de veau?

Et toi? Tu proposes quoi de mieux? demanda Sphinx.

Toni soupira, le repoussa au fond de son esprit.

Et elle? À quoi ressemblait sa vie?

Une enfance à encaisser le silence et l'indifférence de sa mère. À longer les murs, pour échapper à la violence de son père, obnubilée par une seule chose : devenir transparente.

Dans son adolescence, chaque jour était trop court pour qu'on lui rappelle combien elle n'était pas désirée, pas attendue, alors qu'elle se tienne à carreau et s'estime heureuse! N'avait-elle pas tout ce qu'elle voulait? Fringues, disques, sorties.

No problemo… Le monde continue de tourner, rond et taré à la fois.

On l'avait gavée de télévision, de bouffe surgelée atomisée, de sentences inutiles et de remontrances. De pressions et de silences plus destructeurs que les baffes qu'elle prenait régulièrement. Pour insolence.

Elle en avait logiquement déduit que vivre était une insulte.

Ne parlons pas.

Ne pensons pas.

Obéissons.

Abreuvons-nous au bain de la quotidienneté : boulot, métro, factures, dodo, et le week-end conso, comme on tire un coup pour se vider de sa tension. Vite fait, bien fait.

Et le monde continue de tourner. De moins en moins rond.

Finalement, Rokh avait raison. Se souvenir, et mourir, restait la meilleure attitude à adopter. Se souvenir de ceux et celles qui avaient abusé d'elle, jusqu'à la faire abdiquer et renoncer à ses rêves d'une vie différente. Jusqu'à lui donner le goût de la mort.

Elle remarqua une bande d'ados qui s'agglutinaient autour de la bouche de métro, se traînant à la manière de rappeurs dont la mécanique serait défectueuse.

Une génération sacrifiée.

Chômage et sida. Ni créativité ni romance à venir.

Des gamins tordus et piégés dès le départ. Paumés et malheureux. Les uns font régner la terreur sur leur territoire, dealent, volent, tuent. Les autres séquestrent des filles, les violent dans des caves.

Elle se souvint avoir lu dans un journal que la cave représentait la partie obscure de l'individu, ses comportements négatifs et son passé. Le conseil était de se débarrasser de ce qui encombrait la cave, afin de ne garder que l'utile.

La cave, symbole de l'inconscient, et lieu de torture.

Mais il y avait pire, songea-t-elle en recommandant un verre.

Bien pire.

Qui tue, massacre l'humain et la planète, qui fait la guerre, invente la bombe atomique, tabasse les femmes et viole·les enfants ? Qui ? Les hommes. Et que font les femmes et les mères ? Rien, ou si peu.

Rien ne t'oblige à continuer, siffla Rokh. *Tu peux arrêter quand tu veux.*

Je ne crois pas. Trop de haine dans un bien trop petit corps, contra Sphinx. Te souviens-tu seulement de quelque chose de beau?

Taisez-vous!

Partout, la mort.

Partout, la souffrance, inlassablement réitérée, et qui n'en finissait plus de recouvrir la planète d'une épaisse couche grise et rouge.

Grise de misère et de désespoir.

Pourquoi les gens regardent-ils donc la mort à la télé, alors qu'elle sévit juste en bas de chez eux? À côté d'eux. En eux.

Rouge de sang.

Et la Terre se venge, recrache son chagrin sous forme de tempête, d'inondation ou de séisme.

De cela, Toni était persuadée. Dans son esprit, tout n'était qu'un immense organisme, où les faits et gestes de chacun avaient une implication dans la vie de l'autre.

C'est bien la première fois que tu penses au Groupe, aboya Sphinx. *Dommage que tu n'en fasses plus partie.*

— Fous-moi le camp!

Les regards convergèrent sur elle, le silence se fit.

Achevant son verre, elle paya et s'éloigna le plus discrètement possible.

Arrivée en bas des Champs, elle leva les yeux. Au revers d'un ciel charbonneux et violet se dressaient des centaines d'antennes, tels des squelettes calcinés qu'agitait le vent. Au loin, le ciel se zébra d'un pâle éclair.

Toni grimaça, remonta le col de son blouson et songea qu'elle perdait de vue la beauté de la vie, ne pensait plus qu'à la face obscène du monde.

Puisqu'ils aiment tant le spectacle de la mort et de la souffrance, je vais leur en donner pour leur argent.

10

Jeanne avait pris tout son temps pour vérifier un détail qui reliait l'affaire des Décapités à une autre et décida qu'il valait mieux s'en remettre au préfet. Celui-ci la devança, en la convoquant d'urgence.

Une heure plus tard, elle se tortillait sur son siège, attendant d'être introduite dans son bureau, ses doigts agrippant un dossier explosif qui regroupait deux affaires.

Celle des Décapités et celle des Suicidés. Au total vingt cadavres.

Si elle ne parvenait pas encore à les raccorder ensemble, les victimes avaient le même profil, et elle savait désormais ce qui avait motivé l'attitude de ses supérieurs concernant l'enquête inaboutie sur la mort du juge Debords.

Intérieurement, elle se sentit flageoler devant ce qui lui semblait de plus en plus insensé. Inhumain. Si elle ne se trompait pas, si son analyse se révélait exacte…

— Commissaire ? Vous pouvez entrer…

Quelques secondes plus tard, elle faisait face à un immense bureau de style Directoire, derrière lequel le préfet de police finissait de signer un document qu'attendait sa secrétaire. Il retira ses lunettes, les posa délicatement devant lui, leva deux yeux cernés vers Jeanne et l'invita d'un signe de la main à s'asseoir. Ce qu'elle fit, mourant d'envie d'allumer une cigarette.

On frappa à la porte.

Sa secrétaire, aussi âgée et fatiguée que son patron, fit entrer un homme que Jeanne reconnut sans peine — sa bête noire. Qu'est-ce que l'ancien divisionnaire Marty fichait ici ?

Ce dernier ne put s'empêcher d'avoir un regard dédaigneux en l'apercevant. Un autre, ouvertement concupiscent en direction du fauteuil du préfet.

Pourvu qu'il crève avant, se dit Jeanne.

L'actuel préfet n'était ni bon ni mauvais. Plutôt terne comme homme, mais d'une grande efficacité, et particulièrement fin lorsqu'il s'agissait de régler des conflits.

Jeanne ne se leva pas pour serrer la main de Marty. Le préfet Moreau prit la parole, avec cette façon si particulière qu'il avait de détacher les mots. Lente et sentencieuse.

— Trois affaires élucidées en moins de six mois, et deux autres en voie de l'être, beau travail, commissaire ! Ce qui m'incite à penser que ce BEP fait ses preuves.

Moreau était le garant du BEP, et par là même l'unique supérieur hiérarchique à qui Jeanne devait en référer. Il avait longtemps défendu le projet d'un bureau autonome. Jusqu'à présent, l'expérience n'avait donné que satisfactions et résultats encourageants. Jusqu'à présent.

— Je peux vous dire qu'en haut lieu on apprécie beaucoup votre travail, commissaire.

Première nouvelle ! se dit Jeanne, qui avait du mal à y croire.

Marty ne put réprimer une grimace.

— Et si vous me disiez pourquoi vous m'avez convoquée, monsieur le préfet ?

— J'y viens. Nous avons un problème…

Il fit une pause, jeta un rapide coup d'œil à Marty qui s'impatientait sur son siège. Revint sur Jeanne.

— Sur quoi enquêtez-vous, en ce moment, commissaire ?

— Pourquoi me poser la question, puisque vous avez la réponse ?

Moreau eut un fin sourire.

— Et si je puis me permettre, ajouta Jeanne, en quoi cette enquête pose-t-elle problème ? Ou, mieux, à qui ? conclut-elle en décochant un regard assassin à Marty.

— En deux mots, Debords, intervint celui-ci, vous vous mêlez, comme à votre habitude, de ce qui ne vous regarde pas.

— Vraiment ? répliqua-t-elle, d'une voix qui ne masquait nullement sa colère. Je croyais pourtant que nos accords étaient clairs. Mon équipe et moi-même avons pour tâche de résoudre les affaires…

— Ce n'est pas ce qui vous est reproché, interrompit Moreau.

— Ah ! Donc, on me reproche quelque chose.

184

— Ne me faites pas dire ce que je n'ai pas dit, commissaire. Le directeur général Marty m'a interpellé sur le fait que vos enquêtes en concerneraient une autre, en cours et sous sa responsabilité.

Nous y voilà, se dit Jeanne.

Odeur de panique, contenue et masquée.

Odeur de peur, de vinaigre frelaté.

— Je voudrais m'assurer d'une chose, monsieur le préfet, reprit-elle. Nous avons conclu un accord qui prévoit, entre autres choses, que je mette tous les moyens à ma disposition pour résoudre des affaires restées en suspens, et certaines depuis fort longtemps.

Levant les yeux au plafond, Marty eut un geste, paumes ouvertes vers le ciel, qui agaça fortement tout le monde. Jeanne se décida à allumer une cigarette, croisa et décroisa ses jambes, eut un regard atterré en constatant l'état de son jean et de ses bottes, inspira profondément.

— Si vous ne pouvez plus respecter ces accords, mieux vaut mettre quelqu'un d'autre à ce poste, acheva-t-elle, d'une voix glaciale.

— Si je puis me permettre, là, pour une fois, je suis d'accord avec Debords ! tonna le directeur général.

Un peu trop fort au goût du préfet, homme réputé calme et réservé.

Jeanne lui lança un regard gris d'années de rancœur à son encontre.

Pauvre con !

— La question n'est pas là, commissaire, poursuivit Moreau. Nous vous avons choisie, parce que vous étiez la personne la mieux à même de gérer ce bureau, un peu particulier, reconnaissons-le.

— Donc, vous ne voyez aucun inconvénient à ce que je poursuive mon enquête actuelle ?

— Marty, expliquez-lui votre problème, aboya presque le préfet.

— Debords, vous marchez sur les plates-bandes de vos collègues, le commissaire Claie en l'occurrence, et c'est intolérable ! Je vous demande donc, et c'est un ordre, commissaire, de vous retirer de l'affaire Gabriel.

Un lourd silence tomba, que Jeanne utilisa pour réfléchir à toute vitesse.

Pourquoi Marty se mêle-t-il de ce meurtre ?

— Hors de question, répondit-elle.

— Et voilà ! clama Marty. Je vous avais prévenu, monsieur le préfet ! Quant à vous, Debords, continuez comme ça, et vous pourrez dire adieu à la reconduction des accords concernant ce BEP… Sachant que je me suis toujours opposé à ce projet.

Moreau tiqua. Jeanne se contenta de sourire.

— Ne vous inquiétez pas, Marty, aux prochaines élections, ces accords seront sans doute renégociables. Mais je doute que l'on vous demande votre avis.

Il l'incendia du regard. Elle s'adressa directement au préfet.

— Monsieur, je crois qu'il est temps de demander au directeur Marty de faire preuve de franchise.

Celui-ci poussa une exclamation, se leva de son siège et, avant qu'il n'ajoute quelque chose, Jeanne le prit de vitesse.

— Expliquez-moi cela : pourquoi faut-il, à chaque fois que je cherche à faire la lumière sur le meurtre de mes parents, pourquoi faut-il donc que vous me mettiez des bâtons dans les roues ? lâcha-t-elle d'une voix ferme.

Il tourna la tête vers le préfet qui ne lui fut d'aucun secours.

— Marty, répondez au commissaire.

Au lieu de quoi, il sortit en claquant la porte.

Jeanne ne fut pas surprise. Ce geste lui confirmait les raisons de l'agressivité de Marty.

— Et si vous m'expliquiez tout ça calmement, commissaire Debords.

Elle croisa les jambes, s'enfonça dans son siège, alluma une deuxième cigarette. Le plus dur restait à venir.

De la main, elle lui indiqua le dossier qu'elle avait préparé à son intention, et lui laissa le temps de le parcourir, tout en réfléchissant à l'attitude de Marty.

Après plus d'une heure de discussion, regardant attentivement Jeanne, le préfet se félicita intérieurement de la compter parmi ses effectifs, en se demandant toutefois comment il allait jouer cette partie.

— Maintenez-vous vos accusations, commissaire Debords ?

— Oui, monsieur le préfet. Il me manque des preuves, j'en conviens. Mais je suis certaine qu'il y a eu manipulation.

— Le mode opératoire diffère entre ces deux affaires.

— C'est vrai. Et je n'ai encore aucune explication. Mais dites-moi, monsieur le préfet, pourquoi des hommes qui s'apprêtent à se suicider se ligotent-ils avec du ruban adhésif ? De plus, les Décapités portent exactement les mêmes marques, aux poignets et aux chevilles, que les Suicidés. Troublant, non ?

Déjà convaincu par la lecture du dossier, Moreau hocha la tête et décrocha son téléphone plusieurs fois de suite, s'entretint avec le ministre de l'Intérieur, et fit chercher Marty, qui revint de mauvaise grâce s'asseoir à côté de Jeanne.

Agressif, il rentra dans le vif du sujet.

— Alors, que faisons-nous pour l'affaire Gabriel ?

— Baissez d'un ton, Marty, lui ordonna son supérieur. Nous avons un sérieux problème. Un problème qui date de neuf, bientôt dix ans ! Prenez note que je viens d'accorder au commissaire Debords non seulement le droit de poursuivre l'enquête actuelle, mais également celui d'accéder au dossier du juge Pierre Debords, et ce dans les plus brefs délais.

Un silence circonstancié tomba dans le bureau du préfet.

— C'est une obsession ! s'écria Marty.

Jeanne se leva, tournant le dos au préfet, elle prit appui sur les accoudoirs du fauteuil où était assis Marty. Folle de rage, elle planta un regard d'acier dans ses yeux de fouine.

— À cause de vous, jeta-t-elle furieuse, de vous et de vos collègues de l'époque, un tueur de la pire espèce jouit de la plus totale liberté. Vous aviez tellement peur que la presse et le public découvrent la vérité, tellement peur pour votre carrière, que...

Elle s'écarta brutalement, s'obligea à se calmer. Marty transpirait beaucoup trop, ce que ne manqua pas de relever le préfet.

— Mais, nom de Dieu, Marty ! s'écria-t-elle. Il y a un dingue qui torture et flingue vos gars depuis des années, et vous ne faites rien !

Le directeur général sursauta.

— Pardon ?

— Depuis plus de dix ans, vous êtes persuadé qu'un certain nombre de policiers, à la Crim' essentiellement, mais aussi aux Mœurs et aux Stups, sont des brebis galeuses...

Marty pâlit brutalement.

— Vous vous êtes planté, Marty. Ces flics ne sont que des proies. Des victimes. Et c'est là-dessus qu'enquêtait mon père !

Il perdait complètement pied.

N'avait-il pas agi à la demande de l'ancien divisionnaire, lui-même agissant sous les ordres de l'ancien préfet de police ? Ne lui avait-on pas ordonné de la fermer, de détourner les soupçons et de faire le ménage ? De rester vigilant afin que personne ne vienne mettre son nez dans les affaires de la police.

Il hasarda un coup d'œil vers le préfet, et comprit que sa carrière s'arrêtait dans ce bureau, qu'il ne prendrait jamais place dans ce fauteuil tant convoité.

— Monsieur le directeur général, enchaîna Moreau, votre présence n'est plus indispensable. Vous voudrez bien vous tenir à disposition, car je vais diligenter une enquête interne.

Marty se leva, non sans difficulté, la tête lui tournait.

Que lui importait, désormais, que cette agaçante commissaire enquête sur la mort de ses parents ? Sa route se terminait en cul-de-sac dans ce bureau. Affaire d'État, lui avait-on fait comprendre à l'époque. Rien ne devait transpirer.

À lui maintenant, de payer les pots cassés.

Le téléphone sonna, le préfet décrocha, tout en observant Debords et Marty. Il raccrocha. Les dés étaient jetés.

— Commissaire, le dossier du juge Debords sera livré directement à votre bureau, en fin de journée.

— Bonne chance, Debords, jeta Marty en ouvrant la porte, où l'attendaient deux officiers de police. Là où vous vous apprêtez à mettre les pieds, personne ne vous accompagnera.

Jeanne hocha la tête, comprenant parfaitement bien à quoi il faisait allusion. En toute impunité, un dangereux déséquilibré assassinait des policiers depuis des années, et d'autres allaient découvrir que leurs chefs n'ignoraient rien de cela. Pire, qu'ils avaient en quelque sorte protégé un tueur, par peur du scandale.

Rien à dire, Marty avait raison, personne ne se

tiendrait à ses côtés lorsqu'elle se retrouverait dans la fosse aux lions, pour affronter des flics dont la colère, légitime, serait terrible.

Et qui pourrait leur en vouloir ? Certains avaient perdu un partenaire ou un compagnon de galère, dans des circonstances monstrueuses. On leur avait menti, et fait croire que leurs collègues s'étaient suicidés, après avoir été des policiers véreux. Sauf qu'*on* les avait suicidés.

Jeanne eut l'intuition qu'elle n'était pas au bout de ses surprises. Et qu'elles seraient toutes plus mauvaises les unes que les autres.

Que cette enquête, où s'entremêlaient à la fois sa vie privée et sa vie professionnelle, s'avérait complexe et terrifiante. Qu'elle y perdrait le sommeil, et sans doute cette relative tranquillité acquise à la force du poignet au cours de la dernière décennie.

Elle était certaine que l'on avait méthodiquement poussé ces policiers au suicide. Elle ignorait encore comment, mais elle le sentait dans tout son corps. Ces policiers… quelque chose leur était arrivé, juste avant de se donner la mort.

D'un côté, les Décapités, de l'autre les Suicidés. Tous des flics. Entre les deux, un juge, son père. Si un assassin, doté d'une formidable intelligence et d'une non moins grande perversité, était parvenu à les convaincre de se tuer, c'est qu'il devait avoir un moyen de pression exceptionnel sur eux.

Obligé, se dit-elle, en quittant la préfecture.

Restait à trouver qui se cachait derrière tout ça.

Restait à remonter le temps, et défaire des

dizaines de vies, rouvrir autant de dossiers que de plaies. Et pourquoi faisait-elle encore ce métier qui l'usait et lui faisait perdre foi en l'humain ?

Encore une question qui demeurerait quelque temps sans réponse, se dit-elle en montant dans un taxi.

*

Tandis que Jeanne remontait vers le XIIᵉ arrondissement, Willy débarquait du RER, place de la Nation, après avoir longuement hésité.

Lentement, à pas mesurés, il descendait le faubourg Saint-Antoine pour se rendre jusqu'à l'endroit où Funky était mort. Déplaçant sa lourde carcasse, sous le regard sidéré des gens, il songeait à sa drôle de vie.

Depuis toujours, on le considérait comme un crétin, ou un simple d'esprit, comme disait sa mère. L'année de son quatrième anniversaire, son père avait disparu, et il ne conservait qu'un vague souvenir de lui. L'homme qui l'avait conçu n'était pas parti pour des raisons professionnelles, comme sa mère avait voulu lui faire croire, mais bien à cause de son fils.

Trop différent.

Trop rêveur.

Trop difforme.

Insupportable pour un homme qui avait tablé sur sa descendance pour assurer la continuité du nom, et de l'entreprise. Une imprimerie modeste, mais qui marchait bien. Alors, un jour, il avait pris la fuite. Willy ne lui en tenait pas rigueur. Pas plus qu'il n'en voulait à sa mère.

Une femme un peu froide et qui ne s'était pas beaucoup occupée de lui. Une femme à l'humeur changeante, à la vie réglée comme du papier à musique. Une mère, pourtant. Jusqu'au jour où, devenu grand, si grand qu'elle ne l'avait plus touché ni regardé, estimant qu'il n'avait plus besoin d'elle. À l'époque, il n'avait pas encore tout à fait onze ans.

Willy s'en était parfaitement accommodé.

L'absence de son père et l'indifférence de sa mère lui permettaient de vivre ses journées comme il l'entendait. Il avait dévoré des tonnes de livres et de bandes dessinées, sans que jamais personne ne s'en rende compte, exception faite de la bibliothécaire.

Si Willy s'était réfugié dans cette attitude que l'on jugeait débile, c'était pour avoir la paix. Personne ne l'ennuyait, mais cette paix avait une contrepartie, la solitude. Personne ne lui parlait, ou rarement.

Alors, il avait pris l'habitude de s'adresser à lui-même, s'inventant, au fil des ans, des compagnons avec qui il partageait tout. Impossible de cacher quoi que ce soit à quelqu'un qui s'est installé dans votre tête ! Une cohabitation qui avait fini par devenir intolérable.

Lorsque ses nombreux amis s'étaient mis à se disputer, hurlant et se jetant quantité d'insultes à la tête, Willy avait réagi. Il les avait tués. Un par un. Ça lui avait pris quatre bonnes années, pendant lesquelles il ne parlait presque plus, se contentant de petits cris ou d'exclamations.

Une fois le dernier de ses compagnons mort, il s'était concentré sur la nature, la pluie, le ciel et, plus récemment, le vent.

C'est à ce moment-là que Scurf s'était intéressé à lui.

Au début, Willy n'y prêtait pas attention, tant il avait oublié ce que ça signifiait d'avoir des copains, réels et bien vivants. La rencontre avec Funky avait tout changé. À peine l'avait-il aperçu qu'il s'était senti submergé par une immense joie. Funky ressemblait à ce lutin qui avait vécu dans sa tête lorsqu'il était petit.

Dès lors, il l'avait suivi partout, le protégeant des plus grands, sans pourtant réussir à le sortir des griffes de Scurf. L'adoptant comme confident, il ne lui cachait presque rien de sa vie, exception faite de deux ou trois petites choses. Ainsi, il ne lui avait rien dit du vent qui soufflait dans sa tête.

Aujourd'hui, alors qu'il approchait de l'endroit où était mort Funky, il le regrettait. Peut-être qu'il aurait dû lui parler... Peut-être aurait-il compris, se serait souvenu qu'il était un lutin, et aurait trouvé la force de repousser Scurf.

Une infinie tristesse traversa le corps de Willy.

Ceux qui passèrent par là, et ceux qui travaillaient à la reconstruction du faubourg ou de la rue Claude-Tillier, ne cachèrent pas leur étonnement en voyant l'impressionnant et gigantesque Willy se pencher, là où s'était trouvé le corps de Funky.

Délicatement, Willy déposa un petit caillou sur le sol. Puis il s'assit sur le trottoir, en tailleur, et entonna une chanson dont les paroles s'envolèrent dans le vent qui se leva brusquement.

*

Alors que Willy rendait un dernier hommage à son ami, que la culpabilité, les regrets et un sentiment aussi inexplicable que douloureux s'emparaient de lui, Simon entraînait à sa suite Charlie, Hyacinthe et Banana Split.

Ensemble, ils pénétrèrent dans le cimetière de Picpus.

Au préalable, Simon s'était entendu avec les conservateurs pour ne pas avoir à payer l'entrée. Pour cela, il avait bien fallu leur expliquer son projet. Tout d'abord surpris, les conservateurs avaient finalement donné leur accord. Après tout, ce Noir géant qu'ils connaissaient de vue, comme tous les habitants du coin, venait d'avoir une excellente idée.

Ils longèrent la promenade qui menait à l'emplacement des tombes, tout au fond du cimetière. Une fois qu'ils furent arrivés, Simon attribua à chacun une zone bien particulière. La tombe d'un poète pour Charlie, celle d'une religieuse morte sur l'échafaud pour Hyacinthe. La fosse commune pour Banana Split et lui-même.

Soudain, sa mémoire déversa un flot d'images insoutenables.

Chancelant, il se mit à respirer bruyamment,

eut la tentation de faire barrage aux souvenirs et renonça. Le temps était peut-être venu de les affronter.

Il se revit sur des routes rouges de terre sèche et volatile, sous un soleil impitoyable, retrouva l'odeur qui montait de la terre, suave et lourde. Il se souvint de cet étrange silence qui, vibrant dans l'air, avait brusquement recouvert la nature. C'était à cet instant qu'il avait compris que quelque chose s'était produit. Accélérant le pas malgré sa fatigue, il n'avait atteint son village qu'à la tombée du jour.

À l'entrée, il s'était arrêté net, le souffle coupé.

Une fillette, jambes écartelées, souillée d'excréments, de sperme et de sang, était clouée à un tronc d'arbre. Dans sa bouche, un sexe coupé à la machette. Cette fillette, c'était la sienne. À côté, dans un trou d'eau puante, les cadavres de sa famille. Le massacre ethnique venait de commencer. Tout le village y était passé.

Il avait erré longtemps parmi les cases désertées et détruites, fouillant chaque recoin dans l'espoir de découvrir quelqu'un de vivant. Lorsque l'aube s'était levée, elle avait trouvé Simon, délirant et brisé, à genoux par terre, berçant dans ses bras le corps mutilé de sa femme adorée.

Transpirant à grosses gouttes, Simon tremblait et se tordait les mains, vacillant sous la cruauté du souvenir, la violence du chagrin et d'un deuil impossible. Alors, il fit la seule chose qu'il savait faire lorsque la vie le faisait plier de douleur. Il chanta.

À ses côtés, Charlie pleurait, bouleversée par la

tristesse qui émanait de son protecteur. Hyacinthe se balançait doucement d'une jambe sur l'autre, et Banana Split gardait la tête basse, les yeux rivés au sol, conscient autant que son état le lui permettait de la souffrance de Simon. Un tourment qui ne lui était pas étranger.

Simon comprit que Fergus avait raison avec son projet insensé. Qu'il fallait des fleurs et de la beauté dans cet endroit, car plus que jamais le cimetière de Picpus serait le lieu du recueillement et du repos des damnés de la terre. Il se signa et jura de tout faire pour aider Gwendal à retrouver Cécile. À demi-conscient que sauver cette fille, c'était une façon de rétablir l'équilibre entre passé et présent.

Triste, mais libéré d'un poids énorme, il se tourna vers sa petite troupe.

Afin de s'assurer que chacun avait bien compris quelle était sa tâche, il leur posa quelques questions. Satisfait, il leur distribua une feuille sur laquelle était inscrite une prière.

Simon avait longuement réfléchi, convaincu que si ses protégés avaient une activité, alors ils retrouveraient un peu de goût à la vie. Il leur avait donc trouvé de quoi s'occuper : veiller sur les morts.

Il était venu plusieurs fois visiter le cimetière et s'était souvent étonné que les tombes portent comme inscription : Priez pour lui. Priez pour elle. Car jamais il ne voyait personne venir honorer la mémoire des défunts. Jamais personne ne leur parlait. Maintenant, que les morts reposent en paix, il y avait quelqu'un pour veiller sur eux.

Puis il songea à son ami Fergus et éclata de rire, tandis que Charlie, Hyacinthe et Banana Split amorçaient leurs prières aux disparus.

Levant les yeux au ciel qui s'assombrissait à l'est, Simon respira le vent, frais et chargé d'humidité. La tête renversée, il reprit son chant, d'une voix plus légère.

*

Au même moment, Fergus se garait en bas de l'immeuble de Camélia, un imposant bâtiment du Ve arrondissement, cité Cardinal-Lemoine.

Radieuse, elle lui ouvrit la porte et l'invita à entrer, ce qu'il fit non sans regretter de n'avoir pu se rendre au cimetière avant de la retrouver. Un détail le troublait depuis la veille, mais il n'avait pas eu une minute à lui pour aller vérifier ça de plus près.

Fergus adorait l'appartement de Camélia.

Grand, lumineux, aux volumes atypiques, c'était un endroit totalement hétéroclite par sa décoration et son agencement.

Une véritable invitation au voyage.

La cuisine évoquait les Caraïbes, avec ses lambris lazurés bleu et jaune, et l'ancien salon reconverti en bureau avait l'apparence d'un patio espagnol. Quant à la chambre de Camélia, c'était une pure reconstitution d'une chambre vénitienne.

Mais la pièce que préférait Fergus, que tout le monde préférait, c'était la salle à manger qui évoquait le désert, et donnait sur une grande terrasse transformée en oasis. Camélia n'avait pas hésité à faire venir du sable pour recouvrir une partie du sol. Déclinant les couleurs du crépuscule, de savants éclairages ondulaient comme des vagues sur les dunes.

Elle avait installé une table basse et d'énormes coussins, le tout ressemblant à s'y méprendre à un campement de riches nomades dans le désert. C'était dans cette pièce que Camélia recevait ses amis et leur offrait de succulents dîners.

Installés sur de confortables coussins en cuir, mordorés et bronze, ils se calèrent le dos aux dunes de sable rosissant. Face à eux, un ciel incertain, couleur de plomb ensanglanté. L'orage se préparait, et il serait violent.

En guise d'entrée apéritive : des lamelles de mangue verte au piment, accompagnées d'une bière. Comme toujours, Fergus avait du mal à suivre la conversation de Camélia qui, lorsqu'elle cuisinait, ne parvenait pas à rester assise plus de deux minutes.

— Ce soir, fit-elle en revenant les bras chargés d'un immense plateau berbère, tartare de thon au sésame, à la mangue et coriandre fraîche, et un pomerol 97.

Fergus enveloppa le contenu du plateau d'un œil gourmand.

Enfin assise, l'air soucieux, elle attaqua son tartare, attentive au mélange de saveurs, et parut satisfaite. Fergus servit le vin rouge, fruité, équilibré en tanin et parfum des sous-bois.

— Dis-moi, *angelo mio*, tu as réfléchi pour Simon ?

— À propos de quoi ? répondit-il en trempant un doigt dans un petit ramequin de sauce.

— De son village.

Alors même qu'il se régalait, Fergus se vit contraint d'abandonner son assiette.

— Et si tu voulais bien m'expliquer ça ? répondit-il en attrapant son verre.

Camélia se lança dans une longue rétrospective de la vie de Simon.

— Il était vraiment sorcier ?

— Chaman, médecin, chasseur, sorcier… *Angelo mio*, crois-moi, Simon, ce n'est pas juste un pauvre type perdu dans la rue. Sais-tu depuis combien de temps il vit ainsi ?

— Trois ans…

— Huit, Fergus. Huit ans ! Avant de s'installer rue de Picpus, il squattait dans le XVIIIe. J'ai décidé que ça suffisait.

— Mais, Camélia, un village, c'est…

— Tu manques d'imagination, *caro* ! Voilà ce que je propose.

Tout en dégustant son pomerol, Fergus écouta la femme de sa vie s'enflammer pour un projet de solidarité qui, au fur et à mesure, prenait des allures de croisade.

— Bon, tout ça, c'est très joli, Camélia, mais tu vas t'y prendre comment ?

— Puisque tout le monde utilise les services de Simon dans le quartier, et que ça dure depuis des années, j'ai lancé un projet associatif avec une souscription pour racheter tout l'immeuble, et le faire retaper. Bon, j'en suis aussi de ma poche. Appelons ça un investissement à long terme.

— Tu sais que t'es complètement folle !

— Parce que toi, tu es normal, sans doute, répliqua-t-elle d'une voix qui alarma Fergus.

Se doutait-elle de ce qu'il s'apprêtait à réaliser ?

— Allez, je vais chercher le dessert... Tu as aimé ?

— Un délice !

Le ciel se chargeait de nuages gris-violet, et la chaleur se faisait lourde. Au loin, le tonnerre grondait.

Fichu temps, songea-t-il, se demandant si le ciel serait clément le jour où il transformerait le cimetière de Picpus en parc floral.

— Bon, et pour Simon, t'en penses quoi ? reprit-elle.

— Simon, quoi ?

Camélia soupira et lui résuma rapidement ce qu'elle venait de lui dire. Elle le connaissait trop bien pour savoir qu'il avait la tête complètement ailleurs.

— *Caro mio*, Simon loge dans un dépotoir qu'il a miraculeusement réussi à transformer en... quelque chose de viable. Comme je te l'expliquais tout à l'heure, mais tu n'écoutais pas, je m'ingénie à bloquer toutes les tentatives visant à l'expulser. Et, ce matin, surprise !

Fergus soutenait son regard, sans rien comprendre.

Elle le gratifia d'un sourire éclatant.

— L'association Picpus Village est devenue, aujourd'hui même, propriétaire de l'endroit où vit Simon.

Fergus ne lui dit pas qu'il ignorait tout de cette association. Sans doute Camélia lui en avait-elle déjà parlé.

— Et ?

— Et j'en suis la présidente.

— Félicitations !

— Tais-toi donc ! C'était le seul moyen de contrôler la situation. Quoi qu'il en soit, j'attendrai que tu aies la tête libérée de tes projets pour te raconter tous les détails. La seule chose importante, c'est que non seulement Simon ne sera pas expulsé mais qu'en plus je vais lui accorder la libre jouissance des lieux.

Fergus sentit son cœur se dilater.

Cette femme était épatante ! Fantasque, Italienne jusqu'au bout des ongles, jalouse et rieuse, stricte et rigoureuse dès qu'il s'agissait d'exercer son métier de juge d'instruction. Passionnée, et divinement belle. Fille d'émigrés italiens, redoutable juge, et redoutée, elle venait d'acheter un immeuble en ruine pour l'offrir à un ancien sorcier africain échoué dans le XIIe arrondissement. Et cette femme-là, qu'il chérissait, était dans tous ses états dès qu'elle se mettait à cuisiner !

Un éclair déchira le ciel.

— Dis-moi, Camélia, à propos de Simon, tu as vu qu'il a un nouveau «locataire» ?

— Oui... Goûte-moi ça, fit-elle en lui servant une part de tarte Tatin à la mangue.

Il goûta, et regoûta.

Camélia attendait son verdict. Il caressa son visage des yeux et se fendit de ce sourire qu'elle adorait.

— Une merveille !

— Merci… Et beau gosse avec ça !

— Pardon ?

— Le nouveau, chez Simon. Pauvre homme ! Aveugle et beau comme un ange.

— Arrête, Cami, fit Fergus, en la voyant prête à lui resservir une part de tarte.

— Tu ne voudrais pas me laisser ça sur les bras ! Allez, juste un petit bout…

Camélia secoua la tête, un voile de boucles rousses.

— Tu veux un café avec ?

Il hocha négativement la tête.

— Bon, *angelo mio*, j'ai une autre grande nouvelle à t'annoncer.

Camélia resservit un fond de vin, et planta son regard turquoise dans les yeux noirs de Fergus qui se sentit fondre. Devenir chaud de désir. Avant de s'étrangler avec son dernier morceau de tarte.

— Je suis enceinte.

11

Fred, Irma et Jeanne étaient épuisés d'avoir mené interrogatoire sur contre-interrogatoire. Toute la matinée, les flics avaient défilé au BEP.

Tous se sentaient trahis, sur le qui-vive. Un dingue en avait après eux. Et ça durait depuis dix ans. En dépit du choc qu'ils éprouvaient, ils se montrèrent coopératifs, certains allant même jusqu'à proposer leurs services. Si, la veille encore, Jeanne Debords était une inconnue pour nombre d'entre eux, aujourd'hui, ils n'avaient plus que son nom à la bouche.

— Capitaine Janson ? fit Jeanne, attaquant son septième ou huitième café de la journée.

— Marc. Excusez-moi, j'étais… ça me dépasse !

Marc Janson se leva, fit les cent pas, les mâchoires serrées. Un début de cinquantaine à peine grisonnante, longiligne, il avait un visage carré, des yeux marron, tour à tour chaleureux ou froids. De longues mains, avait noté Jeanne, dès qu'il s'était assis et avait allumé une gitane.

— Cap… Marc, reprit-elle, essayez de vous rappeler. Je sais que ça remonte à…

— À l'époque, fit Janson, je bossais sur une affaire, crime passionnel, le genre banal, mais l'homme mentait... Favier, il était nerveux, morose, depuis qu'il avait tiré sur un type, dans un flag... Ça faisait des mois qu'il se traînait une déprime sévère, mais il assurait quand même au boulot.

— Pourquoi aurait-il tué...

— La môme ?

Ennuyé, Janson se passa une main dans les cheveux qu'il avait châtain clair.

— Je sais pas, commissaire, vraiment pas. C'est... trop dingue ! Je peux pas croire qu'il ait fait ça à cette fille.

— Alors, fit Jeanne d'une voix douce, dans ce cas pourquoi s'est-il suicidé ?

— Hé ! Vous nous avez dit que...

— Je sais bien ce que je vous ai dit, calmez-vous. Je repars de l'hypothèse d'il y a onze ans.

Allumant une cigarette, Marc Janson réfléchissait intensément à ce que lui avait appris Debords. Si son ancien collègue Favier n'était pas l'assassin de cette gamine, il n'avait donc aucune raison de se suicider. Sauf qu'il était quand même dépressif, enfin, d'après les psys. Il haussa les épaules, en signe d'impuissance et d'incompréhension.

— Rien à faire, j'y comprends rien, commissaire, rien du tout. D'un côté, tout l'accusait, de l'autre, enfin maintenant, ça pourrait être...

— Un coup monté, acheva Jeanne. Mais par qui ? Et pourquoi ? Et puis, comment s'y prend-on pour inciter un policier, endurci par quinze ans de métier, à tabasser, violer et tuer une mineure, puis

205

à se suicider sur les lieux de son crime ? Bon sang, Janson, pensez donc comme le flic que vous êtes !

Alertés par la nervosité de Jeanne, Fred et Irma levèrent les yeux en même temps. Immédiatement, Fred proposa une pause. Il était bientôt vingt heures, et ils avaient entendu plus d'une douzaine de policiers.

— Je reprends, fit Jeanne en allumant une cigarette. Novembre, Favier fait une dépression suite à un flagrant délit qui tourne mal. On l'expédie chez le psy. Quatre mois plus tard, il reprend du service. Il a changé, non ?

— Sûr ! Il était déjà un peu… taciturne, et ça n'a rien arrangé.

— Août de la même année, on retrouve Favier une balle dans la tête. À côté de lui, une gamine de douze ans, décédée. La police des polices enquête et accuse Favier, preuves à l'appui. Y a jamais eu autant d'indices sur une scène de crime que ce jour-là, et ça n'étonne personne ?

Janson la fixait, incapable de répondre.

— Avant Favier, quatre autres flics se font sauter la caisse dans les mêmes conditions, et toujours personne pour réagir. Sans parler de ces coups de téléphone anonymes, jamais retracés ! Bref, pour Favier, affaire classée. Vous en avez pensé quoi, vous, Janson, à l'époque, vous qui bossiez avec lui ?

— J'étais assommé, voilà ! On était tous assommés, parce que Favier, c'était pas le premier, et nous, à la Crim', on commençait à flipper. Trop de gars tournaient dingues et se faisaient sauter le caisson. On fréquentait plus les cimetières que les bars !

— Ça ne vous est pas venu à l'idée de mener votre propre enquête ? Ça ne vous a pas interpellé que vos collègues qui bossaient à Paris soient retrouvés morts dans leur ville natale ?

L'air malheureux, il secoua négativement la tête.

— Je crois qu'on pouvait pas s'imaginer, vraiment pas.

— Ça, je veux bien le croire. Mais, aujourd'hui, vous en pensez quoi de Favier ?

— Écoutez, reprit-il, tendu, pour ce que j'en sais, Favier n'était pas porté sur les jeunettes. Comme beaucoup de flics de sa génération, il fréquentait plus souvent les putes que les sorties de collège. Alors, ça colle pas !

Jeanne soupira. S'ébouriffa les cheveux et alluma une Camel. Évidemment que ça ne collait pas.

— Fred, tu peux nous faire du café frais, s'il te plaît…

Tandis qu'il s'exécutait volontiers, Irma entrait dans son ordinateur quantité de données, tout en lançant sur un autre ordinateur une recherche sur les quinze dernières années.

— J'pense à un truc, lâcha Janson… Favier, vers la fin, il a eu un jeune en formation, qui venait de la brigade antiterroriste, un type drôlement bien qui a bossé chez nous un certain temps… Ça m'revient maintenant, parce que je l'ai revu il y a quelques jours.

— Et alors ? fit Jeanne.

— Peut-être qu'il en sait plus ? Peut-être qu'il pourrait vous aider, non ?

Fred posa une tasse sur le bureau de Jeanne, attrapa calepin et stylo, et attendit.

— Il s'appelle Gwendal Hardel… Un type qui promettait, tiens !

— Pourquoi *promettait* ? s'enquit Fred.

— Il a eu un accident et a perdu la vue, et jeune avec ça !

— Vous pouvez le joindre ? demanda Jeanne.

— J'vais faire mieux, je lui téléphone et je vais le chercher, parce qu'avec le foutoir dans le quartier, et lui qui voit pas…

— Maintenant ?

— C'est parti… Laissez-moi un peu de café, j'en ai pas pour longtemps.

Il s'éloigna, revint sur ses pas, passa la tête dans l'encadrement de la porte.

— Debords, y a un autre truc qui pourrait peut-être vous aider. Favier, il a fait un séjour à la clinique Gaillard.

Jeanne arqua un sourcil.

— Alors, je m'disais qu'ils pourraient vous tuyauter, là-bas, c'est quand même leur spécialité, non ?

— Pardon ?

— La dépression, c'est leur pain quotidien, à eux.

— OK, on s'en occupe… merci, Janson.

Elle attendit qu'il soit de l'autre côté de la porte d'entrée, puis elle interpella ses coéquipiers.

— Ça nous donne quoi, tout ça ?

— Ça semble confirmer la thèse d'un bouffeur

de poulet fumé, répliqua Irma qui cherchait à détendre l'atmosphère.

— Formidable, Irma… Tiens, occupe-toi de nous trouver l'adresse de cette clinique Gaillard. Peut-être qu'ils bossent à la dure là-bas.

— Tu veux dire quoi ?

— Je pense à ces marques aux poignets et aux chevilles des Suicidés… merde ! Comment a-t-on pu passer à côté de ça ? Des flics se foutent en l'air, une balle dans la tête, et personne ne s'étonne de ces fichues marques ! Fred, t'en penses quoi ?

— Je cherche toujours le lien entre les Suicidés et les Décapités.

— C'est bien ce qui me préoccupe ! s'exclama Jeanne, assurément à bout. Pourtant, on est bien d'accord, les deux affaires sont reliées. Toutes les victimes font partie de la police, la seule chose qui change, c'est le mode opératoire.

— T'oublies quand même, fit Irma, qu'y a des flics qu'ont commis des trucs vraiment dégueulasses !

— Je sais, mais ça colle pas. On a beau retourner ça dans tous les sens, ça ne colle pas ! Et plus j'y pense, plus je trouve ça louche, ces accusations et ces crimes qu'on leur reproche. Pourquoi ces flics deviennent-ils, brusquement, des monstres ?

— Et s'ils ne se sont pas suicidés, poursuivit Fred, alors qui les assassine, et pourquoi ? On élimine la théorie du justicier de la nuit ou du vengeur mystique. Aucune information n'a filtré sur les délits de ces policiers. Sauf un, et ça s'est tassé rapidement.

— Moi, reprit Irma, y a un truc qui me turlu-pine, c'est… où intervint le juge Debords ?

— Je n'ai qu'une hypothèse à t'offrir, Irma. Favier meurt deux mois après mon père.

— Non ! rugit Irma. Tu crois pas que…

— Si. On peut sérieusement envisager que ce soit Favier qui lui ait mis l'affaire entre les mains. Comment ? Pourquoi ? J'en sais rien… Putain, quelle merde !

Fred hocha la tête, Irma grogna.

Avant d'entamer cette longue série d'interroga-toires, ils avaient repassé à la loupe tous les rap-ports dont ils disposaient, ainsi que le dossier sur le meurtre du juge Debords et de son épouse, qui brillait par sa minceur. Comme la plupart des dos-siers, au demeurant.

Le préfet avait tenu sa parole, et si pour l'instant la presse ne savait rien, Jeanne était certaine que ça ne pourrait pas durer. Quelqu'un éventerait la mèche, probablement un flic qui se sentirait à bout, trop écœuré.

D'autant que, treize ans plus tôt, de la même façon qu'on avait caché à la population l'existence de Mazarine, on avait semble-t-il obtenu des médias qu'ils se fassent discrets sur la question du suicide dans la police française.

Elle tapa du poing sur son bureau, ce qui fit sur-sauter Fred, peu habitué à ce genre de démonstra-tion de la part de Jeanne.

— On reprend, s'exclama-t-elle… Désolée, je suis claquée… Irma, t'en es où ?

— Je commence à bloquer. D'un côté, la liste

des flics qui pètent les plombs. De l'autre, la liste des Décapités. Tous déclarés dépressifs… et puis tes parents au milieu. Des incidents isolés que je vérifie pour voir si ça vaut le coup de se pencher dessus… Bref, des heures de boulot en prévision.

— Fred ?

— Il nous manque des éléments.

— Je sais, coupa Jeanne.

— Non, ce que je veux dire, c'est qu'il manque des PV… par exemple, où sont passées les descriptions et les photos des meurtres commis par les Suicidés ?

— On en a déjà parlé, fit Jeanne en soupirant. C'est pas avec ça…

— Non, excuse-moi, je m'exprime mal, insista Fred, aussi lessivé qu'elle. Ce que je veux dire, c'est… Il faut bien que quelqu'un ait subtilisé ces pièces-là !

— Donc, on revient à l'hypothèse d'un suspect qui accède aux dossiers de la police.

— J'irai même plus loin. À quelqu'un qui se balade, quand il veut et comme il veut, dans les bureau de la PJ, ou de n'importe quelle brigade… une taupe.

Ils se turent un instant, et furent interrompus dans leurs réflexions par Marc Janson qui revenait, accompagné de Gwendal Hardel.

Irma en eut le souffle coupé, et siffla d'admiration.

Trop, trop beau !

Jeanne tiqua en le voyant avancer la main tendue, lunetté de noir et indubitablement anxieux.

Beau mec, se dit-elle, en observant sa façon d'appréhender l'espace.

Janson le guida jusqu'à un siège devant le bureau de Jeanne. Fred jeta un œil à Irma, conscient de l'effet que lui faisait cet homme qui, autrefois, avait été un enquêteur, comme eux.

Déstabilisée, Jeanne ignorait comment on s'y prenait avec un aveugle, et ça la rendait maladroite. Habitué, Gwendal tendit son bras, droit devant lui, paume ouverte. Elle se leva et lui serra la main, se rassit, étonnée par la douceur de ses doigts.

— Merci d'être venu, fit-elle, la voix un peu enrouée. Janson vous a expliqué ?

— Brièvement. Vous…

— Excusez-moi, fit-elle, légèrement embarrassée. Je suis Jeanne Debords, commissaire et responsable du BEP, voici…

— Le BEP ?

— Bureau d'enquêtes parallèles. Voici Frédéric Parthenay et Irma Buget, mes partenaires.

Les susnommés s'avancèrent et lui serrèrent la main. Irma ne put résister à quelques secondes de charme, sous le regard furieux de Fred.

— Et qu'est-ce que je peux bien faire pour vous ? Dites, vous… Vous êtes parente avec le juge Debords ?

S'humectant les lèvres, elle se retint de s'ébouriffer les cheveux avant de répondre par l'affirmative.

— J'ai… j'ai un peu connu votre père, fit

Gwendal, parfaitement conscient de l'état de son interlocutrice.

Avec sa délicatesse habituelle, Fred proposa aux deux autres d'aller chercher des sandwichs. Jeanne lui retourna un regard reconnaissant.

— Avant d'en venir à ce qui vous amène, reprit-elle d'une voix sombre, vous… vous…

— Vous voulez que je vous parle de lui ?

— D'abord de vous, et ensuite de… de mon père.

— Ça risque d'être long, commissaire.

Jeanne se sentit fondre en le voyant sourire.

Manquait plus que ça !

— Ne vous sentez pas mal à l'aise à cause de mon handicap, ajouta-t-il, au bout d'un moment, vous vous y ferez.

J'en doute.

— Si vous le dites…

Elle toussa, pour masquer sa gêne.

— Le seul qui ne s'y fera jamais, c'est moi.

Ni amertume ni colère. Juste un constat.

Décidément, cet homme la bouleversait.

Elle inspira profondément, alluma une cigarette en pestant, car elle n'avait pas arrêté de la journée, alors même qu'elle s'était promis, trois semaines auparavant, de diminuer.

— Café, cigarette ?

— Rien pour le moment, merci. On commence par quoi ?

— Parlez-moi de l'époque où vous étiez dans la police.

Il s'exécuta, rassembla ses souvenirs, les déroulant d'une voix grave et claire. Calmement, il raconta ses années à la brigade antiterroriste, la rencontre avec le juge Debords, les huit mois à la PJ, la pression qui régnait à l'époque en raison du grand nombre de suicides dans la police. Et puis l'accident.

— Quel accident ? fit Jeanne.

— Un matin, en quittant mon domicile, juste après un coup de fil, enfin je crois, ma voiture a explosé… J'ai été grièvement blessé, et j'ai perdu la vue.

— Attentat ?

— Pardon ?

— L'explosion, c'était un attentat, non ?

Il se troubla. Se mordit les lèvres, croisa et décroisa les jambes, se sentant brusquement mal. Très mal. En sept ans, Jeanne Debords était la première à lui poser ouvertement cette question.

— Ça ne va pas ? s'inquiéta-t-elle.

Elle se leva, chercha un verre d'eau qu'elle lui tendit, ne put s'empêcher de trouver qu'il avait, décidément, les mains vraiment très douces.

— Ça va vous surprendre, mais… je ne me suis jamais occupé de ça, lâcha-t-il d'une voix blanche. Jamais.

— Vous voulez dire…

— Après l'explosion, j'ai passé trois semaines dans le coma. À mon réveil, on m'a appris que j'étais aveugle. Là, j'ai dérouillé. Amnésie et dépression sévère. J'ai mis quatre ans à remonter, enfin presque… Quand ma compagne m'a quitté, il y a trois ans, j'ai replongé.

214

Jeanne insista. Comment était-il possible qu'il ne se soit jamais intéressé aux causes de son accident ?

Gwendal fit de son mieux pour lui expliquer qu'il avait vécu obsédé par cette cécité qu'il n'acceptait toujours pas. Après quoi, il s'était fait plaquer, et doutait de s'en être remis.

— Alors, les causes de l'explosion sont passées à l'arrière-plan. Si ça vous paraît étrange, ce qui l'était bien plus à l'époque, et le reste encore aujourd'hui, c'était de me lever chaque jour dans le noir. C'était de renoncer à ma vie, à plus de trente ans d'une vie de voyant, pour entrer dans celle d'un non-voyant.

Il fit une pause, mal à l'aise.

— Faut vous dire aussi qu'autour de moi on s'est plutôt fait discret sur le sujet…

Soudain, par vagues, des images déboulèrent, se faufilèrent entre les recoins de son esprit. Retenant son souffle, il laissa les souvenirs refaire surface. Se « vit » descendre de chez lui, en courant, à peine habillé, retrouva même la sensation de la fatigue qui plombait son corps.

Il se revit déboucher dans la rue, en train de chercher ses clés de voiture. Crut se rappeler qu'il avait été réveillé par un étrange coup de téléphone. Quelque chose de pas clair. Endormi, il s'était précipité dehors… Mais pourquoi donc ? Cette information ne lui revenait pas.

Et puis l'explosion. Les yeux déchirés par la luminosité et la chaleur, et les éclats de verre qui s'étaient fichés dedans. La puissance du souffle le projetant au loin. Le noir, et les cauchemars où il se voyait courir à perdre haleine en criant qu'on en voulait à sa vie, mais qu'il refusait de mourir. NOOON!!! s'entendait-il hurler au milieu d'un océan noir et froid.

Il se sentit brutalement vidé. Quand il aurait retrouvé Cécile, il aurait tout le temps de découvrir si cet accident était ou non un attentat.

Odeur de désert, de vide et de larmes.

Une image se profila dans l'esprit de Jeanne.

Une terre brûlée, ingrate et abandonnée. Depuis toujours, elle était sensible à cette solitude indicible qui émanait de certaines personnes, des aveugles en particulier. Une sensation qui l'ébranlait fortement. Se pouvait-il qu'il y ait des hommes et des femmes dont la vie soit à ce point désertée par les autres ? Et comment survivait-on à cela ?

— Vous m'offrez une clope, commissaire ?

À nouveau le contact doux et sensuel de sa main. Elle se fustigea intérieurement, refoula les émotions qui se bousculaient en elle et reporta son attention sur Hardel.

— Pour commencer, parlez-moi de Favier.

— Juste une chose, commissaire… De quelle couleur sont vos yeux ?

Elle bloqua net l'arrivée de souvenirs concernant son père, et répondit d'une voix aussi neutre que possible. Gwendal ne fut pas dupe. Pour Jeanne Debords, évoquer son père se révélait aussi dur que lorsqu'il repensait à son passé.

La nostalgie le prit au dépourvu, enfla en lui.

Depuis qu'il avait rencontré Simon, perdu Cécile et rêvé qu'il voyait à nouveau, il se sentait tiraillé entre son ancienne position de renoncement et une furieuse envie de croquer la vie à pleines dents.

Toujours cette peur de vivre !

— Excusez-moi, fit-il, en s'apercevant qu'il n'écoutait plus Jeanne.

— Gris, comme ceux de mon père.

— Vous avez sa voix aussi, chaude et lointaine à la fois.

— Revenons à Favier. Quand…

— Et comme lui, vous détestez parler de vous, acheva-t-il en souriant.

Elle sentit ses défenses tomber. Quand un homme comme Gwendal Hardel vous souriait…

Il lui parla enfin de Favier.

Un flic qu'il jugeait, encore aujourd'hui, fiable et solide, et qui ne comptait pas les heures passées au travail. Toujours disponible, pas vraiment du genre bavard. Un homme qui lui avait appris beaucoup de choses en très peu de temps, lui accordant spontanément sa confiance.

— Était-il dépressif, selon vous ?

— C'est ce qu'on a dit, après son suicide. Mais j'avoue que j'ai toujours pensé le contraire. C'est vrai qu'il était nerveux, parfois morose… Faut dire que tuer quelqu'un, ça laisse des marques.

— Il était tout de même suivi par un psychologue, non ?

— Bien sûr ! Qu'est-ce que vous croyez qu'il s'est passé après ce flagrant délit où Favier a tiré, presque à bout portant, sur un des braqueurs ? Une fois la légitime défense prouvée, ils l'ont mis au repos, avec obligation d'une thérapie s'il voulait réintégrer le service. Faut vous remettre dans le contexte de l'époque, les flics se suicidaient les uns à la suite des autres. L'ambiance n'était pas vraiment euphorique.

— Malgré tout, vous n'admettez pas son état dépressif ?

— Choqué, secoué, inquiet, mais pas dépressif. Je connais la dépression, ça vous empêche de vous lever, de faire quoi que ce soit, ça vous vide de votre énergie. Favier, c'était le contraire. Toute la période où j'ai bossé avec lui, il n'arrêtait pas.

— C'était peut-être sa façon à lui d'être dépressif, suggéra Jeanne, songeuse.

— Je... je n'y avais pas pensé. Vu sous cet angle, c'est possible. De toute façon, je n'ai pas vraiment eu le temps de le connaître. Comment savoir s'il s'en était remis ?

Jeanne se demanda si on s'en remettait jamais. La concernant, depuis des années, elle refusait de porter une arme. Pour les mêmes raisons que Favier.

— Vous voulez mon avis, commissaire ?

— Vous êtes là pour ça.

— Favier, il crevait de trouille. Ne me demandez pas pourquoi, car j'en sais rien.

— Vous croyez qu'il avait peur de devoir utiliser son arme ?

— Bien sûr ! Il ne voulait plus en entendre parler, et s'arrangeait pour éviter les coups durs. Mais je vous parle d'autre chose...

Il se projeta en arrière, remonta le temps, jusqu'à se retrouver un matin de mai, assis dans une voiture banalisée. Favier conduisait, en silence. Les yeux fixes, le teint blême. Il se souvint des auréoles de transpiration sur sa chemise. De l'odeur de la peur qui émanait de son coéquipier. Se rappela avoir eu l'impulsion de lui parler, et d'avoir fait machine arrière.

— Une peur pareille, ça ne s'oublie pas, commissaire.

— Vous en avez déduit quoi ?

— Rien. Je n'ai pas trouvé l'occasion ou le courage de lui en parler.

Odeur terreuse de culpabilité, de regret.

Jeanne prenait des notes qui tenaient en quelques mots. Flagrant délit. Dépression. Clinique Gaillard. Terreur. Meurtre/Suicide.

— Pourquoi s'est-il suicidé, d'après vous ?

— Ça reste à prouver, non ? Janson m'a fait un topo.

— J'ai déjà son avis sur la question, c'est du vôtre dont j'ai besoin.

— J'ai du mal à croire ce qu'on lui a reproché. Les seules filles que Favier reluquait quand on était ensemble, c'étaient des femmes d'au moins quarante ans. Je ne l'ai jamais entendu dire des trucs dégueulasses, jamais vu mater une gamine. À la limite, on aurait pu l'épingler pour l'alcool… il buvait comme un trou, alors bon…

— Bon quoi ?

— Pas génial pour s'envoyer en l'air, ça enlève plutôt ses moyens à un homme… Pour les femmes, je sais pas, mais pour les mecs, c'est certain.

Elle ajouta « alcoolique » à sa liste, faillit se lever pour se servir un café et renonça.

— Et mon père ? Qu'est-ce que vous pouvez m'en dire ?

— Que c'était un type brillant. Et un foutu juge !

— Vous donnez l'impression de l'avoir bien connu.

— Bien ? Non, je dirais pas ça, mais j'ai travaillé sur la dernière affaire qu'il instruisait, alors on s'est rencontrés plusieurs fois.

Si Gwendal ne voyait pas l'expression sidérée de Jeanne, il sentait bien qu'il se passait quelque chose.

— Accordez-moi un instant, fit Jeanne en se levant.

Elle fouilla le bureau d'Irma, largement encombré de dossiers, trouva celui qui concernait ses parents, revint vers le sien, resta debout, tant elle était électrique. Incroyable ! Ce type débarquait presque par hasard au BEP, avait connu Favier et participé à la dernière enquête qu'instruisait son père ! Rien à faire, le hasard n'existait pas. Tout finissait par se recouper.

Elle feuilleta rapidement une dizaine de pages, en prit une et se rassit, fébrile.

— Dites-moi, nous parlons bien de cette affaire concernant ces terroristes d'extrême droite.

— Exact, le MAD… mais…

— Minute ! En dehors d'un responsable, les autres ont été arrêtés, et… Et merde ! Y a rien dans ce putain de dossier ! Rien du tout ! Et dire

220

que j'ai passé dix ans à le récupérer. Tout ça pour rien ! Fait chier ! ! !

Gwendal reçut son coup de gueule comme une bombe. Une impulsion de colère qui l'incita à retenir son souffle. Son cerveau traitait l'information comme s'il s'agissait d'une micro-explosion.

Gaz, chaleur, brûlure.

Il se retint de bouger, respira à l'économie.

Interloquée, Jeanne s'aperçut qu'il était raide comme un piquet. Inspirant profondément, elle s'ordonna de se calmer. Et de réfléchir.

L'impression explosive s'éloigna.

À la place, il perçut des ondes plus lâches, ténues et froides. Une tentative de calme après la tempête.

— Et si vous m'expliquiez ce que vous cherchez, commissaire ?

— Hum… Désolée pour… Vous savez quoi ? Je crois que nous avons encore beaucoup de choses à nous dire… Si on allait grignoter quelque chose ?

— Et les sandwichs ?

— Quels sandwichs ?

— Ceux que vos collègues sont partis chercher… sûrement à l'autre bout de Paris, depuis le temps !

Il lui décrocha un éblouissant sourire qui la fit vaciller.

Va falloir que je me surveille, se dit-elle. Quand ce type sourit, je me transforme en midinette !

— J'ai une idée de l'endroit où ils se trouvent, c'est à deux pas d'ici. On y va ?

— Vous me servez de guide ?

Jeanne se sentit devenir flottante.

Elle, un guide ? Au bras d'un des hommes les plus séduisants qu'elle ait jamais rencontrés ? La brume n'avait qu'à bien se tenir, sa température augmentait dangereusement. Elle se déplia mentalement vers Khaled, le suppliant de se dépêcher de rentrer. Eut une brève pensée, douce-amère.

Faut dire que t'es loin, Khaled. Et depuis long-temps.

Juste avant de sortir, elle récupéra un fax, lut en diagonale quelque chose à propos d'un meurtre commis à Paris, concernant une dermatologue, morte la gorge tranchée. On avait trouvé à ses pieds une enveloppe contenant des éléments auto-biographiques, qu'elle ne prit pas la peine de lire.

Et en quoi ça concerne le BEP ? maugréa-t-elle.

Au moment de le froisser pour l'expédier à la poubelle, elle retint son geste, au nom d'un filet d'intuition. Elle quitta le BEP, l'esprit bouillon-nant de questions.

De quoi Favier avait-il eu peur ?
Mieux, de qui ?

12

Toni avait repris contact avec Valérie, son amie d'enfance.

L'air de celle qui revient après une longue absence, elle avait téléphoné et pris rendez-vous pour un dîner. Adroitement, elle l'avait amenée à proposer ce repas pour renouer contact.

Préférant marcher plutôt que de faire le trajet en métro, elle longea le canal Saint-Martin jusqu'à la place Stalingrad. Depuis la veille, la température remontait sensiblement, et la journée avait été particulièrement chaude.

Elle reconnut sans peine le petit immeuble où elle avait vécu pendant trois mois, juste après s'être tirée de chez ses parents.

Apprenant qu'elle était à la rue, Valérie lui avait proposé d'emménager chez elle. Dans la foulée, elle lui avait dégoté un boulot de serveuse dans un restaurant du coin, où elle-même faisait des extras pour finir de payer ses études.

Les premiers jours avaient été assez agréables, les deux filles trouvant la situation excitante. Rapidement, Toni avait déchanté. Derrière des petites phrases anodines, Valérie lui sapait le moral. La rabaissait à la moindre occasion. Jour après jour, l'ambiance s'était dégradée.

Se sentant redevable, Toni avait tout d'abord décidé de se taire. Comme stimulée par son silence, Valérie s'était littéralement déchaînée, se transformant en furie. Toni n'en faisait pas assez, dormait trop, ne participait pas suffisamment aux frais généraux ou faisait des courses inutiles et trop coûteuses.

Mais il y avait pire.

Lorsque Valérie recevait quelqu'un, de préférence une de ses copines, elle se lâchait, profitant de la complicité de ses invitées.

Toutes plus moches et plus connes !

Découvrant les bienfaits de la médisance, Valérie multipliait les invitations. Et les coups bas.

Mais il y avait pire.

Quand Toni ramenait un copain.

Là, elle avait droit à un festival, en deux temps. Pour commencer, Valérie minaudait, faisait de l'œil à son mec, se voulait douce et amicale. Puis, juste après, venait le temps des remarques désagréables, aussi fielleuses que mesquines.

L'apothéose s'était produite quand Valérie s'était mis en tête de coucher avec son dernier flirt. Toni ne devait le découvrir que plus tard. Trop tard pour coller une dérouillée à celle qui se prétendait son amie.

Excédée, un matin, Toni s'était levée, avait fait son sac à dos, et était partie sans rien dire.

Trois ans s'étaient écoulés.

Lorsque Valérie lui ouvrit la porte, en souriant, Toni se sentit devenir électrique. Un dîner suffirait-il à faire ravaler ses vacheries à cette garce ?

Faudra bien.

Puisqu'elle la tuerait, juste après le café.

Ça va durer longtemps ce carnage ?

Ta gueule, Sphinx !

Valérie s'était mise en quatre pour préparer ce repas de retrouvailles. De réconciliation. Si elle l'avait invitée, c'était uniquement pour satisfaire sa curiosité. Qu'avait bien pu faire Toni depuis toutes ces années ? Parleraient-elles de ce jour où elle avait soudainement disparu ? Et de la fois où elle lui avait piqué son mec ? Car elle était certaine que Toni l'avait appris. Sinon, pourquoi serait-elle partie comme une voleuse ?

S'affairant dans sa minuscule cuisine, Valérie préparait l'apéritif, impatiente d'en savoir plus. Au fond d'elle, dans cette zone qu'elle supportait de moins en moins, une petite voix retentit, lui faisant remarquer que, plus le temps passait, plus Toni paraissait belle.

Ce qui n'était pas son cas ! En trois ans, elle avait pris treize kilos, que ses vêtements amples ne cachaient nullement. Face à Toni, elle se sentait aussi attirante qu'une vache.

— Alors, raconte un peu, fit-elle en la rejoignant.

— Tututu… toi d'abord, répliqua Toni, d'un ton enjoué.

Faussement enjoué.

Les sens en éveil, Toni jubilait.

Sur le visage de Valérie, elle pouvait lire les marques et les plis que produisaient la jalousie et l'amertume. Elle percevait toute sa misère quotidienne, non pas tant matérielle qu'affective et intellectuelle.

— Ben, depuis ton départ… Au fait, pourquoi t'es partie comme ça ?

La bonne question, c'est : pourquoi je suis revenue ?

Toni prit le temps de boire une gorgée de Martini rouge, de grignoter une olive fourrée à l'anchois, tout en réfléchissant à ce qu'elle allait lui répondre.

— Tu triches, on avait dit : toi, d'abord.

— D'ac. J'ai décroché mon diplôme l'année dernière, de justesse !

— *Bueno !*

Valérie ne sut masquer son plaisir. Avala une poignée d'olives.

— Ensuite, j'ai cherché du boulot et, crois-moi, ça n'a pas été de la tarte ! Mais j'ai fini par trouver.

— Et tu fais quoi ?

— Je travaille dans une association humanitaire.

— *Cool !*

Valérie fronça les sourcils.

Pas si *cool* que ça, en fait. Elle tenait le standard, timbrait le courrier et basta. Elle avait cru que venir en aide aux autres aurait constitué une sorte d'aventure, mais son quotidien lui prouvait le contraire.

— Ouais, c'est pas mal, mentit Valérie.

— Tu gagnes bien ?

— Huit mille, brut, heu… mille euros, brut, non net, enfin… C'est dingue, j'arrive toujours pas à compter en euros !

Toni se fendit d'un sourire.

— C'est parce que tu voyages pas assez, suggéra-t-elle.

Valérie resservit à boire, en songeant que ce n'était pas demain la veille qu'elle voyagerait. Son salaire suffisait à peine à la faire vivre. Elle jonglait avec les découverts, sans comprendre où passait l'argent qu'elle gagnait.

— C'est vrai, ça, je voyage pas trop.

Elle éclata de rire. D'un rire aigu. Désagréable.

— Pas du tout même ! Bon, et toi, alors ?

— Moi, j'ai pas mal voyagé… J'ai même pratiquement fait que ça.

Ça m'aurait étonné ! se dit Valérie, sentant la déception et l'envie pointer le bout de leur nez.

S'enflammant pour donner du relief à son discours, Toni revisita l'Espagne, inventa l'Amérique latine et le Canada, parfaitement consciente d'enfoncer un pieu dans le cœur de son amie.

Avec des amies comme elle, plus besoin d'ennemis.

Envole-toi, tu perds ton…

Lâche-moi, Rokh !

Elles attaquèrent le repas, qui s'avéra insipide. Des spaghettis *alla carbonara* qui auraient certainement déclenché une vague de suicides en Italie. Toni pignochait dans son assiette. Valérie se goinfrait, entre deux questions ou remarques banales sur l'air du temps.

— Tu vis seule ? demanda Toni, brisant le consensus mou qui s'était installé entre elles.

— T'as toujours eu le chic pour poser les bonnes questions au bon moment !

L'irritation se peignait sur ses joues rebondies. Elle se leva, emporta assiettes et plat dans la cuisine, et revint avec un maigre plateau de fromages.

— Désolée, fit Toni, si j'ai dit quelque chose qui t'a blessée.

Valérie se rassit, l'air bougon.

Ben voyons, se dit-elle, en retirant les fromages de leur emballage. Comme si ça lui faisait quelque chose !

Elle inspira profondément, se servit un morceau de roquefort, épais et crémeux, qu'elle tartina sur une grosse tranche de pain.

— Laisse tomber, Toni… Si tu veux tout savoir, je me suis encore fait plaquer.

Là-dessus, elle vida son sac, lui racontant ses mésaventures amoureuses, toutes plus pitoyables les unes que les autres. Toni l'écoutait sans lâcher du regard la tranche de pain qu'elle engloutissait.

— Pourtant, avec le dernier, j'ai cru que ça serait différent… Rien à faire, j'ai la poisse avec les mecs ! Et toi ? Tu…

— Depuis mon retour, y a pas plus célibataire que moi. Quelques aventures par-ci, par-là, des trucs sympas, mais sans lendemain, enfin tu vois…

Non, elle ne voyait pas. Pour Valérie, les lendemains *sans*, ça signifiait surtout qu'il y avait, la veille, une soirée, puis une nuit sans homme.

— Tu prends pas de fromage ?

— Non merci.

— Mais t'as rien mangé ! fit Valérie mal à l'aise.

— Tu déconnes ! Avec la platée de pâtes que tu nous as faite, j'en peux plus.

— De toute façon, t'as jamais eu beaucoup d'appétit. Remarque, au moins, t'as pas de problèmes de poids, c'est pas comme moi !

— T'as qu'à faire un peu de sport, suggéra Toni.

— J'en fais, figure-toi ! Deux fois par semaine, dans un club de gym, pas loin d'ici. Paraît que je suis trop stressée, bref… Café ?

Toni ne put réprimer un frisson.

— Avec plaisir.

Valérie remporta fromage et pain, et brancha la cafetière. La déprime la guettait. Impossible de soutenir la comparaison avec une fille comme Toni. Une boule de tristesse et d'angoisse lui serra la gorge. La vie lui semblait injuste.

Pour certains tout était facile, tandis que pour d'autres tout réclamait des efforts. L'égalité était un leurre. Il suffisait qu'elle regarde un gâteau pour prendre un kilo. Fallait voir ce que ça donnait si, en plus, elle le mangeait !

Et puis, avec les années, ça devenait de plus en plus difficile, de maigrir ou de draguer. De rebondir, tout simplement.

Elle soupira bruyamment, et prépara un plateau pour le café.

— N'empêche, cria Valérie de la cuisine, t'as l'air de plutôt bien t'en sortir.

Toni retint un rire, et jeta un regard alentour. *Tout est fade, bon marché et de mauvais goût.*

Tout parle d'une petite vie insipide, suante de soli-
tude et de morosité.

Et ça mérite la mort ? siffla Rokh.

— Fous-moi la paix !

— Tu dis quoi ? fit Valérie.

— Rien…

Valérie lui jeta un drôle de regard, haussa les
épaules.

— Tu vas faire quoi, maintenant que tu es revenue à Paris ? s'enquit-elle en lui tendant une tasse.

— J'ai pas mal de projets, des personnes à
revoir surtout.

— Ah ! Et ta famille ?

— Tu sais, y a plus que mon père…

Grimace et froncement de sourcils.

— C'est vrai ! J'oubliais que ta mère était
morte…

Menteuse !

— C'est rien… et toi, la tienne ?

— Tu connais ma mère, toujours aussi chiante !
Tout ce que je fais est nul, tout ce que je dis est cri-
tiquable. Ça l'empêche pas de me téléphoner deux
ou trois fois par semaine, de se mêler de ma vie et
de se plaindre de tout, bref, rien de nouveau sous
le soleil… Et ton père ?

Involontairement, Toni serra les mâchoires.

Espèce de garce !

— Oh, lui… finit-elle par répondre, d'une voix
éraillée.

— Ouais, faut dire que t'es pas trop gâtée de ce
côté-là !

Pas trop, non.

La conversation commençait à s'amenuiser. Parce qu'au fond elles n'avaient rien à se dire.

— Valérie, tu veux savoir pourquoi je suis partie ?

— Et comment ! T'imagines ma tête quand je suis rentrée… Pfuit ! plus personne. Comment j'ai flippé !

— Non, j'imagine pas… Je peux fumer ?

— Ouais, pas d'problème, mais ouvre la fenêtre.

Toni se leva, fouilla dans la poche de son blouson pour y prendre ses cigarettes, ainsi qu'un fin poignard qu'elle glissa dans sa manche, puis elle entrouvrit la fenêtre qui donnait dans une petite rue, à cette heure-ci déserte.

— Je vais te chercher un cendrier… Tu veux boire quelque chose ? demanda Valérie.

— Tu proposes quoi ?

— Gin, whisky ou vin.

— Vin.

— J'ai du rouge, ça ira ?

— Parfait. J'adore le rouge, ironisa Toni.

Très drôle, remarqua Sphinx.

Dégage !

Valérie lui jeta un drôle de regard, empli d'incompréhension et de tension. Elle n'était plus certaine de vouloir connaître les raisons qui avaient poussé Toni à partir. Ni de supporter la vérité, ou de s'entendre dire qu'elle avait été dégueulasse, et franchement imbuvable. Une bouffée de culpabilité l'envahit, se transforma en angoisse. Son esprit lui envoya quantité de souvenirs et d'idées noires. Tout compte fait, revoir Toni était insupportable.

Elle déboucha une bouteille de gamay, en maugréant intérieurement. Et moi qui pensais que la bouteille apportée par Toni suffirait ! Encore une soirée qui va me coûter cher...

La lame du couteau sur sa gorge la fit se cambrer exagérément. Une goutte de sang tomba sur sa main. Tétanisée, elle retint un hurlement de terreur.

— Toujours envie de savoir pourquoi je me suis tirée de ton appart de daube ?

— Hon-hon...

— Tu te souviens, Valérie, l'enfer que tu m'as fait subir pendant que je vivais ici ? Allez, dis-moi que tu n'as pas oublié.

— Hon... Oui...

— Pourquoi fallait-il que tu m'emmerdes comme ça ? explosa Toni qui se retenait de la crever, là, au-dessus de l'évier. Hein ? Et Julien, tu t'en souviens, Valérie ?

— Je... s'il te plaît... Toni, j'ai... tu m'fais mal...

— *Bueno !* Je suis là pour ça. Pour te faire mal. Pour te rendre la monnaie de ta pièce.

— Excuse-moi, Toni... excuse-moi... pour Julien, je...

Toni éclata de rire.

Décidément, la peur donnait aux gens le goût de s'excuser d'avoir été des ordures. L'image du pêcheur en train de la supplier se superposa à celle que lui renvoyait Valérie.

Deux tas de merde !

— Bon, ma petite Valérie, j'ai pas que ça à faire, alors…

— NOOONNN !!!

Toni accentua la pression.

— Tututu… T'affole pas, tu vas voir, tout va bien se passer. Je commence à avoir de l'expérience !

Soudain, Valérie s'évanouit dans ses bras.

Surprise, Toni perdit l'équilibre. Emportée par le poids, elle tomba à la renverse et se cogna contre le mur. À moitié sonnée, elle tenta de repousser l'énorme corps de Valérie. Remua frénétiquement les jambes, et parvint à se dégager, au moment où celle-ci revenait lentement à elle. Se frottant le crâne, Toni lâcha une bordée d'injures.

À demi consciente, Valérie aperçut la lame, tendit la main. Hurla de douleur lorsque Toni, enfin redressée, lui écrasa les doigts du talon de sa botte. Puis elle récupéra son poignard.

Découvrant qu'elle tenait vraiment à sa vie, Valérie se jeta sur elle. Même si, comme elle le répétait souvent, la vie était une tartine de merde, et qu'elle en mangeait un bout chaque jour, elle espérait bien finir par croquer dans une tartine de miel.

Elles luttèrent un moment. Valérie s'essouffla rapidement. Au contraire de Toni que la bagarre vivifiait.

Assise sur l'estomac de Valérie, appuyant douloureusement sur son plexus solaire, elle pointa son arme au niveau de sa gorge. Paralysée par des vagues successives de terreur, épuisée par leur lutte et la douleur qui lui explosait la poitrine, Valérie ne bougeait plus.

Toni l'observait, silencieuse, mais avec au fond des yeux une petite lueur qui dansait dangereusement.

Comprenant qu'elle allait mourir, Valérie fut à deux doigts de vomir son dîner. Elle tenta un geste, mais Toni appuyait sur son cou. La pointe du poignard s'enfonça dans la chair grassouillette.

— Mais… pourquoi, Toni ? lâcha-t-elle, le souffle court.

— T'es trop conne pour comprendre, ma petite Valérie. Bien trop conne.

Et Toni lui trancha la gorge. La regardant droit dans les yeux, un étrange sourire aux lèvres.

Valérie se sentit devenir molle, comprit qu'elle ne connaîtrait jamais le goût du miel, essaya de prononcer quelque chose d'inaudible, puis ce fut le noir.

Avant de s'éclipser, Toni déposa une enveloppe blanche, intitulée : *Autobiographie d'une traîtresse*.

13

En ce matin de mouillure grise, ils roulaient en direction du département de l'Eure.

Parmi les Suicidés, la moitié avait effectué un séjour dans une clinique d'un genre un peu particulier, puisqu'elle n'accueillait que des policiers en dépression. Près d'un village dénommé Les Angelys, dans un château reconstruit à cet effet.

Jeanne conduisait trop vite pour Fred qui ne supportait plus ça, depuis le jour où l'un de ses copains avait remonté une route à contresens. Assis à côté d'elle, il lorgnait sur le compteur.

À l'arrière, Irma pianotait sur son portable, classant et regroupant inlassablement les nouvelles données avec les anciennes. Pour l'heure, elle cherchait des informations supplémentaires sur cette singulière clinique.

Outre une nervosité qui croissait au fil des journées, Jeanne roulait délibérément à vive allure. D'une part, pour interroger le personnel de la clinique et, d'autre part, être rentrée à temps à Paris pour une réunion de dernière minute à la PJ, organisée avec l'aide de Janson.

— Irma, t'as fini les synthèses ?

— Ouais, ça baigne.

Fred soupira, l'œil collé au compteur qui marquait cent cinquante.

— Lève le pied, Jeanne.

— Désolée... Au fait, vous en pensez quoi de Janson ?

— Pourquoi, tu veux l'embaucher ? fit Irma, sans lâcher son écran des yeux. Si j'peux donner mon avis, je préfère l'autre, Hardel... Putain, trop beau, ce mec !

Jeanne se fendit d'un sourire, qu'elle ravala en apercevant la mine renfrognée de son voisin.

— Non, Janson ne va pas rejoindre le BEP, pas plus que Gwendal, répondit-elle en essayant de doubler un camion. Je repensais à ce qu'il nous a dit à propos de Favier.

— L'homme qui aimait les putes ? fit Irma, qui commençait à s'y perdre avec toutes ces victimes.

— On peut le dire comme ça, admit Jeanne. T'en penses quoi, Fred ?

— Je n'arrête pas de me demander depuis hier ce qui a bien pu se passer dans la tête de ce flic pour... Attention !

Jeanne appuya à fond sur l'accélérateur. Une voiture déboulait sur la voie d'en face, tandis qu'elle-même longeait un trente-huit tonnes.

— Bon sang, Jeanne ! s'écria Fred, tu veux nous envoyer dans le décor, ou quoi ?

— *Keep cool*, fit Irma.

Elle se pencha vers lui.

236

— Mais... t'es tout blanc. Mais c'est juste une petite accélération... oh, Fred ?

— Ça va... ça va...

— Excuse-moi, fit Jeanne, se fustigeant intérieurement.

— C'est rien, je suis toujours nerveux en voiture.

Cinq minutes plus tard, ils se garaient sur le parking de la clinique Gaillard. Un ancien manoir de type normand s'élevait au milieu d'un parc verdoyant, magnifiquement entretenu et néanmoins austère. Avant de descendre, Jeanne voulut savoir ce que Fred s'apprêtait à dire au moment où elle lui avait foutu la trouille.

Va falloir que je me contrôle, se dit-elle, j'ai les nerfs à vif.

— J'ai, comment te dire... Ces flics, ils ont commis des délits criminels... Comme dans un rêve, bon sang ! Ça m'échappe. C'est juste là, fit-il en se tapant le front, et je n'arrive pas à attraper cette idée...

— Tu veux dire, comme dans un cauchemar, plutôt, s'exclama Irma.

— Je ne sais pas... je cherche.

Jeanne hocha la tête, ouvrit sa portière et sortit de voiture, troublée. Elle jonglait avec des impressions similaires à celles de Parthenay. C'était relié à quelque chose que leur avait dit Janson, et la plupart des flics qu'ils avaient interrogés. Quelque chose de si énorme que leur conscience se refusait à lâcher le morceau.

— Bon, on y va, fit Jeanne. T'as quelle heure, Irma ?

— Dix heures quarante.

— OK, ça nous laisse deux bonnes heures.

Son regard fut attiré par la silhouette d'un homme, debout derrière l'une des fenêtres du rez-de-chaussée.

— Je crois qu'on est repérés, fit-elle en se dirigeant vers le perron.

Fred et Irma se regardèrent en pensant à la même chose. Jeanne était d'autant plus crispée qu'elle détestait par-dessus tout les cliniques et autres hôpitaux. Une aversion qui relevait de la phobie ou plus sûrement d'un trop grand nombre de visites.

Depuis qu'ils bossaient ensemble, si Fred assistait seul aux autopsies, Jeanne ne pouvait guère échapper au reste. Il la vit serrer la main à un homme en blouse blanche, d'une cinquantaine d'années, large d'épaules et à moitié chauve. Derrière ses lunettes perçaient deux yeux bleu-gris, méfiants et hautains.

— C'est parti, fit-il en attrapant la belle Irma par le coude. Je me demande bien ce qui nous attend à l'intérieur.

— T'espères trouver quoi dans un asile ? répliqua-t-elle, souriante.

La première chose qui frappa Jeanne, ce fut le silence qui régnait dans l'établissement.

Pourtant, d'après ce qu'elle savait, la clinique hébergeait quarante-huit pensionnaires, sans compter les consultations privées de Duvivien. Mais elle eut beau tendre l'oreille, pas un murmure ne franchissait les murs épais et froids.

La deuxième chose, ce fut l'odeur propre au lieu, irritante pour son odorat sensible. Pour sa mémoire, qui lui envoya une décharge de souvenirs, qu'elle repoussa, afin de se concentrer sur le directeur de la clinique Gaillard.

Un certain Patrick Duvivien qui ne leur accorderait que trente minutes de son précieux temps et qui, à l'évidence, paraissait réticent à leur venir en aide. Ce que Jeanne n'avait nullement prévu.

Une fois dans son bureau, Parthenay expliqua, avec cette manière bien à lui, le but de leur visite. Elle le laissa faire, perturbée par cet environnement où rien ne semblait être vivant. Avec la sensation d'être enfermée dans un sas, elle sentit monter son aversion pour le corps médical et les lieux où il officiait.

— Il est absolument impossible que vous consultiez nos fichiers, susurra Duvivien.

Se tournant vers Jeanne, Fred chercha son appui. Irma ne bougeait pas, se contentait d'éponger l'atmosphère, ce qui s'y disait, ce qu'on aurait dû y dire et qui se faisait attendre, tout en reluquant les chaussures de Duvivien, en cuir souple, de bonne qualité.

Hors de prix, estima-t-elle.

— Et pour quelle raison ? s'enquit Jeanne, la voix basse.

Irma se redressa sur sa chaise.

Ça sent le plan foireux, se dit-elle. Et Jeanne

n'est certainement pas plus à prendre avec des pincettes que ce directeur de mes deux !

— Secret professionnel… Doublement secret, étant donné le statut spécifique de cette clinique. J'ai des consignes très strictes. Du ministère.

Jeanne lui réexpliqua succinctement qu'ils enquêtaient sur une affaire prioritaire. S'il le fallait, elle n'avait qu'à décrocher son téléphone pour obtenir une perquisition.

— Ne me menacez pas, siffla Duvivien. Ici, il n'y a que moi qui sois habilité à…

— Vous avez bien un supérieur, non ?

Duvivien se cala au fond de son fauteuil en cuir, croisa les mains sur son estomac et la fixa. D'un regard étréci, inquisiteur.

— Votre réputation vous a précédée, commissaire Debords. Mais ne comptez pas sur moi pour vous laisser fouiner partout ! Nous soignons une population très particulière, j'imagine que vous avez les moyens de comprendre ça, non ?

Mais il me prend pour une conne !

— Nous «soignons» aussi une population très particulière, riposta-t-elle, alors ne me faites pas perdre mon temps. Car pendant que vous jouez les mandarins obséquieux, un criminel…

— Cela ne me concerne pas, commissaire. Et pour les fichiers, ma réponse est catégorique : c'est non.

— On pourrait peut-être rencontrer vos pensionnaires, intervint Fred qui pressentait que Jeanne allait exploser.

240

— Si vous m'aviez téléphoné avant de venir, vous vous seriez épargné la perte d'un temps précieux.

— C'est une façon de nous jeter dehors ?

Duvivien se contenta de sourire.

— Je vous raccompagne, fit-il en regardant sa montre.

Jeanne n'en revenait pas. Comment ce type osait-il retarder leur enquête et les empêcher de progresser ? Alors que la vie de quelqu'un en dépendait peut-être. La colère monta et se densifia, mais elle réussit à la brider. À retrouver un semblant de flegme.

— Parlez-nous au moins de Jérôme Favier, insista-t-elle.

Duvivien la regardait, goguenard, la main sur la porte.

— Je ne vais pas en rester là, murmura-t-elle, les mâchoires serrées.

Fred et Irma sortirent, Jeanne abdiqua et les suivit en fulminant. Duvivien referma la porte, non sans retenir un soupir de soulagement, et les raccompagna jusqu'au perron.

— Oh ! s'exclama Irma, j'ai laissé ma sacoche dans votre bureau… Je peux ?

Une lueur meurtrière au fond des yeux, Duvivien hésita.

S'il allait la chercher lui-même, que ferait cette emmerdeuse de commissaire pendant ce temps ? Trop risqué. À regret, il opina de la tête, l'air mauvais. Lui décochant un sourire, Irma rebroussa chemin.

Tandis qu'ils attendaient, un patient de la cli-

nique sortit d'une salle et resta figé en face d'eux.
Jeanne mit un moment à resituer cet homme, plus
efflanqué que mince, le teint blafard et le regard
éteint. Son cœur eut des ratés lorsqu'elle le reconnut enfin.

— Christophe ? !

— Retournez dans votre chambre, lui ordonna
Duvivien d'une voix aussi ferme que désincarnée.
Allez, je vais venir vous voir.

L'homme sembla ne pas l'entendre.

— Jea… nne De… bords… Je… Jeanne ? bre-
douilla-t-il en écarquillant deux yeux vitreux, tremblants de larmes.

L'ancien coéquipier de Jeanne jeta un regard à
Duvivien et s'engouffra silencieusement dans le
couloir qui menait à sa chambre. Soudain, il s'arrêta, se courba brusquement en avant et se redressa,
leva les bras au plafond en hurlant et se mit à courir comme un dératé.

Stoïque, Duvivien se dirigea vers un téléphone
mural.

Jeanne et Fred s'entre-regardèrent, et piquèrent
un sprint pour rattraper Christophe qu'on entendait vagir d'un étage à l'autre. Au bout du couloir,
elle ouvrit une porte. Les cris continuaient à trau-
matiser les nerfs de ceux qui se trouvaient en état
de les entendre.

Trois minutes plus tard, ils aboutirent à une
porte entrouverte sur le jardin. En bas des marches
d'un petit escalier, Christophe pleurait, replié sur
lui.

Ressentant un malaise insidieux, Jeanne s'approcha de lui, s'assit à côté de lui, lui mit une main dans le dos et tenta de le réconforter. Encadré de deux infirmières, Duvivien surgit, écarta Jeanne sans ménagement et fit signe à l'une des infirmières, celle qui tenait une seringue à la main.

— Allons, Christophe, calmez-vous, ça va aller… ça va aller.

Duvivien se redressa, l'air victorieux.

— Vous partiez, commissaire…

Tu perds rien pour attendre, espèce de salaud ! se dit Jeanne, bouleversée.

L'air enchanté, Irma patientait dans l'entrée, une sacoche noire à la main, plaisantant sur son étourderie légendaire, parfaitement consciente que Duvivien n'était pas dupe.

Sans échanger un mot, ils regagnèrent leur voiture.

— On casse la croûte, proposa Irma. J'ai la dalle.

Ni Jeanne ni Fred ne prirent la peine de lui répondre.

— Je vois que j'intéresse ! ironisa-t-elle. Eh ben, vous en faites une tronche… C'est pas la mort, quand même.

— Bon sang, Irma ! Tu peux pas t'exprimer autrement, non ?

— Quoi ? J'ai juste proposé d'aller manger un bout.

— Qu'est-ce qu'on fait, Jeanne ? demanda Fred, complètement déboussolé.

— On va casser la croûte, comme dit Irma.

Même si c'est la mort, toute cette affaire, on va faire une pause, j'ai…

Soif, acheva Fred mentalement, se disant qu'elle picolait trop ces derniers temps. Puis il se souvint que juin approchait, et que Jeanne replongeait tous les ans, à la même période. Devenait irritable, buvait trois fois plus que d'habitude et s'emportait pour un rien.

— Au fait, j'ai une bonne nouvelle, lâcha Irma, les yeux rivés à son écran.

Fred tourna la tête vers elle.

— Vas-y, ça nous changera, fit Jeanne, klaxonnant une voiture.

— Gagné ! J'ai accès aux fichiers de la clinique !

— Tu nous raconteras comment t'as fait, mais bravo ! Et chapeau pour le coup de la sacoche. T'es la meilleure, Irma, lâcha Jeanne.

— Lui dis pas ça trop souvent, balança Fred en souriant, sinon on ne va plus la tenir… Et si on s'arrêtait là, ajouta-t-il, prenant conscience que son estomac criait famine.

En descendant de voiture, elle croisa involontairement les doigts. Elle n'était pas superstitieuse, mais certains jours, ça la démangeait. Comme aujourd'hui.

Comme quand elle avait croisé le regard de Christophe, un de ses premiers coéquipiers.

À l'époque, c'était un jeune homme à l'esprit vif, un idéaliste, charmant et efficace. Un type bien. L'homme qu'elle avait retrouvé ressemblait à s'y méprendre à un légume terrorisé. Elle se fit la

244

promesse de découvrir à quelle sauce Duvivien cuisinait ses patients.

Malgré sa fatigue, et les fantômes de juin qui commençaient à s'agiter.

Malgré l'énormité de sa tâche, et le peu de clarté qu'elle était capable de jeter sur cette affaire de policiers suicidés ou décapités, elle veillerait à faire sortir Christophe de ce guêpier.

Un autre point demeurait obscur.

Elle n'avait trouvé aucune trace spécifiant que le juge Debords eût été saisi pour instruire l'affaire sur laquelle elle s'arrachait les cheveux. Alors, qui l'avait mis au courant ? Et pourquoi cette personne ne se manifestait-elle pas ?

Parce qu'elle est morte, idiote !

La photo de Favier s'afficha sur l'écran de son esprit. En entrant dans l'auberge, elle soupira d'agacement et d'épuisement.

Trop de questions et pas assez de réponses.

Trop de confusion dans cette affaire, et dans sa vie.

Elle était surtout furieuse de s'être fait rembarrer par Duvivien.

Ça m'apprendra à assurer mes arrières !

*

Il passa devant une vitrine, ralentit le pas, et jeta un coup d'œil autour de lui. Personne. À cette heure-ci, tout le monde déjeunait.

Il fit face aux mannequins qui paradaient derrière leur vitrine, le regard fixe et le visage cireux.

245

À jamais silencieux. Son rêve ! Si chaque humain pouvait se tenir droit et respectueux, à l'instar de ces figures de cire. Muettes et obéissantes.

Il toussa, glissa lentement sur le côté afin de se retrouver face à l'un de ses mannequins préférés. Léa. Brune, cheveux courts et yeux de biche. Sourire inoxydable. Port de tête parfait, gabarit à la mode, un peu trop mince à son goût, car il aimait les femmes aux hanches amples et pleines. Mais elle avait de si beaux yeux… et un sourire !

Il sentit son sexe gonfler dans son pantalon bleu-gris en pure laine, coupé sur mesure d'après un grand classique de chez Yves Saint Laurent.

S'appuyant légèrement contre la glace, il se perdit dans un corps à corps imaginaire avec la belle Léa au regard impassible. Son sexe bandé frottait contre la vitre, sa respiration s'altéra. Ânonnant, il éjacula rapidement. Sans reprendre son souffle, il tourna la tête. Personne.

Il se laissa aller contre la devanture, ferma les yeux, un sourire aux lèvres. Discrètement, il glissa sa main dans sa ceinture, s'essuya à la va-vite, et rabattit son manteau en cachemire bleu nuit.

Debout, seul sur le trottoir humide, il renifla puis se lécha les doigts, en souriant à l'intention du mannequin.

— Tu vois, Léa, rien ne m'empêche de venir te voir. Même pas ce foutu emploi du temps… T'as aimé ?

Silence cireux.

— Je sais que tu as aimé, tu aimes toujours ça… Ça t'excite, hein ? Je sais… moi aussi.

Sourire figé.

Il remonta le col de son manteau. Si la brume semblait enfin s'être volatilisée, il soufflait un petit vent coupant, et désagréable.

— Tu fais bien de rester à l'intérieur, Léa, au chaud… Temps de merde, je te jure ! Temps de merde !

Son regard effleura les seins ronds, tendus sous un chemisier mauve. Descendit sur le ventre, s'attarda sur le sexe plastifié, qu'il rêva mouillé et chaud, palpitant sous ses doigts. Remontant vers les seins, il se passa la langue sur les lèvres. Son sexe resta mou et collant.

— Tu vois, Léa, hier, j'ai reçu une femme. La trentaine, laide et stupide. Elle souffre, Léa, et déteste sa vie. Je la mets en confiance. Je l'écoute — comme jamais personne ne l'a écoutée ! Je flatte sa merde d'ego, sa féminité de poule de basse-cour. Des seins énormes qui lui tombent au nombril. La fesse grasse et molle, et les jambes d'une anorexique. Un veau, Léa… encore en train de téter sa mère, dont elle se plaint en permanence.

Un œil à sa montre lui apprit qu'il était temps pour lui de rentrer. Ses rencontres avec Léa ne duraient jamais plus de trente minutes. Dommage, il sentait son sexe durcir à nouveau.

— À demain, Léa… sois fidèle, ma beauté… Car tu connais le sort que je réserve aux infidèles !

Il éclata de rire et repartit en sens inverse, se caressant à travers la poche de son manteau. Repensa à cette femme venue le consulter, et faillit jouir en songeant à ce qu'il lui ferait, bientôt.

Il avait le pouvoir.

Il n'aimait que ça. Ne vivait que pour ça.

Bientôt, se promit-il, une lueur d'orgueil dans les yeux. Très bientôt, il lui donnerait un aperçu de son pouvoir.

Immense. Meurtrier et jouissif.

14

Gwendal marchait dans les rues de Noisy-le-Grand, sentant peser sur son épaule l'épaisse main de Simon, chaude et rassurante.

S'ils n'avaient quasiment rien appris des parents de Cécile, son amie Éléonore leur avait été plus utile. Elle avait évoqué les après-midi passés à Créteil, avec la bande de Raja. Les heures à bavarder à la sandwicherie avec les garçons, à la sortie du vieux Noisy. Et puis les escapades de Cécile à la Cité Verte.

Fourbu, Gwendal proposa d'aller boire un café.

— Bonne idée, fit Simon, qui ressentait lui aussi une certaine lassitude.

Son esprit le transporta en Afrique, sur les plateaux du Rwanda, le long des pistes sèches de son pays.

Là-bas, il avait marché des jours entiers, sans jamais connaître la fatigue. La corne de ses pieds témoignait encore de ce temps révolu. Mais, aujourd'hui, son corps ne le suivait plus, ne répondait plus comme dans le passé. Usés par l'exil et la rue, les muscles s'étaient grippés et les articulations criaient grâce au moindre effort.

L'air bourdonnait autour d'eux.

Assis à une table, dans un vieux bistrot, Gwendal se mit à l'écoute. Rien n'était inutile dans la vie d'un aveugle. Vibration, onde et mouvement représentaient une indication, lui communiquaient un semblant de « vision » qu'il associait à ce que sa mémoire voulait bien lui restituer de son passé.

Quelque chose, ou quelqu'un, il n'aurait su encore le dire, clapotait non loin de lui. Les turfistes rêvaient de miser l'inmisable. Les poivrots hallucinaient au comptoir, abreuvant leurs voisins d'injures ou de plaintes. Le barman éclusait sans se faire remarquer, entre deux vaisselles.

Mais quelqu'un, ou quelque chose, produisait un bruit étrange, lui évoquait un poisson gobant l'air dans son bocal. Peut-être une bouche qui laissait s'échapper un fantôme de parole, un désir étouffé et silencieux de communiquer, qui se perdait dans l'air saturé.

— Simon…

— Ouais…

— Sur ma droite, y a quoi… ou qui ?

— Une vieille, édentée, et qui cause toute seule, sauf qu'on entend rien de ce qu'elle dit. Cause avec les morts, si tu veux mon avis.

Gwendal hocha la tête.

— Ton pays te manque ?

Surpris, Simon prit le temps de répondre. Repensa à son village, aux années passées à com-

250

prendre les mystères de la nature et de l'âme humaine.

— Pas plus que tes yeux, pas moins. Enfin, j'crois.

Au tour de Gwendal d'être étonné.

— Tu veux dire quoi ? Pour mes yeux…

— Que t'es entre deux mondes. Comme les anges… Chez moi, les aveugles, c'est sacré, parce qu'on dit qu'ils voient mieux que les autres. Qu'ils entendent mieux, aussi. Qu'ils sont plus proches des esprits de la nature. Alors, c'est précieux, et respectable, un aveugle. Enfin, ça, c'était avant. Toi, tu vis avec des regrets, alors tu peux pas allumer tes yeux d'en dedans. Pourtant, j'crois que t'as le don… Chez moi, t'aurais fait un bon… chaman ou devin, je sais jamais bien comment vous appelez ça, ici.

Ébranlé, Gwendal réfléchit quelques instants à ce que venait de lui dire son ami.

— Simon, pourquoi t'es venu à Paris ?

— Parce que l'avion y allait !

Il éclata de rire. Un rire puissant et joyeux.

— Et puis… les seuls étrangers que j'connaissais, en Afrique, c'étaient deux médecins français… M'ont appris la langue.

Gwendal sentit comme une ombre se faufiler entre eux. Un autre spectre venu du passé, que Simon ne semblait pas encore prêt à accueillir.

— Au fait, dit Simon, les sourcils froncés, qu'est-ce que tu foutais avec cette môme ?

— Cécile ?

— Et qui d'autre ? Que moi, dans mon taudis, j'prenne soin des jeunes... mais toi ?

Gwendal lui raconta comment il l'avait rencontrée au centre de dressage de chiens pour aveugles. Ses parents avaient acheté, des années auparavant, une femelle labrador qui avait eu plusieurs petits. Cécile avait difficilement supporté que les chiots soient donnés au centre, alors elle y faisait un tour, régulièrement.

Il avait fini par renoncer à adopter un chien d'aveugle, mais, à force de croiser Cécile, ils étaient devenus amis. Chaque mercredi après-midi, ils se retrouvaient à Nation, pour aller boire un verre, et discuter de tout et de rien. De leur vie, de leurs espoirs ou de leurs désespoirs.

— Cette gamine m'a ému. Trop seule. J'ai... j'ai voulu l'aider quand elle m'a appris ce qui se passait pour sa copine, Bouchra.

— Drôle de nom.

— Algérienne d'origine, née en France, ballottée entre deux cultures, et qui ne pensait qu'à une chose : foutre le camp de sa cité. Bouchra, ça veut dire : bonne nouvelle.

— Tu plaisantes ? fit Simon, entre rire et stupeur. Misère de Dieu !

Gwendal vida son verre.

— Y a rien de drôle, dans toute cette histoire, tu sais.

— Faut dire, c'est la mort, leur cité. T'as vu... pardon...

— C'est rien. Non, j'ai pas vu, mais je connais, enfin, un peu.

— Ils lui ont fait quoi, exactement, à cette Bouchra ?

— Viol collectif, pendant des semaines, partout où ils pouvaient la choper. Et Cécile le savait, mais elle avait peur de témoigner contre eux. C'est pour ça qu'ils en avaient après elle. Les autres filles, dans les cités, elles la ferment, elles ont tout à perdre. Cécile, c'était différent, je crois qu'elle aurait fini par parler.

Les lèvres de Simon frémirent d'indignation.

— C'est ce Scurf, hein ? Faut pas le louper, celui-là.

— Lui, et d'autres.

— Alors, faudra tous les retrouver, et leur faire passer l'envie de recommencer.

Ils se turent.

Gwendal, parce que le passé remuait péniblement, et que la peur se faisait de plus en plus palpable. Simon, parce que cette colère, aussi nouvelle qu'énorme, celle-là même qu'il n'avait pas eu l'énergie d'éprouver en découvrant son village et les siens dévastés, le déstabilisait. Une fureur qui résonnait comme une envie démente et brutale de se venger, un sentiment qui lui était pourtant si peu familier. Il soupira bruyamment.

Derrière eux, la vieille marmonnait d'inaudibles phrases. Les verres et les tasses s'entrechoquaient. Les turfistes ferraillaient dur pour se convaincre de leurs bons choix. Un ivrogne se cassa la figure.

L'atmosphère se chargeait lentement d'électricité, devenait moite d'humidité. L'orage se préparait.

Un temps idéal pour chasser le voyou, songea

ironiquement Gwendal, en repoussant sa chaise. Simon l'attrapa délicatement par le bras et ils quittèrent en silence le café du *Soleil Levant*.

— Simon… Je sais pas vraiment ce qui nous attend.

— Écoute, mon ami, j'en ai vu d'autres. Des trucs que ce chien fou de Scurf, il est même pas foutu d'imaginer, alors, t'inquiète. On y va, on s'occupe d'eux, et on ramène la môme. Après, on rentre à la maison. Y a les jeunes, là-bas, et j'me fais du souci pour Charlie.

— Pourquoi ?

— J'la trouve bizarre depuis qu'elle est revenue. J'l'aime bien, cette petite, c'est une douce. Faut en prendre soin.

Gwendal inspira profondément. Perçut toute la lourdeur de l'air qui annonçait l'orage. L'électricité statique qui avivait la tension et augmentait la pression dans le corps des gens. Les chargeait comme des bombes.

Ça va péter, se dit-il. Dans tous les sens du terme.

Marchant à pas réguliers, soutenu par Simon, en confiance comme il l'avait rarement été depuis son accident, Gwendal se laissait piloter, repensant à sa rencontre avec Jeanne Debords.

Tel père, telle fille !

Il avait l'intuition que cette femme devait être aussi attirante que difficile à vivre, comme le juge Debords. Un homme séduisant, ferme et autoritaire, intègre et infatigable. Un juge qui avait su se faire apprécier tant par ses collègues que par la police.

Étrangement, leur conversation avait réveillé une myriade de souvenirs, et la nostalgie de son ancien travail. Des fragments d'un passé dont il croyait s'être débarrassé. Qui ne cessaient pourtant de remonter à la surface de sa mémoire, s'étoilant de son esprit à son cœur.

Il entrevoyait mieux dans quel immense bourbier marchait la fille du juge. Une toile d'araignée, savamment tissée par la main d'un fou, que Debords explorerait sans relâche, même au péril de sa vie. Même si les fils résistaient ou lâchaient, l'engluaient et la retenaient prisonnière. Une folie qu'il pouvait presque renifler. Ça ressemblait à un jeu de stratégie, construit par une intelligence hors norme.

Il n'arrêtait pas de se demander en quoi un flic pouvait être une cible idéale pour un tueur. Car il fallait autre chose comme mobile que la haine ou l'idée de la vengeance, de cela il était convaincu. Ça lui faisait du bien de penser à cette affaire, de s'imaginer en train de mener l'enquête, et d'y penser à la manière d'un flic.

Le ciel était couleur de plomb, turbulent et rougeoyant. Sur les fenêtres et les toitures, contrastant, un soleil ocre métallique se reflétait. Le vent fouettait les branches des arbres. Des ordures ménagères volaient çà et là. Au loin, très loin derrière les tours de béton, le tonnerre se fit entendre.

Si Gwendal s'inquiétait de la marche à suivre, et

de leurs chances de réussite, Simon faisait le vide en lui, tendu vers un seul but : foutre une dérouillée à ce maudit Scurf, et ramener la gamine. Fallait bien que ça s'arrête un jour, de brutaliser les mômes, non ?

Traversant, il aperçut deux immenses « camemberts », deux immeubles ronds et affreux. Un éclair zébra le ciel, stria les nuages épais.

Ils croisèrent, éparpillés sur les parvis des cités ou au bord des routes, des adolescents, tous vêtus de la même façon — jogging, baggy et capuche. Voûtés, ils se déplaçaient d'une démarche presque claudicante, le bassin raide et les épaules enfoncées.

Sont perdus, se dit Simon en sentant leurs regards curieux, et pourtant éteints, se poser sur lui.

Des têtes se tournaient sur leur passage, des exclamations et des sifflements retentissaient. Ne se rendant pas compte à quel point sa haute stature les impressionnait, Simon traçait droit devant lui, attentif aux indications données par Éléonore pour se rendre à la Cité Verte.

Derrière les « camemberts » avait-elle dit. Quatre bâtiments fermés en carré, haut chacun de vingt étages. Des barres avec des rayures vertes.

Gwendal percevait l'environnement, hostile et nerveux. Sentait les cous se vriller et les yeux les fixer. Le vent, chaud et humide, indiquait l'imminence de l'orage. Les éclairs se multipliaient dans le ciel où se pliaient et se dépliaient des hordes de nuages. La pluie n'allait pas tarder à tomber. Autant d'informations que son corps enregistrait, qui se faisaient sensations avant de parvenir au cerveau pour se transformer en pensées.

En silence, Simon le dirigeait à travers ce dédale urbain, pour lui inconnu. Se pouvait-il que des gens vivent ici ? Se pouvait-il réellement que des milliers de personnes habitent en un tel lieu ?

Pas un immeuble qui ne reflète sur sa façade l'empreinte d'une vie brisée, ou d'une mort à venir. Pas un endroit entre les bâtiments où l'herbe rase ne se fonde dans le béton. Mais des enfants et des vieux, partout. Des couples, des femmes en petits groupes, des hommes, parlant bruyamment ou chuchotant quelque secret.

Une armée de vagabonds, se dit Simon, tordus, raides ou à l'échine voûtée. Des corps rongés en dedans par un mal de vivre qui n'avait pas que la pauvreté pour origine. Les gens se confondaient dans son esprit, se réduisaient à de simples corps. Des fantômes, admit-il tristement.

Une jeune femme passa, les mains crispées sur une poussette avec un enfant qui pleurnichait.

Des âmes oubliées et emprisonnées, inertes, qui se refusaient à quitter cet habitacle de chair et de sang, objet de toutes les souffrances.

Des morts-vivants… Non, des vivants-morts, conclut Simon. Des âmes errantes.

Il observa Gwendal, se disant que certains jours il valait mieux ne pas voir la misère du monde.

Mais Gwendal ressentait les tensions et les absences lovées au cœur des individus. Entendait leur souffle, hachuré et instable. Imaginait ces corps comme un enchevêtrement de nerfs et de pensées mal connectés.

Ici, en banlieue ou ailleurs, les mêmes éclats de vie qui n'en finissaient plus de rater leur allumage. Le corps et l'esprit, deux silex séparés et sourds l'un à l'autre, incapables d'établir le contact, de provoquer une étincelle durable.

Était-ce l'orage qui lui donnait de telles pensées, une telle vision de l'humanité ? Ou bien approchait-il du but, de ce moment où il lui faudrait, pour la deuxième fois, affronter Scurf ?

Inspirant profondément, Gwendal repoussa la peur au fond de lui, s'adressant des appels au calme. Ne pas se laisser envahir par l'angoisse, par l'absence de repères sur ce territoire inconnu, auprès duquel, il n'en doutait pas, Scurf puisait toute sa rage de vivre. De tuer. Ne pas oublier que Simon était là, et qu'il veillait sur lui. Qu'ils étaient deux, unis et engagés vers le même dessein.

Tiens bon, Cécile !

— J'crois qu'on y est, fit Simon, de sa voix de basse.

L'atmosphère devenait quasi irrespirable. Gwendal espérait que l'orage éclaterait plus tard, sachant que le bruit du tonnerre serait une torture. Et qu'il lui déroberait force et énergie.

— Bon, on fait quoi, maintenant ?

— On est où, exactement ? s'enquit Gwendal, en contrôlant sa respiration.

— Au beau milieu des tours.

Il bloqua son mental qui s'affolait, et se mit à l'écoute de son environnement.

— Les mômes, fit Simon, ils…

— Ils approchent, je sais.

Gwendal sentait les vibrations qui couraient sur le sol et froissaient l'air. Tout comme il ressentait la tension et la curiosité des jeunes qui s'avançaient.

Non mais! quel con!

Comment avait-il pu venir ici, sans prévenir personne?

— Ils sont combien? demanda-t-il.

— Douze… non, quinze.

Les jeunes s'arrêtèrent à moins de deux mètres d'eux.

Incrédules, ils observaient ce géant noir dont la main recouvrait entièrement l'épaule d'un type qui paraissait ridiculement petit et fragile à ses côtés. Simon leva les yeux. Le ciel se contorsionnait, bientôt prêt à se déverser sur la terre. Une goutte de pluie lui tomba sur la joue. Gwendal se raidit.

Derrière lui, le sol vibrait, annonçant l'arrivée… d'un pachyderme, imagina-t-il, en entendant les pas massifs secouer le sol.

D'un même élan, les jeunes reculèrent d'un mètre.

Se glissant à gauche de Simon, un géant au teint de craie et aux yeux d'agate bleue semblait décidé à leur filer un coup de main. Les deux hommes se dévisagèrent. Simon sourit. Sans hésitation, Willy lui retourna son sourire.

— Tout va bien, fit Simon à l'attention de Gwendal. On a du renfort.

Les gamins écarquillaient les yeux.

— Bon, les enfants, tonna Simon, on cherche quelqu'un… Scurf.

Tous les mômes piquèrent du nez. Gwendal huma leur malaise, absorba l'angoisse qui remuait en eux.

— Et une jeune fille, continua Simon… Cécile.

Personne ne bougea. Personne ne répondit.

Willy posa sa main sur l'épaule de Simon, indiquant de son autre main une des tours.

— Tu sais où elle est ?

Willy hocha la tête et se mit en mouvement. Le sol trembla sous les pieds de Gwendal qui, se sentant dépassé par la situation, décida de s'en remettre entièrement à Simon.

— Vous, les gosses, vous bougez pas d'ici, leur intima ce dernier.

Aucun ne moufta, mais Gwendal sentit le groupe s'écarter. Silencieusement, les trois hommes se dirigèrent vers l'une des tours, montèrent à pied six étages. Willy s'immobilisa devant une porte.

— Tu parles pas beaucoup, mon gars, mais t'es efficace, approuva Simon. Une idée pour ouvrir cette porte ?

— L'enfoncer, suggéra Gwendal.

Simon jeta un regard à Willy, et les deux géants se lancèrent contre la porte qui céda instantanément. À l'intérieur, ils découvrirent Cécile, étendue sur un canapé, endormie. Aidé de Simon, Gwendal s'approcha d'elle, lui prit le pouls, inquiet. Remonta le long du bras. Sous ses doigts, la trace de piqûres.

260

— Elle a été droguée, fit-il en palpant le creux de son bras. Bande de salauds !

— Bon, mon ami, on fait quoi, maintenant ?

Gwendal hésitait. Donner la chasse à Scurf qui, il le savait, serait introuvable dans l'heure qui suivrait, ou déguerpir au plus vite. Cécile était apparemment saine et sauve, droguée certes, mais en bonne santé.

– Je reste avec elle, fit-il en sortant son téléphone portable. J'appelle une ambulance et les flics. Vois si tu peux coincer Scurf.

Même s'il n'aimait pas l'idée de les laisser seuls, Simon obtempéra. Après tout, son ange devait savoir ce qu'il faisait.

– D'accord, Willy et moi, on s'occupe de trouver Scurf.

Surpris par la colère qui enflait dans la voix de Simon, Gwendal hésita. Puis il hocha la tête, et écouta les deux hommes s'éloigner. Le silence plomba l'air.

Deux géants pour une crapule, songea-t-il, en essayant de faire sortir Cécile de sa léthargie artificielle.

Simon suivit Willy jusqu'à une autre tour, pénétra dans le hall d'entrée et descendit au sous-sol.

Ils inspectèrent les caves, une à une, en vain. Scurf n'était nulle part. Dans l'une, Simon remarqua un matelas usé, des canettes et des bouteilles de bière, des mégots partout sur le sol. Il sut que les murs conserveraient longtemps la souvenance des cris de jeunes filles que l'on torture.

Le sang se mit à couler le long de sa mémoire. Apercevant une boîte d'allumettes par terre, il se baissa, en craqua une et enflamma le matelas.

En ressortant du bâtiment, la pluie tombait. Rassemblée, la bande de jeunes attendait. D'autres, plus âgés, s'étaient joints à eux.

Les grands frères, se dit Simon, toujours aussi furieux. Et qu'est-ce qu'ils font les grands frères, hein ? S'occupent même pas des petits qui font les cons dans les caves avec des chiens fous !

D'un pas décidé, il se dirigea vers le groupe, suivi de Willy qui écoutait le vent chanter dans sa tête. Un chant de joie, parce que la cave brûlait et détruisait les ombres terrifiantes qu'il y avait entr'aperçues. L'âme des filles qui se brisaient contre le mur de l'indifférence et de la barbarie.

— Il est où, Scurf ?

Silence de mort.

– Et Ahmed et Jérémie, y sont où ? aboya Simon, se souvenant des informations données par Éléonore.

— Tu lui veux quoi, à Ahmed ? fit un homme d'une vingtaine d'années.

— Lui foutre une raclée.

— Et t'es qui, toi, pour te pointer ici et menacer mon frangin ?

Simon observa un instant son interlocuteur.

— Tu sais ce qu'il fait, ton frère ? cracha Simon, indiquant la tour où le feu prenait à la cave.

Le tonnerre éclata, couvrant la réponse du frère d'Ahmed qui s'était rapproché d'un jeune garçon soudain très nerveux.

— Ahmed, eh ben, il viole des filles avec ce cinglé de Scurf ! gueula Simon.

Le dénommé Ahmed baissa la tête. La main de son aîné s'abattit sur son épaule et le tira pour l'emmener plus loin.

— Willy, va chercher Gwendal et Cécile, pendant que j'ai une petite discussion avec ces gamins.

Le fixant un instant, Willy sourit, et repartit en direction de la tour.

Simon observait les deux frères, comprenant qu'Ahmed passait un sale quart d'heure. Suffisait de voir la baffe qu'il venait de se prendre. Puis il s'adressa aux autres, comme il l'avait si souvent fait devant son village. Aboyant plus qu'il ne parlait, parce que le tonnerre roulait dans le ciel, s'essuyant les yeux à cause de la pluie, un doigt pointé vers le groupe, il leur passa un savon.

Le grand frère d'Ahmed revint vers lui. S'approchant, il se mit sur la pointe des pieds et dut lui crier dans l'oreille pour se faire entendre. Simon comprit qu'il pouvait s'en aller, que la relève était là, que la honte agissait et stimulait l'aîné.

Jusqu'à la prochaine fois, songea-t-il.

Des éclairs illuminèrent le ciel, éclaboussèrent les centaines de fenêtres de la cité. Des trombes d'eau tombaient. Soudain, tous levèrent la tête. Simon suivit le mouvement. Dans l'embrasure d'une fenêtre ouverte, Willy hurlait au vent.

Simon se précipita, courut comme il ne l'avait pas fait depuis des années, monta quatre à quatre les escaliers et déboula dans la pièce où gisaient Cécile et Gwendal. Le sang s'échappait de sa jambe. Dans les yeux d'agate bleue de Willy, rougis par les larmes, des nuages de douleur s'entrechoquaient.

Simon ausculta rapidement Gwendal, s'inquiéta de son pouls faible et rapide, déchira sa chemise pour lui faire un garrot. Suite à quoi, il s'occupa de Cécile qui était toujours dans les vapes.

Aucune blessure suspecte, c'est déjà ça, se dit Simon en serrant les poings.

Son ange se vidait de son sang, et il n'y avait qu'une personne qui avait pu l'attaquer. Il se mit à la fenêtre, aperçut les jeunes et, plus loin, des gyrophares. Entendit les sirènes faire écho aux coups de tonnerre.

Tout en sachant qu'il ne fallait pas déplacer un blessé, Simon se saisit de Gwendal, et Willy comprit qu'il devrait encore une fois porter Cécile.

Les deux hommes redescendirent les six étages et franchirent le hall d'entrée au moment où se garait la première voiture de police. Éberlués, les jeunes dévisageaient les deux hommes. Un géant d'albâtre et un géant de jais venaient de mettre le feu à leur cité.

Le vent soufflait violemment, attisant un début d'incendie. Les rares arbres ployaient sous les rafales. S'il ne pleuvait plus, l'odeur de la pluie était présente. Rafraîchissante.

L'orage s'éloignait.

15

En traversant la salle de conférences, Jeanne n'en menait pas large.

Elle évalua leur nombre, l'estima à environ une trentaine d'hommes et de femmes. Tous des policiers expérimentés et endurcis à qui elle s'apprêtait à faire un discours.

Pour solliciter leur aide. Pour leur dire d'être vigilants, parce qu'un taré en voulait à leur peau. Qu'elle ignorait pourquoi, et ne savait pratiquement rien de lui.

Sauf qu'il avait commencé à tuer quatorze ans plus tôt, que son père l'avait sans doute approché de trop près, et qu'il y avait perdu la vie. Qu'elle y passerait le restant de la sienne, s'il le fallait, mais qu'elle lui mettrait la main dessus. Qu'elle se sentait impuissante, terrifiée, mais déterminée à trouver qui se cachait derrière tout ça.

Qu'elle avait besoin d'eux.

Comme jamais elle n'avait eu besoin de ses confrères.

Il lui semblait qu'elle n'atteindrait jamais l'estrade, où l'attendaient le préfet Moreau et Daras, le numéro un du Quai des Orfèvres. Elle sentit les chaises craquer et les têtes se tourner vers elle. Les regards s'appesantir un instant.

Lorsqu'elle fut en face du préfet, elle inspira profondément, comme un naufragé qui vient de s'échouer sur la terre ferme.

Irma et Fred s'installèrent un peu en retrait, tandis que Debords s'entretenait à voix basse avec Moreau. Irma sortit son ordinateur, non sans ressentir une bouffée de fierté à se trouver là, aux premières loges. Elle jeta un regard à Fred. Bras croisés sur la poitrine, il ne quittait pas Jeanne des yeux.

Debords accepta le micro que lui tendit Moreau, non sans appréhension. Elle n'aimait pas être au premier plan, et détestait devoir prendre la parole en public.

Se redressant, elle découvrit ceux à qui elle avait pour ainsi dire commandé de se trouver en ce lieu. Les visages étaient fatigués et inquiets, fermés ou sévères. Au deuxième rang, elle aperçut Janson qui la salua d'un signe de tête. Elle compta jusqu'à cinq, et se lança.

— Merci d'être là... Autant l'avouer, ce genre...

Elle se racla la gorge.

— Les policiers dont nous allons parler étaient vos partenaires, ou vos prédécesseurs pour les plus jeunes d'entre nous. J'ignorais encore il y a quelques jours, que le meurtre de mon... du juge Pierre Debords, allait nous entraîner sur la piste d'un tueur qui s'en prend à la police.

Une main se leva.

— Albertini, brigade criminelle. Marc Janson nous a déjà affranchis. Vous parlez d'un tueur… Mais que savez-vous de lui ? Et êtes-vous sûre qu'il s'agit d'un homme… d'un seul homme ?

Un léger brouhaha se fit entendre, se volatilisa.

Jeanne reprit son souffle.

— Nous n'en sommes qu'aux hypothèses. J'estime qu'il s'agit d'un homme, car j'imagine mal une femme dans le cas qui nous occupe. Question de bon sens ou d'intuition, comme il vous plaira. Je vous rappelle que les victimes n'étaient pas n'importe qui. Qu'elles savaient se battre, et se défendre. Certaines pesaient près de cent kilos, je vois mal une femme s'attaquer à eux.

Murmures d'approbation.

— Et s'ils étaient deux, ou plus ?

— On peut l'envisager, concéda Jeanne.

— Mais vous n'y croyez guère, n'est-ce pas ? intervint le numéro un du Quai.

— Effectivement. Il peut y avoir complicité, c'est probable, mais nous en savons tous assez sur le sujet pour affirmer que ce type de meurtre se partage rarement.

— Commissaire, fit une femme, en haut de la salle. Louvin, des Stups : y a-t-il un autre lien entre les victimes, en dehors du fait qu'elles faisaient partie de la police ?

— La dépression, lança Jeanne, tendue.

La salle s'agita, des éclats de voix se firent entendre.

Daras s'approcha et lui parla à l'oreille. Elle remua la tête, comme pour dire non, pas question.

Il interpella le préfet Moreau qui ne lui fut d'aucun secours. Il connaissait trop bien Debords pour savoir que lorsqu'elle avait quelque chose en tête, il n'y avait rien à faire.

— S'il vous plaît! fit Jeanne, s'adressant à la salle.

Elle attendit que le silence revienne, observa les hommes et les femmes assis en face d'elle. Qu'ils soient de la Crim', des Stups ou d'ailleurs, tous donnaient de leur temps et de leur vie pour traquer les criminels.

Qu'est-ce qui nous pousse, les uns et les autres, à faire ça? se demanda-t-elle. Qu'est-ce que nous avons à réparer, à guérir ou à sauver, pour faire ce foutu métier?

Inspire. Expire. Deuxième round.

— Bon, je sais qu'on n'aime pas trop, dans la police, évoquer ce problème. Je parle de la dépression et du suicide. S'il vous plaît! Pour répondre à votre question, ce que nous savons des victimes — et nous savons encore très peu de chose —, c'est qu'elles ont toutes été gravement dépressives. Thérapie, arrêt de travail, mais reprise du boulot pour toutes. Chaque victime *aurait* ainsi commis un acte criminel, souvent d'une brutalité et d'une monstruosité dignes du pire tueur. Avant de se suicider.

Jeanne fit une pause, se tourna vers son équipe, surprit un signe encourageant de Fred, aperçut les tresses d'Irma s'agiter, tandis qu'elle traficotait Dieu savait quoi dans son ordinateur.

— Je voudrais mettre quelque chose au clair,

reprit-elle, jetant un regard en coin à Daras et au préfet. Nous le savons tous, et pourtant, tout le monde refuse d'en parler, de reconnaître que la police souffre. Que les hommes et les femmes qui y travaillent — et qui y travaillent dur ! — sont sujets à la dépression. Beaucoup tiennent le coup comme ils peuvent : alcool, tabac, médicaments et autres.

Un silence de mort régnait.

— Je n'aime pas plus que vous parler de moi, ou de mon boulot. On fait tous la même chose. On s'isole, on se mure quand ça va mal. En conclusion, j'ai vingt cadavres sur les bras, tous des flics ! Des Stups, de la Crim' ou des Mœurs. Si vous ne m'aidez pas à briser ce tabou, sachez que vous rendez service à leur tueur.

Le silence s'alourdit. La colère vibrait dans la voix de Jeanne. Et la salle dans son entier lui faisait écho.

Inspire. Expire. Tu touches au but.

— J'affirme que ces policiers ont été manipulés, tués ou poussés au suicide, et que l'on a profité de leur état dépressif. Comment ? Pourquoi ? Je l'ignore encore. Et nous n'avons aucune explication concernant ces marques aux poignets et chevilles des Suicidés. Ces mêmes traces que l'on retrouve sur neuf autres victimes, dites les Décapités, qui, elles, n'ont pas été « suicidées » mais assassinées.

Silence de plus en plus mortel.

Jeanne reprit son souffle, accepta le verre d'eau que lui tendait Moreau. Sans quitter la salle des yeux, elle se dit qu'elle s'en tirait plutôt bien, enfin, pour l'instant. Au moment où elle reposa son verre, quelque chose se faufila en elle.

Duvivien, qu'est-ce qu'il a dit ?

Elle tenta d'attraper ce qui se frayait un chemin jusqu'à sa conscience, perdit le fil et se redressa lentement, avec cette insupportable impression de passer à côté de quelque chose.

— Nous avons, les lieutenants Parthenay et Buget ici présents et moi-même, besoin de vous. Vu le nombre de victimes, et étant donné qu'on reprend l'affaire à zéro, le BEP a besoin de vous pour… Enquête de voisinage, victimologie, localisation, visite des familles, la routine, quoi, fit-elle en souriant brièvement.

Le brouhaha reprit de plus belle, qu'elle arrêta d'un geste de la main.

— Je sais… vous êtes surchargés, crevés et en sous-effectif. Mais vous êtes tous concernés, sans parler que ça nous prendrait des années, au BEP, pour abattre un tel boulot. Car, malgré la gravité de la situation, ne comptez sur personne d'autre que vous-mêmes.

Daras leva les yeux au plafond, et Moreau se retint de sourire. Décidément, il l'aimait bien cette Debords.

Marc Janson se leva et harangua ses collègues.

— Je crois que le commissaire Debords a raison : nous sommes tous impliqués. Qui nous dit que l'un d'entre nous n'est pas déjà inscrit sur la liste de ce tueur ?

Il se rassit, l'air content de son intervention.

Jeanne lui adressa un geste de reconnaissance. La salle frémit, il y eut quelques courtes discussions à voix basse. Puis Albertini se leva à son tour.

— Je crois qu'on est tous d'accord, commissaire. Mais on va s'y prendre comment pour coordonner tout ça ? On a du boulot par-dessus la tête, ce qui veut dire qu'on va forcément prendre sur ce qui reste de notre temps libre, non ?

— Je le crains. Pour la coordination, le lieutenant Irma Buget va nous arranger ça… Je verrai avec chaque responsable de brigade comment dispatcher le boulot. Irma va vous remettre à chacun une synthèse complète : profil des victimes, délit commis et topo sur leur «suicide» ainsi qu'une synthèse sur l'affaire des Décapités. Autre chose… Qui parmi vous connaît la clinique Gaillard ?

Plusieurs mains se levèrent, dont celle d'Albertini. Daras et Moreau se consultèrent. Il sembla à Jeanne que Daras s'apprêtait à intervenir et que le préfet l'en empêcha.

C'est quelque chose que m'a dit Duvivien, j'en suis certaine.

Agacée, elle se passa une main dans les cheveux, et alluma une cigarette.

— J'attends que vous me disiez, individuellement, tout ce que vous savez là-dessus. Vous verrez avec le lieutenant Frédéric Parthenay comment procéder. Pour finir…

Elle fut interrompue par la sonnerie d'un téléphone portable.

Irma bondit, saisit sa sacoche, manqua de faire

tomber son ordinateur et répondit au téléphone, rouge écarlate.

— Commissaire, fit Irma, mal à l'aise... C'est pour toi... C'est vachement... heu... très important.

Elle s'avança vers Jeanne, lui remit le téléphone et retourna s'asseoir, embarrassée comme jamais Frédéric ne l'avait encore vue.

Jeanne se sentit stupide, debout face à trente policiers, avec le préfet derrière elle, et cette voix qui sortait du téléphone. Elle se mit légèrement à l'écart et répondit.

— Je... Je viens d'apprendre qu'un ancien policier s'est fait agresser... J'ignore encore si c'est à relier à l'affaire qui nous préoccupe mais... Faites gaffe, c'est tout ce que j'ai à vous dire. Dernière chose, nous suspectons la présence d'une taupe...

Elle dut s'arrêter, faire refluer la rage qui montait en elle. Sa déclaration déclencha un tollé général, qu'elle laissa mourir avant de conclure.

— Le lieutenant Parthenay va devoir m'accompagner, mais il prendra contact avec chacun de vous, au plus tôt... Le lieutenant Buget va rester et vous expliquer la procédure à suivre. Je... je veux la peau de ce tueur ! Alors, au boulot. Et merci à tous.

Elle tendit le micro au préfet Moreau, s'excusa de devoir partir et descendit de l'estrade. Bouleversée, elle fila vers la sortie, ne pensant qu'à Gwendal Hardel qui naviguait entre la vie et la mort.

*

Tandis que Jeanne et Fred roulaient vers l'hôpital, Toni revenait pour la quatrième fois à Courbevoie, sur les lieux de son prochain crime.

Elle avait observé les allées et venues de sa victime, l'ancien instituteur, et consigné son emploi du temps.

À la retraite, Bernard Gauthier passait ses journées au bar, en compagnie de turfistes, à parier sur des canassons qui ne gagnaient jamais.

Elle avait mis en application les enseignements du livre de Brice sur l'art du camouflage. Elle avait acheté une pizza, non sans l'avoir, au préalable, saupoudrée de piment, de quoi lui arracher la gueule pendant vingt-quatre heures ! Suite à quoi, vêtue à la manière d'un livreur de chez *Folie Pizza*, elle s'était rendue chez lui, perruquée et lunettée, une casquette enfoncée sur la tête, jouant le livreur obtus et convaincu de son droit. Puisque la pizza était payée, elle serait remise à son destinataire. Excédé, Gauthier avait fini par lui arracher le carton, et lui avait claqué la porte au nez.

Aujourd'hui, elle attendait qu'il rentre de son bar minable pour lui faire une petite visite de courtoisie. Dont il ne sortirait pas vivant.

Fais-moi confiance, Gauthier !

On te fait confiance, s'esclaffèrent Sphinx et Rokh.

Vos gueules !

Ce serait sans doute plus difficile qu'avec les précédents. Car, à bien réfléchir, ces deux dernières victimes ne lui avaient guère compliqué la tâche.

Maintenant, le jeu se corsait.

Celui qu'elle s'apprêtait à affronter était taillé comme un ancien joueur de rugby qui aurait vieilli, fondu des muscles et pris de la graisse. Elle avait aussi remarqué qu'il picolait sévère. S'il était moins vigoureux que par le passé, elle s'attendait tout de même à devoir se battre avec un homme qui pesait dans les quatre-vingts à quatre-vingt-dix kilos, et mesurait un mètre quatre-vingt-dix au minimum.

Toni savait qu'il pourrait avoir le dessus, et qu'elle risquait sa vie. Mais elle se sentait prête à cette éventualité, car, au fond, la vie lui importait peu.

Elle se dirigea vers la grille du jardin, et sonna à la porte d'entrée.

Les dés étaient jetés.

— Et voilà toute l'histoire, Monsieur Gauthier, conclut-elle, en souriant.

Toni venait de lui raconter une histoire à dormir debout, celle d'une ancienne élève revenue dans la ville où elle avait passé sa jeunesse, et qui s'était souvenue de cet instituteur si gentil, habitant à deux pas de l'école.

Gauthier l'avait écoutée, sans broncher.

Il se foutait complètement de ce qu'elle lui disait. En attendant, elle créait une petite diversion, lui donnait l'occasion de boire un verre en compagnie de quelqu'un qui était physiquement beaucoup plus attirant que ses potes de bistrot. Plutôt jolie, même ! Il se sentit très brièvement excité à l'idée de la sauter, puis n'y pensa plus, vu que son corps ne suivait pas, et qu'il le savait.

— Vous êtes à la retraite, maintenant ? s'enquit Toni qui commençait à s'ankyloser, assise dans un vieux fauteuil déglingué.

Il a même gardé cette merde de fauteuil !

— Mouais… ça fait un bail, maintenant, répondit-il en vidant son verre. Je vous en ressers un ?

Elle fit non de la tête et le regarda remplir le sien de whisky bon marché. Elle se sentait mal à l'aise dans cette baraque qui puait toujours la vieille mère et la mort. Le passé. Le sien.

Mentalement, elle détendit ses muscles.

— J'ai l'impression que vous n'arrivez pas à vous souvenir de moi, Monsieur Gauthier.

— Ben, vous savez… Depuis le temps, ma pauvre, j'ai oublié ! Et puis vous avez changé, non ?

Toni lui sourit, et se leva. Il crut qu'elle s'apprêtait, enfin, à partir, reposa son verre et se dirigea vers le couloir de l'entrée.

— Tututu… Monsieur Gauthier, comment avez-vous pu m'effacer de votre mémoire ?

À mi-chemin entre la pièce et la porte qui donnait sur le couloir, il s'arrêta. Elle vit son dos se contracter. Lentement, il fit volte-face, la dévisagea avec difficulté, n'arrivant pas à soutenir son regard.

— Qu'est-ce que vous me voulez, à la fin ?

De la poche de son blouson, Toni sortit une arme et la fit tournoyer dans l'air. Une enveloppe blanche tomba de sa poche, qu'elle écarta de la pointe du pied.

— Ça ne vous rappelle rien ? fit-elle, d'une voix glaciale, en vissant le silencieux.

*

À seize heures quarante-cinq, Jeanne pénétrait pour la deuxième fois de la journée dans un hôpital.

Une fois passé la standardiste, aimable, mais farouchement décidée à gérer son accueil comme elle l'entendait, Jeanne et Fred avalèrent les deux étages qui les séparaient de Gwendal Hardel.

Profondément perturbé, Parthenay ne réussissait plus à faire la part des choses. D'un côté, Jeanne ne cachait pas son intérêt pour cet aveugle, beau comme un ange, comme disait Irma, et ça lui brisait le cœur. De l'autre, elle le bouleversait, tant elle paraissait à cran.

Devant la porte de la chambre 203, statufiés, se tenaient deux géants. Jeanne adressa un regard perplexe à Fred qui le lui rendit.

Averti par la standardiste, le docteur Berg se dépêchait de remonter le couloir jusqu'à eux.

— Un instant, fit-il, en tendant une main vers la porte de la chambre de Gwendal. Un instant, s'il vous plaît !

— Docteur…

— Berg, Antoine Berg. Ce patient est sous ma responsabilité et…

— Commissaire Debords, souffla Jeanne, d'une

voix qui parut beaucoup trop basse à Fred. Dans quel état se trouve-t-il ?

— On a trouvé vos coordonnées dans sa poche, c'est pour cela que je vous ai fait prévenir.

— Et je vous en remercie. Que s'est-il passé exactement ?

Jeanne haletait presque.

— Une vilaine blessure à la jambe, un coup porté trop près de l'artère fémorale… Il a perdu beaucoup de sang, mais son état paraît stationnaire. Il devrait s'en sortir.

Jeanne tiqua, sentit ses nerfs se vriller sous la peau, son estomac se contracter. *Devrait ?*

— Je peux le voir ?

— Je préfère que vous…

— Je veux le voir, articula Jeanne, d'une voix enrouée.

Ému, Simon fit un pas dans sa direction. Son ange se mourait dans cette pièce où il n'avait pas le droit d'aller, et cette femme semblait être la seule à pouvoir obtenir de ce médecin obtus qu'il puisse entrer. Ne serait-ce qu'une minute.

— Excusez-moi, fit-il…

— Oh, vous ! soupira Berg. Je vous ai déjà dit que…

— Attendez, s'écria Jeanne. Pourquoi ne peut-on pas le voir ?

— Commissaire, ce patient a reçu un choc. Actuellement, il est dans un état catatonique, et il est de ma responsabilité…

— À vous de m'écouter, docteur Berg. Puisque Gwendal Hardel est sous votre responsabilité, faites ce que vous voulez, mais débrouillez-vous pour qu'il s'en sorte ! Faites n'importe quoi, tenez, un miracle ! Mais qu'il s'en sorte ou…

Frédéric Parthenay était désorienté. Jamais Jeanne ne s'était comportée de la sorte. Il l'attrapa par un bras, et la tira vers lui.

— Lâche-moi, fit-elle. J'en ai marre de ramasser les gens en morceaux, tu comprends ? J'en peux plus de les attendre de l'autre côté de la porte, en espérant qu'ils survivront à leurs blessures. J'EN AI MARRE. Mais ça va donc jamais s'arrêter toute cette merde ! Et combien de temps tu crois qu'on va tenir, Fred ? Et puis pendant combien de temps, ajouta-t-elle en se tournant vers Berg, je vais me faire balader par ces toubibs qui s'en battent, ou ces bureaucrates qui ont toujours autre chose à foutre que de nous donner…

Parthenay la tenait par les mains, stupéfait de sa réaction. Quand il la vit rouvrir la bouche, spontanément il lui mit une main dessus.

— Jeanne… calme-toi, s'il te plaît, calme-toi.

Elle lui tomba dans les bras, en larmes, secouée de sanglots.

Ne sachant pas trop comment s'y prendre, il referma ses bras autour d'elle, lui répétant à voix basse de se calmer. Tout en jetant des regards furtifs autour de lui. Enragés lorsqu'il regardait Berg, soucieux lorsqu'il englobait Simon ou son alter ego, Willy.

Et eux, ils font quoi, ici ? se demanda-t-il, tandis que Jeanne se ressaisissait.

— Vous m'entendez, docteur Berg, rugit-elle,

je veux le voir, et... et j'exige de savoir précisément, très précisément, dans quel état il se trouve.

Berg la fixa quelques secondes, et accepta d'un hochement de tête. Il n'était pas en position de se mettre à dos un commissaire de police qui avait tout l'air de craquer.

— Et moi... nous ? fit Simon, en regardant Jeanne.

— Quel est votre lien avec Gwendal Hardel ?

— C'est une longue histoire, madame, répondit Simon, impressionné qu'un si petit corps puisse contenir une si grande colère. Disons qu'il vit chez moi, et que c'est un ami.

— Mon patient doit certainement la vie à ces deux messieurs...

Jeanne se tourna vers Berg.

— Je vais entrer dans cette chambre, docteur, et je vous demande de laisser cet homme en faire autant.

— Je vais vous expliquer en quelques mots quel est son état. Il n'est pas dans le coma, pas vraiment. Il semble plongé dans un état proche de la catatonie, ce qui «normalement» devrait être temporaire. Notre problème, c'est que ça semble s'éterniser. Comme il n'a aucun antécédent psychiatrique, une crise de schizophrénie paraît peu probable.

En fait, il aurait donné cher pour savoir de quoi souffrait son patient. Il s'épongea le front, parut mal à l'aise.

— Pour le moment, il est stable. Son pouls est faible, mais l'ensemble du métabolisme réagit correctement. On ignore si le cerveau a subi des dommages irrémédiables... L'infirmière en chef dit qu'il hésite entre vivre et mourir... Un cas difficile. Promettez-moi de ne pas le fatiguer, et on devrait finir par bien s'entendre, vous et moi, conclut-il ironiquement, avant de lui tourner le dos.

Connard...

— Ça va aller, Jeanne ?

— Je crois, Fred... faudra bien... Désolée, j'ai...

— T'inquiète, je crois que j'ai pigé... C'est bientôt juin.

Lui retournant un regard étonné où se mêlaient surprise et gratitude, elle poussa délicatement la porte de la chambre 203.

Fred attendit en compagnie de Simon qui lui rapporta tout ce qu'il savait sur Gwendal et Cécile. Impressionné, Parthenay se décida à prendre des notes, sans trop savoir à quoi ça lui servirait. Mais bon, fallait bien admettre que Jeanne s'intéressait à ce Gwendal Hardel.

Et Khaled, elle en fait quoi ? se dit-il, tout en écoutant Simon. Mais de quoi je me mêle ! se reprocha-t-il. Comme si j'avais pas assez à faire avec mes problèmes personnels.

En ressortant de la chambre de son ange, Simon aperçut Willy, assis par terre, le dos au mur, le regard accroché à la porte.

On dirait qu'il a peur, se dit Simon... Peur que je ne repasse pas cette porte. Encore un enfant perdu. Misère de Dieu ! Elle a raison, cette femme, quand ça va s'arrêter, tout ça ?

— Allez, Willy, on rentre à la maison.

Willy se releva lentement, les yeux arrondis par l'étonnement.

— J'crois que tu ferais mieux de venir chez moi… Tu verras, c'est pas un palace mais…

Spontanément, Willy l'enlaça avec un mélange surprenant de tendresse et de fougue. Simon sentit son cœur chavirer.

16

Recouverte d'une mousse odorant un mélange d'huiles essentielles, « ylang-ylang, rose et lavande », Jeanne se détendait dans un bain chaud.

En rentrant de l'hôpital, elle n'avait cessé de penser et de repenser aux derniers événements. Ainsi qu'à son comportement.

Non seulement elle s'était fait rembarrer à la clinique Gaillard, parce qu'elle avait mal préparé son coup. Mais en plus elle pétait les plombs en public, et ça ne lui ressemblait vraiment pas. Son bilan n'incluait pas son succès auprès de ses collègues de la police, ni les avancées de son équipe.

Elle ne comptabilisait que les mauvais points, poussée par la culpabilité mais également par une formidable exigence. Une attitude qui frôlait le perfectionnisme, dont le revers se trouvait dans le ressentiment et l'insatisfaction, voire un jugement cruel à l'égard d'autrui, comme d'elle-même.

Elle mit son mouchoir dessus, et tenta de poursuivre la lecture de *Limbo*, de Bernard Wolfe, un classique qu'elle relisait régulièrement. Des dizaines de bougies éclairaient la pièce, agréablement décorée de plantes vertes et de bocaux de sels de bain. Sur un tabouret, à portée de main, un verre de médoc et un paquet de Camel. Se laissant bercer par la voix d'Aretha Franklin, elle tentait de se détendre.

Frédéric Parthenay avait touché dans le mille en évoquant juin. Demain, elle tournerait la page d'un mois de mai harassant et riche en rebondissements. Demain, il lui faudrait sans doute à nouveau compter avec les cauchemars qui s'inviteraient, nuit après nuit, jusqu'au 19 juin.

Quelqu'un avait tué son père, ainsi qu'un nombre impressionnant de policiers, sans jamais être inquiété. Et ce tueur avait bénéficié d'une erreur d'interprétation de la part de ses supérieurs de l'époque. Doux euphémisme. Jeanne n'écartait plus l'hypothèse qu'il puisse, d'une façon ou d'une autre, faire partie des services de la police.

Car pour réussir une telle entreprise criminelle, il fallait obligatoirement être infiltré. Les victimes n'étaient pas des enfants de chœur et, pourtant, elles étaient tombées comme des mouches.

Un bruit lui fit tendre l'oreille.

Elle resta quelques secondes attentive, puis relâcha son attention pour revenir à cette étrange affaire qui mêlait sa vie personnelle et professionnelle.

Chercher le chaînon manquant, se dit-elle en tournant le robinet d'eau chaude du bout des orteils. Pourquoi des flics ? Que se passe-t-il pour qu'ils franchissent le cap ? À quel moment de la chaîne intervient leur assassin, et comment les persuade-t-il de passer à l'action ? Où se trouvent leurs dossiers ? Rien à la clinique, et rien aux archives de la PJ.

Un autre bruit l'alerta.

Aux aguets, les nerfs à vif, tendant l'oreille, elle se redressa. S'enveloppant dans un peignoir, elle sortit silencieusement de la salle de bains. En guise d'arme, elle attrapa une lampe avec un pied en fer forgé, et se dirigea vers la porte d'entrée. Cria lorsque celle-ci s'ouvrit, et lâcha la lampe de surprise.

— Mais... mais qu'est-ce que tu fous là ! bégaya-t-elle.

Face à elle, Khaled, les yeux cernés mais pétillants, les boucles noires de ses cheveux emmêlées, vêtu d'un jean crasseux et d'un pull noir qui n'avait rien à lui envier. À l'épaule, son sac à dos, bourré à craquer.

Jeanne se sentit frissonner de la tête aux pieds, hésita entre rire et pleurer.

— Il était temps que je rentre... T'as une petite mine, commissaire Debords.

Les cheveux humides, de l'eau ruisselant à ses pieds, tremblante dans son peignoir, Jeanne le dévisageait, la mâchoire tombante, encore sous le coup de la frayeur.

— Tu as failli me faire mourir de peur !

— Désolé, mais comme tu ne réponds pas au téléphone depuis deux jours, j'ai décidé de venir directement chez toi... Mon avion a...

Il balança son sac par terre et la prit dans ses bras.

— Nom de Dieu, ce que tu m'as manqué !

Il la fit basculer et la porta jusqu'à sa chambre. S'inquiéta, car à bien l'observer Jeanne avait l'air mal-en-point, et la déposa en douceur sur son lit.

— Tu crois pas que t'aurais besoin d'un bon bain ? fit-elle en plissant le nez.

Khaled lui sourit, la reprit dans ses bras et la transporta dans la salle de bains. Elle approcha ses yeux ardoise près des siens, se coula contre lui.

On verra plus tard pour la sale mine, se dit-il.

*

Les yeux fatigués à force de guetter l'horizon, tout en tension, Charlie arpentait la rue Picpus.

Il faisait encore bon et clair. L'orage était passé, apportant un peu de fraîcheur, puis le soleil était revenu.

Une journée de chaleur qui avait remonté le moral des Parisiens. La brume semblait déjà n'être plus qu'un méchant souvenir. Quant à la reconstruction du quartier, si elle progressait lentement, dans l'ensemble, la vie reprenait ses droits.

Soudain, son cœur fit un bond.

Enfin !

Courant à perdre haleine, elle se dirigea vers l'immeuble où vivait Simon, en criant : le voilà ! Le voilà !

Au bout de la rue se détachait la haute stature de Simon, et celle d'un homme aussi grand que lui, mais blanc comme la craie.

Ils marchaient en silence, encore bouleversés par ce qui était arrivé à Gwendal. Avec un léger pincement au cœur, Simon songea que ce soir, son ami, cet ange tombé du ciel, ne serait pas là pour lui tenir compagnie. Ni partager une bonne bière, tout en discutant de tout et de rien. Il tourna la tête vers Willy, qui avançait le nez au vent, les yeux tendus vers un point inatteignable.

— T'aimes la bière ? demanda Simon.

— Oui. C'est frais et léger, comme le vent.

Simon hocha la tête.

C'était toujours ça de gagné. Même si Willy l'inquiétait par moments, il le trouvait bien, ce garçon qui effrayait tout le monde. Il paraissait transporter en lui des siècles de solitude et de silence, mais Simon connaissait ça trop bien pour s'en formaliser.

Bon, y a bien cette histoire de vent. Après tout, si Willy croit être le vent, grand bien lui fasse, se dit Simon, tout en clignant des yeux, pour ajuster sa vision.

— Misère de Dieu ! lâcha-t-il, ralentissant.

Jusqu'à s'arrêter en plein milieu du trottoir.

Willy le regardait fixement. En attente.

— Mais... qu'est-ce que...

Inquiet, Simon repartit à grandes enjambées.

Willy lui emboîta le pas, interrogeant le vent sur les intentions des gens qui se massaient devant eux. Leur voulaient-ils du mal ? Devraient-ils encore se battre ?

Il souffla avec force, et serra les poings.

Prêt à cogner, s'il le fallait. Alors qu'il se sentait éreinté par cette violence, et cette colère qui vibrait en permanence dans l'air.

Charlie courut vers eux.

— Mais t'étais où ? T'étais où, Simon ? T'avais dit que tu revenais pour six heures !

Il l'écarta gentiment, lui caressa les cheveux, se demandant pourquoi elle avait les larmes aux yeux. Et que faisaient donc tous ces gens devant chez lui ?

— J'avais à faire, Charlie. Misère de Dieu ! Mais, y s'passe quoi, ici ?

Charlie passa des larmes au rire et, sautillant, elle rejoignit Hyacinthe et Banana Split. Sous le regard sidéré de Simon, Camélia et Fergus s'avancèrent. Dans ses mains, elle tenait un rouleau de papier.

— Mon cher Simon, entonna-t-elle d'une voix sentencieuse… Tiens, c'est pour toi, résuma-t-elle, en lui remettant le rouleau, des étoiles dans ses yeux bleu turquoise.

Médusé, Simon défit le nœud qui entourait ce mystérieux rouleau de papier. Le déplia, les doigts tremblants et le cœur en alerte. À l'intérieur, une grosse clé, toute neuve. Sentant une boule se former dans sa gorge, il tendit le rouleau à Willy et lui demanda à voix basse de lui lire le document.

Au fur et à mesure, Simon remarqua que les gens souriaient, affichaient un air heureux. Qu'il y avait des guirlandes de fleurs qui entouraient un portail clinquant neuf, assurément l'œuvre de Fergus.

Un portail ?

Ému, d'une voix limpide et incroyablement claire pour un homme de sa taille, Willy poursuivit sa lecture. À moitié sonné, Simon ne comprenait rien. D'un regard, il appela Camélia à l'aide, tournant et retournant dans ses grosses mains une clé aussi rutilante que le portail.

— Simon… intervint Camélia, consciente de son émotion. Nous sommes réunis ici, ce soir, pour fêter…

Elle-même se sentait émue, s'éclaircit la voix et reprit son discours.

— L'association Picpus Village, fit-elle d'un geste englobant toutes les personnes qui se tenaient derrière elle, devant le portail clinquant neuf, a le plaisir de te remettre les clés de ta… ton village ! Bienvenu chez toi, mon cher Simon.

Des vivats et des applaudissements fusèrent.

Les yeux embués, Simon partit d'un immense éclat de rire, si communicatif qu'il gagna tout le monde.

— Mon village ? Mais… Camélia…

S'étranglant d'émotion, il sentit ses genoux fléchir et tomba sur le sol, les mains entre les cuisses, sanglotant aussi fort qu'il venait de rire.

— Mon village… Misère de Dieu !

Les épaules secouées par un immense et lointain chagrin, Simon répétait «mon village», la tête baissée, ses mains enserrant une petite clé de rien du tout, mais qui signifiait tellement. Sa vie en Afrique défila sans qu'il n'y prenne garde. Des images douces, amères ou brutales le submergèrent, puis s'évanouirent.

Willy se pencha, l'enveloppa de ses grands bras et l'aida à se relever. Le visage noyé, Simon ne savait plus que penser, ni que faire, tant il était bouleversé.

Venant à son secours, Charlie lui prit la clé, l'inséra dans la serrure et poussa les deux battants du portail.

Camélia lui saisit la main, jeta un regard indécis vers Willy, puis entraîna Simon dans la cour, où il découvrit que des tables avaient été dressées et qu'un festin l'attendait.

L'accompagnant, Camélia lui expliqua plus calmement ce qu'il en était. Lui confirma qu'il était chez lui, qu'il pourrait faire de ce lieu ce qu'il voudrait, bien entendu, en concertation avec l'association. Qu'elle était présidente et propriétaire des lieux, juridiquement parlant, mais qu'en réalité c'était lui le propriétaire.

Simon se dit qu'elle était folle.

Divinement folle.

Jusque tard dans la nuit, sous la lumière des lampions et des feux de Bengale qui brûlaient dans la cour, dans le parfum des fleurs que Fergus avait disposées un peu partout, Simon se saoula, heureux et tranquille comme il ne l'avait pas été depuis son départ d'Afrique.

Heureux de pouvoir croire en demain.

Et quand son ange reviendrait, il pourrait lui dire qu'il était chez lui. Réellement chez lui.

Les gens allaient et venaient, des inconnus se mêlèrent à la fête, la musique résonnait et Simon chanta pour évacuer un trop-plein d'émotions, un bonheur inattendu. La folie d'une femme qui le rendait timide et l'impressionnait tant par sa beauté que par sa merveilleuse façon de vivre.

Tard dans la nuit. Simon ferma le portail à clé. Juste pour un soir. Car pour Simon, il était anormal de fermer sa porte. Mais vis-à-vis de Camélia, il se devait d'utiliser la clé, au moins une fois.

Alors qu'il s'endormait sur sa couche de cartons et de couvertures de misère, il se mit à prier que revienne son ange. Qu'il survive à la haine de ce maudit chien sauvage et qu'il rentre à la maison.

Chez nous, se dit-il en fermant les yeux.

Comme avant.

Et *avant* ne le brutalisa pas.

S'endormant, Simon sentit ses souvenirs se faire plus doux.

Sans doute parce qu'il les avait déposés au cimetière de Picpus, et qu'il avait chanté pour s'en libérer.

Son cœur éclata dans sa poitrine.

Qu'y avait-il de mieux au monde que d'avoir des amis ?

Rien se dit-il, en songeant à Charlie-la-douce. Toute la soirée, quelque chose l'avait tarabusté. Elle semblait différente. Plus… ou moins…. Il n'aurait su le dire.

Délaissant Charlie, il pensa à ce qu'il ferait dans les jours à venir. Déroula en silence d'invraisemblables scénarios de reconstruction, se laissant glisser doucement dans le sommeil.

Juste avant de sombrer, il se redressa d'un bloc.

Misère de Dieu ! Charlie…

Il retomba sur le dos, hilare. Se promit d'avoir une petite conversation avec elle, dès demain.

Manquerait plus que ça, tiens !

*

Toni ouvrit les yeux.

Progressivement.

Péniblement.

Se passa une main derrière la tête et tâta son crâne, avec précaution.

Qu'est-ce qui...

Mollement, elle se redressa, s'aperçut qu'elle était dans une pièce, encombrée de vieilleries poussiéreuses. Des filets de lumière filtraient à travers les volets clos. Quand ses yeux se furent accoutumés à l'obscurité, elle se rendit compte qu'il s'agissait d'une sorte de débarras.

Dépliant son corps endolori, elle se mit debout, sentit sa tête tourner, eut l'impression qu'une bille de plomb roulait à l'intérieur. Sa bouche était sèche, pâteuse. D'un pas hésitant, elle se dirigea vers la porte, qu'elle trouva fermée à clé.

Elle mourait de soif, et son corps lui donnait la sensation d'être passée sous un bulldozer. Une bouffée d'angoisse la cloua sur place. Écartant les questions qui se bousculaient dans son esprit vaseux, elle s'approcha de la porte, regarda par le trou de la serrure, puis colla son oreille. Aucun bruit. Rien qui puisse lui indiquer ce qui se passait de l'autre côté.

Toni paniquait. Suffoquait presque, incapable

de comprendre ce qu'elle fichait dans cette pièce. Les muscles bandés, engourdis, elle inspecta la fenêtre, l'ouvrit sans bruit et poussa les volets. Entre soulagement et inquiétude, un pauvre rire vint mourir sur ses lèvres.

Cool!

Avec difficulté et maladresse, elle enjamba le rebord de la fenêtre et se retrouva dans un jardin, à l'arrière de cette maison qui puait la mort. Sans se faire remarquer, elle en fit le tour, jetant un coup d'œil à chaque fenêtre. Rien ne semblait bouger à l'intérieur. Rien, ni personne.

Sans demander son reste, elle quitta le pavillon et partit droit devant elle, le corps moulu et l'esprit troublé, l'angoisse lui oppressant la poitrine. Que faisait-elle dans cette maison?

Machinalement, elle se passa une main dans les cheveux, palpa une énorme bosse. La terreur fondit sur elle, se répandit en elle, l'obligeant à s'arrêter un moment.

Qui… Je suis qui?

Marchant tête baissée, la peur lui étreignant le cœur, elle fouilla ses poches dans l'espoir d'y trouver quelques réponses. Pliée en quatre, elle découvrit une liste de noms et prénoms, six cents euros et de la monnaie, un trousseau de clés et un ticket de train.

Croisant un panneau qui indiquait la gare, elle bifurqua, les yeux à l'affût, espérant reconnaître quelque chose de familier qui puisse venir à bout de cette brume noire qui recouvrait sa mémoire.

Son ticket indiquait qu'elle venait de Paris. Elle

décida donc d'y retourner. Même si elle ignorait où cela devait la mener. Étudiant les clés, elle se dit qu'il devait s'agir de celles de son appartement.

La liste ne lui évoqua rien.

Les larmes aux yeux, Toni paya son billet et gagna le quai, l'estomac retourné. Rien n'était plus effrayant que d'ignorer jusqu'à son nom.

Dans le train qui la ramenait vers Paris, ville qu'elle supposait habiter, Toni se sentait à deux doigts de la panique totale. Sans parler des regards que lui lançaient les voyageurs.

On fait comment quand on ne se souvient plus de rien ? avait-elle envie de hurler à tous ces gens qui s'appliquaient à la dévisager, l'air de rien. L'air de ne pas y regarder, tout en se rinçant l'œil.

Respire. Calme-toi.

Sans s'en rendre compte, elle se mit à inspirer et expirer profondément, à détendre ses muscles, comme le lui avait appris Brice. Mais de cela, non plus, elle ne conservait aucun souvenir.

Arrivée à la gare Saint-Lazare, Toni s'engouffra dans le premier café et commanda un gin tonic. Les questions se pressaient en elle, menaçant son équilibre psychique. Qui était-elle ? Et où vivait-elle ? Comment allait-elle se sortir de ce trou noir qu'était devenue sa mémoire ?

Elle avala son gin tonic et en commanda un autre, se sentant perdue, seule au monde. La journée tirait à sa fin, et elle se demanda où dormir. Se rappela qu'elle avait suffisamment d'argent pour s'offrir une chambre, mais qu'elle ne tiendrait pas longtemps.

Légèrement sonnée, elle se mit en quête d'un hôtel, fit quelques courses et passa la soirée à regarder la télé, allongée sur son lit, sans trouver le sommeil. Ce qu'elle voyait défiler à l'écran ne lui apprit rien sur elle, n'éveilla rien de particulier. Des impressions familières par instants, mais dont elle ne savait que faire.

Elle s'endormit vers cinq heures du matin, aussi éreintée que terrorisée. Quantité d'émotions naviguaient en elle, sans qu'elle parvienne à les raccorder à l'ombre d'un souvenir.

17

Jeanne dormit tard ce premier matin de juin.

D'un sommeil de plomb.

Sans rêves. Sans ombres.

Lorsqu'elle ouvrit les yeux, en apercevant l'incroyable désordre qui régnait dans sa chambre, elle sut que Khaled était revenu. Elle se leva, le corps courbatu d'avoir fait l'amour longtemps, rageusement presque. Enfilant un tee-shirt, elle le rejoignit à la cuisine où il préparait un copieux petit déjeuner.

Appuyée contre le chambranle de la porte, elle l'observa, heureuse de le savoir à nouveau là, et néanmoins troublée.

— Toujours cette manie d'arriver sur la pointe des pieds, dit-il en lui décochant un sourire qui la fit craquer.

— Salut… tu vas bien ?

Hochant la tête, il versa le café, l'attrapa par la taille, sentit le désir monter et l'obligea à s'asseoir.

— J'ai quelque chose à te dire avant que tu ne files arrêter les méchants… T'as faim ?

— Je meurs ! Tu fais quoi aujourd'hui ?

— Je récupère, lança-t-il joyeux. De mon voyage, et de ma nuit. J'ai l'impression qu'il ne faudrait pas que je parte trop longtemps, hein ?

— T'es con…

— Je sais, j'adore ça.

— Tu veux pas t'asseoir, deux minutes, j'ai besoin…

— Je m'assieds, mais je parle le premier. J'ai compris que tu étais sur une affaire épineuse, alors ça va prendre du temps. Ce que j'ai à te dire, par contre, tient en une phrase.

Il croqua dans une brioche dorée à point, en la regardant d'un air moqueur.

— Tu m'agaces, quand tu fais ça, fit Jeanne.

— Je lâche l'Identité judiciaire.

Jeanne reposa son bol et le croissant qu'elle s'apprêtait à manger.

— Tu plaisantes ?

— Du tout. Je me mets à la photo, rien qu'à la photo…

— Tout pour la photo, acheva-t-elle. Et tu vis comment ?

— Je verrai ça au fur et à mesure. J'ai de quoi tenir un moment. Je vais lourder mon appart et…

— Ne me dis pas que tu repars !

— Non, non, je reste. J'ai une expo à préparer. Je vais m'installer chez un pote, en attendant.

Jeanne alluma une cigarette et le regarda, songeuse. S'étouffant, elle fut prise d'une quinte de toux.

— Attends un peu, dit-elle, d'une voix rauque… Tu… t'es pas en train de me demander de…

— Rien du tout, je ne te demande rien.

Elle avala son jus d'orange d'un trait, croqua distraitement dans son croissant, reprit du café.

— T'es vraiment décidé ?

— Jeanne, j'en rêve depuis des années. La police, c'était… je sais pas, pour patienter je crois, mais j'ai toujours voulu être photographe… et t'imagines pas combien j'en ai marre des cadavres.

Jeanne hocha la tête. Elle imaginait très bien.

Elle se leva pour ouvrir la fenêtre, constata que le ciel était d'un bleu irréprochable. L'air sentait bon, annonçant un été attendu par tout le monde.

— OK, Khaled, tu peux t'installer ici, lâcha-t-elle brusquement.

Putain, je suis folle !

— Jeanne, je ne crois pas que…

— Écoute, fit-elle en se retournant vers lui, ça fait un an qu'on…

— C'est pas une raison pour que je te tombe dessus. Déjà que tu vis à peine là.

— Justement, ça m'aidera peut-être à avoir une bonne, une très bonne raison, de passer un peu plus de temps chez moi, non ?

— Tu ne veux pas prendre le temps d'y réfléchir ?

— Si tu as envie, c'est OK pour moi. Bon, faut que je file… désolée mais…

— Je sais, commissaire, t'as toujours quelque chose sur le feu.

Les yeux gris ardoise s'assombrirent. Elle se passa une main dans les cheveux, ce qui ne fit qu'ajouter à sa tension. Ne parviendrait-elle donc jamais à se séparer de ce maudit tic !

— C'est vraiment dur, ton affaire, je veux dire ?

— Pire. Je t'expliquerai plus tard. Tu… tu restes, alors ?

— J'vais y penser… Du calme, ma douce, ne me regarde pas comme ça. Bien sûr que je reste.

Elle l'embrassa et voulut s'éclipser, mais il l'en empêcha.

— Tu sais, Jeanne, t'as vraiment l'air sur les nerfs. Tu veux pas en parler un peu avant de partir ?

— Pas le temps, mais occupe-toi d'emménager, de nous préparer un de ces petits plats que tu sais si bien faire, trouve-nous une bonne bouteille, et je te raconte tout ce soir, en rentrant… tard, sûrement…

Il la regarda s'éloigner, la trouva encore plus mince qu'avant son départ, s'aperçut soudain qu'on était le 1er juin, et qu'elle serait sans doute dans un état épouvantable pendant un mois.

N'y avait-il donc rien à faire ? Le passé dévorait-il toujours ses proies, sans qu'elles puissent refermer définitivement la porte ?

En soupirant, à la fois d'aise et de tristesse pour Jeanne, il ouvrit le journal qu'il avait acheté en même temps que les croissants, se redressa en lisant un titre pour le moins accrocheur : ON ASSASSINE LA POLICE !

Il parcourut l'article en diagonale, et se précipita dans la chambre de Jeanne, qu'il trouva vide. Le nez dans le journal, il se dirigea vers la salle de bains, faillit la percuter de plein fouet.

— Lis ça.

— Pas le temps, fit-elle en apercevant les titres.

Et puis je suis au courant. C'est de *ça* dont je veux te parler.

Pestant intérieurement qu'un flic ait déjà lâché le morceau à la presse, elle enfila son blouson en cuir, en se faisant la promesse d'en acheter un nouveau, bientôt. Très bientôt. Et puis quelques fringues, ça ne lui ferait pas de mal, non plus, et deux ou trois choses pour égayer son appartement.

— Nom de Dieu! s'écria-t-elle. Mais… quelle conne!

— Tu m'expliques?

— La phrase de Duvivien.

Khaled la regardait, sans rien y comprendre.

— En quoi cette enquête concerne-t-elle le BEP?

Ouvrant la porte d'entrée, elle s'arrêta dans son élan, prit une profonde respiration et se tourna vers lui. Le trouva beau, et elle avait besoin de beauté. Non, elle n'était pas folle. C'était une bonne idée qu'il vienne vivre chez elle. Auprès d'elle.

— Parce que cette affaire… concerne le meurtre de mes parents.

Il n'eut pas le temps de réagir. Elle avait claqué la porte.

Votre réputation vous a précédée, commissaire, se répétait Jeanne en se dirigeant vers son bureau.

— Et d'où il me connaît, celui-là! s'exclamat-elle, furieuse. Duvivien, tu perds vraiment rien pour attendre! Je suis curieuse, très curieuse de savoir ce que tu sais de ma réputation, et en quoi elle t'intéresse.

Elle accéléra le pas, l'esprit en ébullition, passant de Khaled à une liste non exhaustive de choses à acheter, revenant à Duvivien et à l'affaire des Décapités et des Suicidés. Elle se sentait en forme. Requinquée par le retour de Khaled, et plus sûrement par cette sensation qui, s'installant en elle, lui disait qu'elle se rapprochait du but.

L'Histoire n'en finissait pas de se répéter.

Tout se répétait immuablement. Des guillotinés de la Révolution aux décapités, elle sentait qu'il existait un lien. Il n'y avait qu'un moyen de briser ce cercle de la répétition. Comprendre le passé, le formuler et le reformuler. Puis changer.

Changer la pensée, le geste, le regard. Changer jusque dans le corps, pour épouser le changement de conscience lié à la compréhension. C'était bien joli, tout ça, mais comment s'y prenait-on ? Et en aurait-elle le temps, ou perdrait-elle la tête avant ?

Après le départ de Jeanne, Khaled passa quelques coups de téléphone, s'organisa pour liquider son appartement et apporter ses affaires chez Jeanne. Il savait que les jours à venir allaient être difficiles. Mais il était heureux.

Il avait bien espéré que Jeanne lui proposerait de venir vivre chez elle, même si elle l'avait pris de court en l'invitant aussi vite. Cette femme comptait de plus en plus, et sa longue absence, ce voyage en Biélorussie, n'avait fait que lui confirmer deux choses : il voulait vivre de sa passion pour la photographie et vivre passionnément avec Jeanne. La chérir, et courir le monde pour en rapporter des images.

En somme, y avait plus que ce foutu mois de juin à passer !

Tandis que Jeanne gagnait son bureau et retrouvait la belle Irma, au meilleur de sa forme, Simon nettoyait la rue, ses protégés veillaient sur les morts du cimetière de Picpus et Willy cherchait Scurf. De son côté, Toni s'éveillait péniblement, des rafales de cauchemars au bord des paupières.

Gwendal arpentait les terres arides et froides d'un entre-deux-mondes dont il n'était pas sûr de revenir. Frédéric Parthenay poussait la porte du cabinet de son psy, avec cette appréhension propre à ceux qui s'apprêtent à se dévoiler devant un inconnu, ignorant où cela les mènera.

Aux quatre coins de Paris et dans la France entière, des policiers enflammés de colère interrogeaient des épouses, des frères ou des parents brisés par le « suicide » ou le meurtre d'un des leurs.

Le soleil semblait décidé à s'accrocher fermement à l'immense toile bleue où s'effectuait sa course quotidienne, et la brume n'était plus qu'un pâle souvenir. Sauf pour les habitants du faubourg qui attendaient de pouvoir réintégrer leur logement, ou d'en trouver un autre.

Et le monde continuait de tourner, rond et taré.

Fergus ouvrit sa boutique, le cœur léger après cette soirée qu'il jugeait mémorable, et qui avait vu rire et pleurer Simon l'Africain. Il fut ému en repensant à tout ce qu'avait fait Camélia. Cette femme le bouleversait.

Et cette femme attendait un enfant de lui.

La tête et le cœur à l'envers, il coupait des fleurs fraîches, mélangeant sans y prendre garde les roses avec les tulipes. Un enfant! Saurait-il s'en occuper sans se perdre? Et ne pas oublier que créer était vital pour lui? Son regard traversa la vitrine de sa boutique, tomba sur Simon qui, fidèle à lui-même, balayait la rue de Picpus.

Pourrait pas s'occuper de lui, non? songea Fergus.

Il sortit de sa boutique et lui cria de venir boire un café, tout en s'avouant qu'il mourait d'envie de lui parler de «leur village», et de ce bébé qui naîtrait dans six mois. Pour Noël.

Il devait faire quelque chose, imaginer une fête fleurie, une folie de pétales et de bois odorants. Une douceur parfumée pour accueillir cet enfant. Se souvenant qu'il n'avait même pas pensé à téléphoner à ses parents pour leur apprendre la nouvelle, il se promit de le faire, juste après avoir parlé à Simon.

— Alors, la vedette, fit-il, en souriant, tu viens prendre un café?

— Salut, Fergus…

Simon se fendit d'un large sourire.

— On dirait que t'as l'air… d'un homme heureux, non?

Fergus s'essuya le front.

— Commence à faire chaud, non?

— C'est pas moi qu'ça va gêner, crois-moi, j'suis plutôt content.

Il entra dans le royaume de Fergus Bart. Il y faisait frais, et les fleurs exhalaient leurs arômes.

— Et le cimetière, ça avance ? demanda Simon, en se laissant tomber sur une chaise.

Un doigt sur la bouche, Fergus hocha la tête et lui retira son balai, s'éclipsa trente secondes et revint avec une tasse de café.

— C'est une nouvelle préparation de Camélia, le café. Elle y met des herbes dedans, ou des épices, je sais plus…

— Ta femme, Fergus, elle est… elle est pas croyable, quand même, non ?

Fergus éclata de rire.

— T'as raison, Simon, elle est vraiment incroyable. D'ailleurs, j'ai un truc à te dire… Pour le cimetière, j'y travaille, et tu verras, tes veilleurs, ils seront fous de joie rien qu'à l'idée d'y aller. Alors, tu trouves comment ?

— Quoi ?

— Le café ?

— C'est bon, vraiment bon, tu pourras lui dire.

— Y va s'installer là, le grand Willy ?

— On dirait bien… C'est un brave gars, tu sais, un poète, un vrai.

Fergus n'écoutait plus, perdu qu'il était entre son projet pour le cimetière et cet enfant qui grandissait dans le ventre de sa femme.

— Simon…

— Mouais… Ben, Fergus, t'as quoi, aujourd'hui ?

— J'attends, enfin, non, c'est Camélia… Elle est enceinte, tu t'imagines, enceinte !

Simon reçut la nouvelle bizarrement.

Tout d'abord, douloureusement, ça lui broya le ventre, et puis l'âme. Une petite fille, noire et rieuse, se mit à courir devant ses yeux. Une petite fille qui n'avait pas eu le temps de grandir, que la guerre avait rattrapée et clouée à un arbre. Qui portait un nom de reine, et avait illuminé sa vie.

Puis il songea à Camélia la rousse et Fergus si brun de cheveux, mais tous deux blancs comme la neige, et un flux d'émotions lui dilata le plexus solaire. Ses amis allaient avoir un enfant ! Ses yeux usés s'allumèrent un instant et se fermèrent l'instant d'après.

Charlie, misère de Dieu !

— Faut que j'te laisse, lâcha Simon en se levant, j'ai à faire…

Fergus se demanda s'il avait dit quelque chose qui puisse le heurter. Il avait souvent cette impression désagréable, lorsqu'il parlait à Simon, de l'embarquer loin en arrière dans le temps. Un temps dont il ignorait pratiquement tout, qui devait s'enraciner en Afrique, et qui semblait être une plaie inguérissable.

Avant de le quitter, Simon le prit dans ses bras, le serra fort contre lui, disant et répétant que c'était une merveille cette nouvelle. Qu'il était heureux pour lui et Camélia. Très heureux.

Puis il disparut et se précipita au cimetière. Il fallait qu'il en ait le cœur net.

*

Toni se réveilla dans un état épouvantable.

Elle avait cauchemardé toute la nuit, se sentait

la tête lourde. Une insupportable sensation de vulnérabilité la cloua sous ses draps moites de fièvre.

Il lui fallut plusieurs minutes pour comprendre où elle était, et pourquoi. Pour pallier l'angoisse, elle alluma une cigarette, sans être certaine d'être une fumeuse.

Fumait-elle, avant ? Buvait-elle ? Avait-elle des amis, une famille qui s'inquiétait parce qu'elle avait disparu ?

Pas sûr…

Elle ne savait pas pourquoi, mais son sentiment était qu'on ne devait guère se soucier d'elle.

Après avoir râlé et obtenu de se faire servir un petit déjeuner en chambre, alors qu'il était plus de midi, elle brancha la télévision et regarda les informations. Comme la veille, elle eut l'impression que certaines choses lui étaient familières. L'on parlait surtout de la police, et de policiers qui s'étaient suicidés.

La tête encore vaseuse, elle suivait à peine ce que racontaient les journalistes. À moitié endormie, elle glissa dans un sommeil peuplé de rêves étranges où s'affrontaient une déesse de l'Olympe, aux yeux d'airain, et des femmes qui couraient dans tous les sens, la tête tranchée.

Plus tard, elle se réveilla, les membres gourds, avec une sévère migraine. Portant la main à son front, elle s'aperçut qu'elle était brûlante de fièvre. Nauséeuse, crevant de chaud, elle se leva et ouvrit la fenêtre.

Le visage coincé entre les deux battants, elle inspira goulûment l'air. Les bruits de la rue ne firent qu'augmenter son mal de crâne. Se traînant jusqu'à son lit, elle s'y laissa tomber, pour se relever précipitamment et aller vomir dans la salle de bains.

Puis, comme libérée malgré sa tête qui vrombissait, elle prit une douche, enfila ses vêtements de la veille et descendit à la réception, sans avoir la moindre idée de ce qu'elle allait faire.

Trouver de l'aspirine, et puis…

Une fois dehors, elle se sentit mieux, acheta de quoi venir à bout de sa migraine qui lui tombait jusqu'au milieu du dos et se dirigea vers un café. Que pouvait-elle faire ? Consulter un médecin, se rendre chez les flics ?

Dans quel merdier je me suis foutue ?

Fouillant dans la poche de son jean, elle retrouva la liste des noms et prénoms qui ne lui disaient rien.

Et si je téléphonais à ces gens-là ?

Secouant la tête, elle repoussa cette idée.

Et pour leur dire quoi ?

Qu'elle ne savait pas qui elle était. Ne se souvenait pas plus de sa vie passée que de son nom, ou de l'endroit où elle vivait, ni de la raison qui l'avait incitée à écrire ces noms sur cette feuille de papier.

Elle avait vérifié qu'il s'agissait bien de son écriture. Aucun doute là-dessus, et c'était bien la seule chose qui lui paraissait tangible. Elle s'étonnait de se rappeler les gestes et les choses du quotidien, des détails concernant les boissons ou les aliments qu'elle aimait.

La marche lui semblait un exercice familier, du

moins son corps appréciait-il ces déplacements où, durant de longues heures, elle errait de quartier en quartier, espérant retrouver la mémoire. Elle avait calculé que d'ici peu, elle n'aurait plus de quoi se payer une chambre d'hôtel. Qu'il lui fallait agir, sans pouvoir déterminer comment.

Ne pas se souvenir de qui elle était lui donnait le sentiment de mourir, de s'étioler au fil de la journée. Seule la marche lui apportait un peu de calme. À force de tourner et de retourner le problème en tous sens, elle en était arrivée à la conclusion que deux choix s'offraient à elle.

Retourner dans cette maison où elle s'était réveillée avec une bosse derrière la tête, dans une pièce qui sentait la mort. Ou prendre contact avec les personnes indiquées sur sa liste. Trouver leur adresse et se rendre chez eux, avec l'espoir de reconnaître un visage ou n'importe quoi qui puisse débloquer sa mémoire.

Consultant une fois de plus sa liste, elle tourna et retourna les noms dans son esprit, en grignotant du bout des lèvres un sandwich au fromage. Rien à faire, sa mémoire ressemblait à un océan de glace.

Et pourquoi pas lui ?

18

Depuis ce matin, Fred couvrait les murs d'informations et de plans, afin de réaliser un visuel comme les aimait Jeanne. Celle-ci jetait un œil pour mesurer l'avancée de son travail. En face d'elle, un puzzle prenait forme, comportait encore des trous et des interrogations, mais les données affluaient.

Il régnait une certaine fébrilité d'un bout à l'autre de la chaîne issue de cette connivence policière qui abolissait les frontières entre brigades, et faisait taire certains conflits de personnalités.

Alors qu'elle cherchait un papier, Jeanne remit la main sur un vieux fax. Cette fois-ci, elle prit le temps de le lire attentivement. Le document évoquait le meurtre d'une certaine Catherine Frontier, dermatologue. Cause du décès : on lui avait tranché la gorge.

Tranchée... décapitée...

— Fred, ça te dit quelque chose ?

Abandonnant collages et assemblages, il s'approcha d'elle et secoua négativement la tête.

— Non, mais ça me rappelle un autre fax. Je

crois bien que je l'ai jeté… Quelque chose sur un double meurtre au couteau dans les Pyrénées, si ma mémoire est bonne. Pourquoi ?

— Je sais pas… ça me tracasse depuis l'autre jour.

— Tu veux que je m'en occupe ?

Odeur de doute. Imperceptible et si familière.

— Ne me demande pas pourquoi, mais oui vas-y… Irma ? fit-elle en changeant de sujet, on en est où avec cette fichue clinique ?

— J'avance pas. Les dossiers des patients ont dû être archivés ailleurs… Quant à nos victimes, tu te demandes si elles ont existé ou si c'est un fantasme du BEP ! Y a rien, rien de rien sur elles.

Jeanne regarda le visuel au mur, attrapa un dossier, farfouilla à l'intérieur, sentit l'excitation la gagner.

— Écoutez-moi, tous les deux. J'ai…

— Une intuition, la coupa Irma, ironique.

Jeanne la regarda presque de travers.

— Désolée, fit Irma.

— D'habitude, dans les meurtres en série, on cherche quoi ?

— Ce que signifie la signature du tueur ? suggéra Irma.

— Ce qui relie les victimes entre elles, enchaîna soudain Fred, vivement intéressé. Ce qui fait qu'elles répondent au fantasme de leur assassin.

— Exact. J'ai dans l'idée qu'on s'est un peu plantés…

Fred et Irma s'assirent. Il se passa la main sur le visage, rêva d'une douche et d'une nuit de vingt-quatre heures. Elle tira sur ses tresses, les enroulant et les déroulant autour de ses doigts. Jeanne les observait attentivement, tout en suivant le fil de sa pensée.

— Je suis en train de me dire que cette fois-ci, c'est... c'est la différence entre les victimes qui compte.

— Mais oui, s'exclama Fred, c'est ça que je cherche depuis des jours !

Irma lui balança un regard étonné. Jeanne attendait la suite.

— Ce qui fait la différence, c'est que les Suicidés ont commis des actes criminels et que les Décapités, eux, n'en n'ont pas commis ! conclut Fred, l'air victorieux.

Irma haussa les épaules.

— La belle affaire ! Comme si c'était une nouvelle !

— Ça n'a rien de nouveau, en effet, reprit Jeanne. Sauf que nous cherchons ce qui relie les victimes, au lieu de nous intéresser à ce qui les oppose. Deux modes opératoires pour un même profil, ça signifie...

Elle se saisit d'une feuille, et leur en fit la lecture à voix haute. Un silence s'installa.

— C'est curieux, mais c'est l'unique trace d'une séance de thérapie qu'a trouvée Irma... Éloquente, non ?

Elle venait de leur lire un descriptif d'une rare violence. Le récit d'un patient racontant ses pensées les plus abjectes.

— Tu crois pas que...

— J'en suis presque certaine, Fred. Nos Suicidés ont réalisé leurs fantasmes. Comment et pourquoi ? Mystère. Admettons que les Décapités manquaient d'imagination. Il est écrit, noir sur blanc dans ce document, que l'officier Noilon, décédé d'une balle dans la tête comme Favier, rêve de faire la peau à un homosexuel. Or on découvre son corps à côté de celui d'un jeune homme de dix-neuf ans, violé et torturé.

— Et comme Favier, il se tire une balle dans la tête, acheva Fred.

— Et ça constituerait un mobile, ça ? fit Irma, perplexe.

— Aucune idée, mais c'est une piste à creuser, et vite ! conclut Jeanne. C'est le seul document qu'on ait sur une des victimes. On peut supposer qu'ils ont fait le grand ménage, chez Gaillard. Comme on peut supposer que toutes les victimes avaient un type de fantasme, disons, meurtrier.

— Ouais, mais de là à passer à l'acte, fit Irma, dubitative.

— Suffit que quelqu'un les aide, remarqua Jeanne.

Ils mesurèrent en silence ce qu'impliquait une telle hypothèse.

— Dernier point, non négligeable, reprit Jeanne. Notre assassin, contrairement à ses congénères, ne semble pas du tout décidé à se faire prendre.

— Qu'est-ce que tu veux dire ? s'enquit Fred.

— Il ne laisse aucun message.

— Et alors ? renchérit Irma.

— Alors, il n'a pas le schéma d'un serial qui

cherche à se faire mousser dans la presse, dont on sait qu'il aime tourner autour des scènes de crime et qui aurait inconsciemment besoin se faire prendre — car là est la vraie publicité.

Irma se dit que Jeanne avait finalement trop fréquenté les psys et qu'elle se mettait à penser comme eux.

— Et alors, répéta-t-elle, ça nous donne quoi, au final ?

— Un assassin qui n'a pas besoin que l'on comprenne qui il est et pourquoi il agit ainsi. Ce qui signifie qu'il a une motivation toute particulière et qu'il n'a pas du tout envie qu'on vienne mettre notre nez dedans. Ce qui en fait autre chose qu'un tueur en série habituel.

— La merde totale, quoi ! asséna Irma, résumant ainsi le point de vue de tous.

Debords se leva, reprit un paquet de dossiers et se réinstalla à son bureau, se faisant la réflexion que son métier se passait en majeure partie à lire ou à rédiger des documents.

— Merde ! s'exclama Fred, faut que j'y aille…

Irma sourcilla et lui jeta un regard étonné.

Si Parthenay disait «merde», la situation était grave ! À deux doigts de le chambrer, elle abandonna l'idée en voyant son air préoccupé. D'autant qu'elle n'était pas d'humeur à blaguer.

— J'en ai pour deux heures, fit-il à l'intention de Jeanne.

Debords, qui ignorait où il allait, arqua un sourcil d'étonnement.

— Ça va ?

— Oh ! Toujours mes petits problèmes, lâcha-t-il en s'enfuyant, légèrement rougissant.

— Qu'est-ce qui lui prend ? demanda Irma.

— Rien…

— Merci pour la confiance !

Jeanne soupira. Ces deux-là !

— OK. Dis-moi, Irma, tu le trouves comment, Fred ?

— Quoi ? Comment quoi ?

Jeanne l'observa un instant.

Incroyable ! Irma n'aurait-elle jamais compris que Fred en pinçait pour elle ? Et pourquoi s'en mêlait-elle ? Après tout, c'étaient leurs histoires, non ?

— T'as jamais remarqué… que tu lui plais ?

Les yeux écarquillés et la mâchoire tombante, Irma n'en croyait pas ses oreilles.

— Tu… tu déconnes…

— Non. Et ça doit faire un moment que ça dure, précisa Jeanne qui se sentait proche du fou rire.

— J'y crois pas ! Non, mais c'est pas drôle, Jeanne, tu sais, vraiment pas drôle !

— Mais je suis sérieuse, Irma, il en pince pour toi !

— Il est parti où ?

— Ça, tu lui demanderas toi-même…

Elle n'allait pas en plus lui dire qu'il consultait un psy à cause de ses problèmes sentimentaux.

— La vache ! s'exclama Irma. Et moi qui croyais qu'il était raide d'amour pour toi !

Au tour de Jeanne de tomber des nues. Une

sacrée dégringolade, car à l'instar d'Irma, elle n'avait rien vu venir. Elles se regardèrent un court instant, éclatèrent de rire.

Le téléphone sonna, la sauvant d'une conversation… délicate.

— Oui… Je… oui, merci, j'arrive.

Se levant, le téléphone coincé contre l'oreille, Jeanne enfila son blouson, prête à partir.

— Très bien… encore merci. Irma, quand Fred sera de retour, préparez-vous pour une visite à la clinique Gaillard.

— Y s'passe quoi ?

— Gwendal Hardel est réveillé… Je suis certaine qu'il possède un élément de ce foutu puzzle, alors j'y vais.

— Jeanne, c'est… T'étais sérieuse, tout à l'heure, pour Fred ?

Elle hocha la tête, en souriant.

Le retour de Khaled, les beaux yeux d'Irma, reflétant la surprise et peut-être même quelque chose d'autre, Gwendal Hardel qui semblait être définitivement hors de danger, tout cela lui mettait du baume au cœur. Une nouvelle piste à investir. Une piste insensée et difficile à remonter, car elle mènerait à un individu proche de la police, mais ils avaient enfin une piste.

Ce qui ne l'empêchait pas de sentir un nœud coulant se resserrer autour de son cou.

— Je préviens Duvivien qu'on lui fait une petite visite ?

— Surtout pas ! Et rends-moi un service, Irma, trouve-moi quelque chose sur Christophe Réjean ou Méjean... Vois ce que tu peux faire, je veux savoir ce qu'il fiche dans cette clinique.

Une fois Jeanne partie, Irma lança son imprimante et s'octroya une pause pour réfléchir à ce qu'elle venait de découvrir...

Si prendre une veste avec un autre homme ne lui faisait ni chaud ni froid, perdre Fred ou l'entendre lui dire non, était au-dessus de ses forces. Alors, elle s'était tenue en retrait, se persuadant qu'il désirait Jeanne, ce qui représentait une limite infranchissable pour elle.

Mais si Jeanne avait raison, alors ça changeait tout !

Elle se sentait bizarre, comme barbouillée.

Consciente de son attirance pour Fred, elle avait la sensation de ne pas le mériter. De ne pas être à la hauteur. Après tout, s'il était vraiment amoureux, comment se faisait-il qu'en quatre ans il n'ait jamais tenté de le lui faire savoir ?

Elle n'arrivait pas à y croire. N'imaginait pas que Frédéric puisse avoir les mêmes peurs qu'elle et, plutôt que se voir rejeter, qu'il se tienne lui aussi en retrait, indécis et malheureux. Impuissant et dans l'impossibilité de s'autoriser à vivre une relation avec elle.

Elle secoua la tête, se disant que Jeanne affabulait ou se moquait d'elle, pour une raison qui lui échappait.

— Non ! Elle ne ferait jamais ça. Jamais, lâcha-t-elle à voix haute, de plus en plus perturbée.

Se précipitant aux toilettes, elle vérifia dans le miroir de quoi elle avait l'air. Grimaça. Bon, elle avait du boulot sur la planche pour effacer la fatigue de son visage, changer de vêtements et, qui sait, inviter le charmant Frédéric Parthenay à dîner.

— En attendant, va donc bosser, dit-elle à son double dans la glace.

Au comble de l'excitation, elle se remit à son ordinateur, quand, soudain, elle s'aperçut qu'ils étaient passés à côté d'un point important. Peut-être crucial pour l'affaire.

Elle lut et relut le document envoyé par Albertini. Se souvint d'un détail qui l'avait intriguée lors de son dernier passage aux archives de la PJ.

— La vache !

Elle faillit crier «Jeanne», avant de se rappeler qu'elle était seule.

Une telle nouvelle pouvait-elle attendre deux ou trois heures ? Elle décida que ça attendrait, se méfiant de ses intuitions, et se mit en quatre pour s'assurer qu'elle ne commettait aucune erreur. De sa première enquête, elle conservait la peur de se tromper, de s'emballer et d'embarquer tout le monde sur une fausse piste.

— Calme-toi, ma vieille, calme-toi. Et réfléchis un peu. Prends ton temps. Prends tout ton temps !

À peine avait-elle formulé cette pieuse intention qu'elle attrapait son sac et se précipitait dehors, impatiente de vérifier par elle-même si elle avait raison.

*

En arrivant chez son thérapeute, Fred se sentait mal à l'aise.

Il avait choisi le chemin le plus simple, à savoir consulter le psychiatre recommandé par les services sociaux de la police. L'homme lui paraissait austère et rigide, silencieux, voire énigmatique. Rien qui puisse le réconcilier avec l'idée qu'il entretenait sur ce milieu.

En dépit d'un intérêt certain pour le fonctionnement de la psyché humaine qui s'accroissait d'année en année, sans doute à force de côtoyer des meurtriers aussi repoussants que fascinants, il n'estimait pas cette profession et le pouvoir dont elle s'auréolait, à l'instar du corps médical ou des politiciens.

La salle d'attente était vide, comme toujours, richement décorée, mais d'un goût douteux. Il n'aimait pas ce mélange de tables et de lampes anciennes avec, aux murs, des toiles d'artistes contemporains, aux couleurs criardes ou sinistres. Ça transpirait l'opulence et une certaine idée du pouvoir.

C'était sa quatrième séance, et il avait le sentiment que ça ne le menait nulle part. Se pliant à la règle, il s'allongeait sur un divan, expliquait en long et en large ce qui le tourmentait, à savoir son indécision sentimentale, son incapacité à choisir une femme et à vivre une relation avec elle.

Durant quarante minutes, il étalait sa vie, monologuait et associait idées et événements de sa vie, tout en ressentant un étrange détachement à s'entendre ainsi parler. Avec réticence et sur la suggestion de son psy, qui ressemblait plus à un ordre qu'à une invitation, il avait évoqué son enfance et une partie de son adolescence.

De ses premières années, il conservait une impression agréable, pleine de découvertes et de joies. Choyé par ses sœurs et sa mère, adulé par ses deux grands-pères, et objet de fierté pour son père, il avait grandi tranquille, conscient de sa valeur. Tout avait basculé vers douze ans, lorsqu'il avait surpris une conversation entre son père et un oncle.

Si tout n'était pas clair pour le petit garçon qu'il était, il avait néanmoins compris que les hommes de sa famille se livraient à des actes répréhensibles. Quelques jours plus tard, son père l'avait giflé pour un mensonge dérisoire. Ce jour-là, fou de colère, il s'était juré de devenir un grand magistrat, et de mettre père et oncles derrière les barreaux.

Il eut un sourire mi-figue mi-raisin.

La porte du cabinet s'ouvrit sur un homme grand, mince et musclé. La cinquantaine avenante, il émanait de lui force et assurance. D'un sourire engageant, il lui fit signe d'entrer, lui serra la main, ce que détestait Frédéric.

Il n'aimait pas le contact de cette main large, solide et pourtant toujours légèrement moite. Sans un mot, il s'installa. Commença à parler d'Irma, fit l'impasse sur Jeanne et sa famille, et s'entretint de son métier, évoquant sobrement l'affaire des Décapités.

Un bruit le fit se redresser.

Assis sur son fauteuil en cuir pivotant, son psy, qui fumait toujours pendant la séance, avait l'air décontenancé. Parthenay baissa les yeux, se retint de sourire en voyant goutter du café sur le beau parquet en chêne.

Curieusement, cet incident l'incita à parler de son père. Abandonnant son intention de départ, celle de se libérer de l'angoisse qui sourdait en lui depuis qu'il poursuivait un tueur de flics, il aborda les activités mafieuses de son père.

Les quarante minutes écoulées, il se releva, regarda l'homme qui recevait ses confidences.

— Dites-moi, docteur, vous en pensez quoi, vous ? Fils de mafieux, je deviens flic...

— Une façon de racheter la faute du père.

Parthenay sortit son portefeuille. Eut une pensée pour Irma en apercevant un ordinateur portable dernier cri sur le bureau de son psy.

— Frédéric, pourriez-vous me dire pourquoi vous appelez votre enquête l'affaire des Décapités ?

— C'est important ?

— Non, bien sûr que non, simple intérêt de ma part.

— Et mon rêve de sables mouvants et de serpents, vous en pensez quoi ?

— Nous en parlerons la prochaine fois, fit-il en regardant sa montre... Il leur coupe vraiment la tête avec une hache ?

— Faut que j'y aille, docteur, répondit Fred en regardant la sienne.

C'était puéril, mais ça lui fit du bien de moucher cet homme qui, comme son père, transpirait l'arrogance.

— Bien sûr, Frédéric, bien sûr... Alors, à jeudi, quinze heures.

Une fois dans la rue, il repensa à la possibilité qu'il fût en train de racheter la faute de son père. Bizarrement, il n'avait nullement cette impression, mais plutôt celle de s'opposer à lui, et à la loi des hommes de sa famille. En silence, juste par un positionnement différent du sien.

Diamétralement opposé !

Il était peut-être temps qu'il accepte que son père le terrifiait, et l'avait terriblement déçu. Qu'il redoutait encore ses accès de colère et sa violence qui éclatait brutalement, obligeant sa famille à se faire toute petite dans leur immense maison.

Attrapant un bus, il s'installa au fond, se laissa bercer par la circulation, s'avouant qu'il était encore plus mal à l'aise en sortant de sa séance qu'à son arrivée. Quelque chose lui pesait. Avant de retourner au BEP, il se rendit dans une librairie pour acheter des livres sur les rêves.

Ces derniers temps, ses nuits en étaient parsemées, plus pénibles et angoissants les uns que les autres. Son rêve de sables mouvants, où il s'enfonçait et suffoquait, s'extrayait et s'enfonçait encore, n'étant qu'un faible aperçu de ses cauchemars.

*

À quelques kilomètres de là, Gwendal émergeait d'une longue promenade au pays des morts.

Peu de temps après son réveil, les visites s'étaient succédé.

Celle du commissaire Jeanne Debords, de plus en plus nerveuse, mais qui avait pris sur elle pour paraître pondérée et sereine, et lui poser quelques questions. Gwendal trouvait qu'elle ressemblait décidément beaucoup à son père.

Le même caractère trempé et la même ténacité. Tout en tension. Il aimait bien le son de sa voix, chaude, bien modulée. Et l'odeur de sa peau. Il aurait juré qu'elle ne mettait pas de parfum, préférant des crèmes ou des huiles qui se mêlaient agréablement au tabac.

Ses parents étaient épuisés, et ne parvenaient pas à contenir leur inquiétude. Rien n'avait pu les rassurer, surtout pas le discours du médecin. Depuis son accident qui lui avait coûté la vue, sa mère et son père entretenaient une rancune envers le corps médical, que rien ne semblait apaiser.

Simon était lui aussi venu le voir, avec Willy. Il lui avait raconté en long et large, entre éclats de rire et larmes, comment il se retrouvait propriétaire d'un taudis. Un village, avait-il dit et répété, comme avant.

Les soirées en compagnie de Simon lui manquaient. La générosité de cet homme lui redonnait goût à la vie, et c'était comme s'il n'avait pas vraiment eu tout le temps nécessaire pour retrouver ce goût-là. S'en emparer et le faire sien, afin de reconstruire une vie qui vaille la peine de se lever chaque jour.

Willy l'intriguait.

Il émanait de ce géant la même force que chez Simon, et, à la fois, Gwendal percevait quelque chose d'éthéré. De fluide. Comme si Willy n'habitait pas complètement cette masse de chair et de muscles qui le constituait. Il se dégageait de lui une impression aérienne. Entre vulnérabilité et robustesse.

Éparses, des bribes de souvenirs flottaient dans son esprit.

Des visions où le temps n'existait pas. Où il pouvait se déplacer rien qu'en y pensant, et où il entendait battre le temps. Un souffle, lointain et attirant comme un aimant. Un univers ondulant, où s'imbriquait de façon vertigineuse une foultitude d'univers.

Certains l'avaient terrorisé, et il y avait fait des rencontres dont il ne voulait même pas se souvenir. Mais son corps n'oubliait pas, se tendait à la moindre évocation, à la manière d'un chat qui se hérisse.

D'autres, étonnants par leurs couleurs, tel un arc-en-ciel surdimensionné, l'avaient apaisé, presque conquis. Des « êtres », il ne trouvait aucun autre mot, s'étaient longuement entretenus avec lui, échangeant des propos savants ou superficiels, et lui avaient même proposé de rester « chez eux ».

Était-ce encore un de ces rêves lucides dont lui avait parlé sa thérapeute ? Ou bien existait-il d'autres mondes qui abritaient d'autres formes de vie ?

Une sensation de vertige lui fit serrer les poings. Était-il fou ?

La porte de sa chambre s'entrouvrit, laissant passer un filet d'air.

— Gwendal?

Son cœur cogna fort.

— Cécile?

Une odeur de vanille et un rire cristallin le lui confirmèrent.

Elle s'approcha de son lit, le cœur chagrin à la vue des tuyaux qui le transperçaient de toutes parts.

Saloperie de vie!

Il tapota son lit pour l'inviter à s'asseoir.

— Comment tu vas? fit-il la voix rauque d'émotion.

— Je m'en sors bien, enfin je crois... Et toi?

Elle occulta volontairement les efforts que réclamait sa désintoxication.

— Paraît que tout va bien, répondit-il, troublé.

Elle lui semblait si lointaine. Si différente. Il y avait comme un mur entre eux.

— Tu sors quand? demanda-t-elle en se rongeant un ongle.

Il tendit le bras, main ouverte. Elle hésita, regarda en direction de la porte, se mordit le pouce. Il laissa retomber son bras. Haussant les épaules, elle lui prit la main.

— Gwen... Y a quelqu'un qui attend dehors.

L'angoisse lui broya la poitrine. Il tourna son visage, comme s'il pouvait voir la porte. Cécile l'observa.

Tellement beau!

Malgré la fatigue et ce blanc-gris qui lui colorait la peau, perdurait l'élégance des traits, ce mélange de finesse et de rudesse qui faisait son charme.

— Qui c'est ? articula-t-il péniblement.

— Anne.

Dans sa poitrine, l'angoisse se transforma en douleur, irradia tout son corps, bloquant momentanément sa respiration.

— Pas maintenant, souffla-t-il. Plus tard. Dis-lui, plus tard.

— Ça fait plusieurs jours qu'elle vient... et qu'elle repart. Elle est belle, ajouta-t-elle à voix basse.

Tellement injuste !

— Comment tu sais tout ça ?

— On a discuté, tout à l'heure. Je suis passée mais tu dormais, alors j'ai attendu dehors, et elle est arrivée. Tes parents lui ont dit...

— Quoi ?

— Ben tout, pour Scurf, et puis pour nous.

Il entendit le bruit du frottement de ses doigts sur la toile de son pantalon.

— Faudrait que t'arrêtes...

Une quinte de toux l'empêcha de continuer.

— Tu veux que j'appelle...

Il remua la tête pour dire non. Toussa. Et soupira.

— Tu l'aimes ? chuchota-t-elle.

Il sourit, et le cœur de Cécile se pulvérisa.

— C'est une longue histoire... Parle-moi de toi...

— Pas grand-chose à dire. Je suis rentrée chez moi. Mes parents sont sympas, collants mais sympas. Je vois un psy.

— Tu tiens le coup ?

324

— Je crois… Parfois, c'est comme un rêve ou un cauchemar, comme des souvenirs dans la tête, à moitié effacés. Tu comprends ?

Il hocha la tête.

— Et le procès ?

Elle lui raconta qu'en l'absence de Funky, et comme Scurf avait disparu, les filles étaient revenues. Raja avait témoigné. Elle aussi.

— Elle a tout balancé, Raja ! T'aurais dû voir ça ! Incroyable ! Maintenant, les filles, elles ont décidé de se battre. Raja et les autres, elles vont créer une association dans la cité. Trop bien, non ?

Il perçut son admiration pour Raja. Une boule d'amour, chaude et enveloppante.

— Tu as dit que Scurf…

— Ouais, il a filé, le soir où t'es venu me chercher à la cité. Envolé. Personne ne sait où il est.

— Finiront par le coincer…

Sa voix déclinait.

— Je vais te laisser, Gwen… Je lui dis quoi ?

Elle attendit une réponse qui ne vint pas.

Gwendal s'endormait. Basculait dans un espace froid, lointain, une enveloppe de glace qui le protégerait du monde extérieur. Du passé. Du fond de sa nuit noire, un sourire lumineux et doré s'alluma.

Cécile l'embrassa sur la joue, le dévisagea un moment, puis s'éloigna en silence, avec le sentiment étrange qu'elle ne le reverrait plus. Qu'il ne saurait jamais combien elle l'avait aimé.

Se souvenant qu'elle ne l'avait même pas remercié de lui avoir sauvé la vie, elle laissa la porte entrouverte, revint vers le lit et se pencha vers lui.

À l'oreille, elle lui murmura des mots qui se perdirent dans les limbes de son inconscience, lui
caressa la joue, essuya les siennes, inondées de
larmes, et s'en alla.

Dehors, elle tomba sur Anne, à qui elle apprit
que Gwendal dormait.

Le doigt sur le bouton d'appel de l'ascenseur,
Cécile se retourna une dernière fois. Même de
loin, elle la trouvait terriblement belle avec ses
cheveux bouclés, épais et bruns, et ses yeux marron, immenses, comme ceux d'une biche.

Tellement injuste !

*

N'ayant pu se libérer de la journée, ni de la
soirée où il avait dû assister à une réunion, il
arriva à la boutique en pleine nuit, dans un état de
surexcitation.

Dans la pénombre, ses yeux noirs, comme deux
puits profonds, contrastaient avec la pâleur de son
visage de cire.

— Bonsoir, Léa…

Il se frotta contre la vitrine, éjacula rapidement,
avec une sensation de frustration. Trop court.
Trop rapide. Ni le temps de sentir monter le plaisir, ni celui de s'immerger dans son univers fantas-
magorique.

Il vérifia que personne ne traînait dans la rue.

— Tu sais quoi, Léa, la petite gourde dont je
t'ai parlé, celle qui a des fesses en gouttes d'huile
et des seins qui lui tombent sur les cuisses… Elle a

326

annulé son dernier rendez-vous ! La salope ! Elle va me le payer, ça, tu peux me faire confiance, Léa. Elle va payer. Et cher ! Mais je dois me dépêcher, si je veux lui préparer une mort à la hauteur de sa misérable vie !

À l'aide d'un doigt, il mima un couteau tranchant une gorge. Hésita à rire, devint sombre, donnant l'impression de réfléchir intensément, tandis qu'un tic nerveux lui tordait la lèvre inférieure.

— Tu ne ris pas, Léa ? Remarque, tu as raison, cette dinde est à pleurer. Mais n'en parlons plus, faisons comme si elle était déjà morte, comme si elle n'avait jamais existé.

Il ébaucha un sourire.

— J'ai un sale pressentiment, Léa. Les flics s'agitent trop ces derniers temps. Va falloir que je m'occupe de ça, bientôt. Je ne peux pas prendre le risque de voir mon travail foutu en l'air par une femme qui pleure encore son papa ! Tu vois, Léa, je me dis que les humains ne méritent pas de vivre. Toi si, mais eux...

Il laissa son regard glisser sur les seins en plastique, se mit à fantasmer, s'énerva de ne pas bander. Donna un coup de poing dans le mur.

— Ces flics sont trop cons ! S'ils s'imaginent que je vais les laisser foutre en l'air vingt ans de recherche... Tu sais quoi, Léa ? Tout a une fin, et je me rapproche de la mienne... Non, je ne vais pas mourir, pas encore... Mais je vais devoir partir. Cette commissaire, Jeanne Debords, elle pige, lentement, mais elle finira par tout comprendre. Son père a failli me coincer mais elle, Léa, elle pourrait bien y arriver. Elle leur a tout révélé, et brisé cette bonne vieille loi du silence. Mais je ne vais pas disparaître sans abattre les dernières cartes de mon jeu, tu peux compter sur moi, Léa. Je vais lui en faire voir de toutes les couleurs. Je vais lui mettre la pression, peut-être la rendre folle… Finalement, à mon contact, les gens deviennent fous, étrange, non ?

Il partit d'un long rire qui mourut immédiatement lorsqu'il entendit des voix derrière lui. Lentement, il se retourna, colla son dos à la vitrine et fit celui qui attendait quelqu'un.

Sans s'intéresser à lui, un couple passa devant lui. Avec son acuité visuelle habituelle, il enregistra les traits du visage de la femme. Délicats et pourtant fades, mais qui le stimulaient. S'assurant qu'il était à nouveau seul, il reprit son monologue.

— Toutes ces années gérées d'une main de maître ! Tu vois, Léa, je croyais pouvoir continuer jusqu'à la fin… Même si ce mot ne veut rien dire. Je croyais que je les tenais tous par les couilles, les flics, et les autres. Même le frère de cette maudite commissaire ! Un minable, pas comme sa sœur, car tu vois, Léa, je dois lui reconnaître au moins ça, c'est qu'elle est fortiche… Si, si, très forte, déterminée et patiente, concentrée sur son but. Dix ans qu'elle attend, Léa, mais elle va se casser les dents. Elle mourra sans savoir qui a tué son petit papa chéri. Tu ne dis rien, Léa ? C'est bien, mon amour, reste silencieuse, ça te rend encore plus belle… Il n'y a qu'une chose qui m'attriste, c'est de te quitter. Voilà, le mot est lâché, comme on dit ! Te laisser ici me brise le cœur, ma jolie… Tu es la seule femme qui ne m'ait jamais trahi, la seule, Léa, et ça compte dans la vie d'un homme, tu peux me croire, ça compte foutrement !

Figure de cire, moulée dans ses nouveaux habits d'été, deux taches d'encre à la place des yeux, des seins parfaits, le ventre et les cuisses dénudés. Si docile. Il sentit un début d'érection tendre son pantalon.

Soudain, un sourire en lame de rasoir éclaira son visage. Comment se faisait-il qu'il n'y ait pas pensé avant ?

Il remonta la rue jusqu'à sa voiture, ouvrit le coffre et redescendit vers la boutique. D'un geste sec, à l'aide d'un cric, il fit voler en éclats la vitrine. L'alarme se déclencha immédiatement. Jetant un bref coup d'œil autour de lui, il s'empara de Léa.

19

Toni se réveilla en pensant à deux choses.

« Rokh » et « Sphinx », des mots qui ne signifiaient rien pour elle, mais qui lui trottaient dans la tête en s'endormant, et qu'elle retrouvait à son réveil. Dans sa main, elle tenait une feuille de papier froissée. La liste de ces noms qui ne suffisaient pas à lui rendre la mémoire.

Hier, elle avait ressenti une angoisse terrible.

Elle rentrait à l'hôtel, lorsqu'une douleur, comme un coup de poignard, l'avait empêchée de pousser la porte. Les deux mains emprisonnant sa tête, elle était tombée à genoux. Le réceptionniste s'était précipité pour l'aider, insistant pour appeler un médecin. Puis la douleur avait disparu comme elle était venue, de façon fulgurante.

En se levant, elle décida qu'elle tenterait sa chance aujourd'hui. Il ne lui restait plus assez d'argent pour se payer une autre nuit. Elle prit une douche, ramassa ses affaires et se rendit à la réception. Elle régla sa note, traversa le hall en comptant ce qu'il lui restait, et se demanda pourquoi elle pensait à ces mots, Rokh et Sphinx, qui ne lui évoquaient rien, lorsqu'un cri lui échappa.

Foudroyante, la douleur la fit se plier en deux, intense. Elle manqua de s'évanouir. Essoufflée, elle se précipita dehors, pour respirer l'air frais. Les mains sur les hanches, elle inspira profondément plusieurs fois de suite et s'engouffra dans le plus proche café.

Allumant une cigarette, elle décida de faire le point. Demanda au serveur une feuille de papier et un stylo, et fit deux colonnes. Ce qu'elle savait/possédait. Ce qu'elle ignorait/n'avait pas.

Elle commença par ce qu'elle n'avait pas. Lui manquaient la mémoire, son passé, son nom, un endroit où vivre, de quoi continuer à dormir à l'hôtel, de quoi quitter Paris (pour aller où ?). Elle n'avait pratiquement plus d'appétit, et personne vers qui se tourner.

Dans la deuxième colonne, elle inscrivit : restent uniquement des souvenirs pratiques (comment faire les courses, prendre le métro, etc.), quarante-deux euros, dix cigarettes et une liste. L'impression pénible d'être mêlée à quelque chose de louche (oui, mais quoi ? Et si j'étais paranoïaque ?). Des angoisses et une douleur terrible à la tête.

Pas génial tout ça.

Dépliant la liste de noms, elle la relut pour la centième fois, arrêta définitivement son choix.

Va savoir pourquoi ?

Rien ne lui venait à propos de ce nom. Sauf peut-être, de façon très diffuse et imperceptible, une impression de connaissance. Désagréable.

Quelle conne ! se dit-elle, en repliant sa liste. Obligé que je les connaisse, ces noms, non ?

Oui, mais d'où ?

Elle se prit la tête dans les mains. Ne plus savoir qui elle était la rendait folle d'angoisse et d'impuissance.

Va chez les flics...

Immédiatement, une petite voix lui souffla que ce n'était pas une bonne idée. Pas plus que d'aller voir un toubib, envers qui elle ressentait une aversion inexplicable. Mais tenace. Deux jours auparavant, elle était passée et repassée, elle ne savait plus combien de fois, devant l'entrée d'un cabinet médical. Sans parvenir à se décider. Chaque fois qu'elle s'apprêtait à pousser la porte, la nausée la prenait et la panique l'envahissait.

Bon, faut y aller !

Il était temps qu'elle redécouvre qui elle était.

Elle se leva. Ce qu'elle laissait derrière elle n'était qu'une parenthèse. Un trou noir. Tout cela n'avait plus d'importance.

Quelque chose en elle, qu'elle aurait bien été en peine de nommer, s'agitait et la poussait à faire des choix. Lui donnait le sentiment que retrouver la mémoire serait bien plus douloureux que cette flèche qui lui déchirait la tête.

*

Willy cherchait.

Il marchait, insensible à l'attention des passants sidérés par ce géant aux yeux d'agate bleue.

Willy était le vent, et Willy traquait Scurf.

Il écuma à nouveau chaque mètre carré de la Cité Verte. En vain. Il poussa jusqu'au centre commercial, en pure perte.

Vivre chez Simon le rendait heureux, l'apaisait.

Même si l'immeuble était en ruine, il y régnait une atmosphère de fête, une sensation qui lui faisait chaud au cœur et lui rappelait que la vie était belle. Plus belle que jamais. Plus simple aussi, car Simon semblait le comprendre mieux que personne. Mieux que sa propre mère.

Aujourd'hui, le vent soufflait dans l'immense corps de Willy, guidait ses pas et affinait son regard, le poussant dans telle ou telle direction. Retrouver Scurf semblait être le seul moyen de s'affranchir de la mort de Funky.

Et une fois qu'il l'aurait retrouvé, que ferait-il ?

Il huma le vent. L'entendit fredonner dans sa tête, lui narrer l'histoire du monde, et lui insuffler l'énergie de mener à bien ce qui était devenu une mission.

Le vent souffla plus fort. Et Willy sut ce qu'il devait faire.

*

Leur deuxième incursion à la clinique Gaillard ne les avait menés nulle part.

Depuis, ils avaient rendu visite aux familles des victimes des Décapités, accumulé les kilomètres et les rapports, avec le sentiment de ne plus progresser. De se heurter à un mur infranchissable.

Quelque part, sur d'autres routes, d'autres policiers menés par Franck Albertini et Marc Janson faisaient la même chose, revenaient voir les familles des Suicidés, ravivant souvenirs et chagrins.

En dépit des difficultés, Jeanne n'en démordait pas. Mettre la pression sur Duvivien restait une priorité, en attendant de pouvoir obtenir de tout retourner, clinique et domicile privé de son directeur.

Sur ce coup-là, ses supérieurs ne la suivaient pas. Trop délicat, Gaillard. Trop confidentiel.

Après avoir fermement bataillé avec Duvivien, il lui avait accordé la permission de parler à son ancien coéquipier, Christophe Fréjean, qui lui avait raconté, d'une voix hachée par la peur et les médicaments, qu'il était interné depuis cinq mois. Jeanne ne put en apprendre davantage. Manifestement assommé par son traitement, il avait les pires difficultés à s'exprimer.

Peut-être avait-elle pris un risque inutile, susceptible d'alerter Duvivien et qu'il se sente contraint de faire disparaître toute trace…

De quoi? se demanda-t-elle, se garant devant les locaux du BEP où elle s'apprêtait à faire le point avec Albertini et Janson.

— Tu lis quoi? fit Irma à l'intention de Fred.

À l'aller comme au retour, assis à l'arrière de la voiture, il avait bouquiné, ne prenant guère la parole.

— Un livre sur les rêves et les symboles.

Elle éclata de rire.

— Fred, mais tu fous quoi en ce moment ? Une reconversion ?

— Parfois, Irma, tu m'exaspères.

— *Keep cool*, mon cœur…

Il se tendit, comme sous l'effet d'une décharge électrique. Releva la tête de son livre. Irma souriait, mais sa mine joyeuse ne masquait en rien une légère tension qui lui faisait trembloter le menton. Histoire de retrouver sa contenance habituelle, elle lui adressa un clin d'œil, et se tourna vers Jeanne.

À voir son air, elle se fichait d'eux comme de l'an quarante. Prenant son mal en impatience, Irma descendit de voiture, rêvant d'un futur proche où Frédéric Parthenay tiendrait une place toute particulière.

Effectivement, Jeanne ne les écoutait pas, cherchant à comprendre d'où Duvivien la connaissait *personnellement*. Elle l'avait sondé, mais il s'était habilement défilé. Attitude qui lui confirma qu'il savait qui elle était et ce qu'elle cherchait.

Si elle en était désormais convaincue, elle n'avait rien pour le prouver. Juste une impression qui lui rétrécissait l'estomac chaque fois qu'elle y pensait. Chaque fois qu'elle revoyait ces demi-vivants traîner leurs savates sur le dallage froid et impeccable de la clinique Gaillard.

Ouvrant sa portière, elle fut saisie par la chaleur et rejoignit Fred et Irma au BEP.

— Commissaire Debords, je parle au nom de tout le monde… Nous avons un problème…

Franck se pinça le nez, dévisagea ses collègues, non sans se sentir déstabilisé par le regard de Jeanne, plus noir que gris. Déposant un énorme dossier sur son bureau, il reprit.

— Vous avez tout, là-dedans. Tout ce qu'on a pu trouver en interrogeant les familles des victimes des Suicidés... À mon avis, pas grand-chose de nouveau.

— Quel est votre problème, Albertini ? fit-elle, les yeux sur l'énorme paquet de procès-verbaux.

— Ça pue, désolé, je vois pas d'autre mot. Ça pue et on ne peut pas bosser dans un climat de suspicion. Vous nous avez parlé, l'autre jour, de la possibilité d'une taupe... Mauvais, ça, pour l'ambiance et pour l'enquête.

Jeanne soupira, se passa la main dans les cheveux et alluma une cigarette. Ses yeux se posèrent sur une courte liste de mots :

Décapités/suicidés.

Favier/papa. Gaillard/psy. Duvivien/complice ?

Manipulation. Fantasmes. Taupe. Mobile ?

— Reprenez toutes les données que nous avons. Qui, selon vous, à part quelqu'un de proche de la police, qui peut accéder aussi facilement à ces dossiers ? Vous savez combien d'années il m'a fallu, Albertini, pour obtenir le droit de consulter le dossier du juge Debords ? Qui ne m'a rien appris, parce qu'on l'a vidé de son contenu !

Franck approuva.

— C'est grave, Commissaire.

— Très. Est-ce que l'on pourrait faire le point ?

Il hocha la tête et, se frottant une barbe naissante, il se laissa tomber sur une chaise puis se lança.

— Favier, par exemple, je le connaissais. Un type bien, rien d'une ordure. Je ne peux pas croire… Non. Je n'ai jamais cru qu'il avait fait ça à cette gamine… trop dégueulasse. Et ce suicide, je n'y ai pas plus cru. Favier, il aurait jamais pu se résoudre à un tel geste.

— Pourquoi ça ? demanda Fred, qui finissait de punaiser des éléments au mur.

— Catholique, un vrai fils de Breton, pur beurre ! Chez lui, on ne se suicide pas. On meurt en mer, à la guerre ou de vieillesse.

— Irma, tu peux vérifier si on a d'autres catholiques chez les victimes.

Le lieutenant Buget s'exécuta immédiatement.

— Se font un peu trop attendre les psys, pour nous transmettre des infos, intervint Janson.

Jeanne ne put qu'acquiescer, en soupirant. Tout traînait en longueur. Tout le monde rechignait à communiquer de l'information. Quand celle-ci n'avait pas disparu.

Trop de retards, songea-t-elle. Trop de silences.

L'odeur du café se répandit, se mélangea à celle du tabac. Irma se leva et ouvrit grand les fenêtres. L'air chaud pénétra dans la pièce. Le soir commençait à tomber.

— On a affaire à un obsédé de la tête, lâcha Albertini. Décapitation, balle dans la tête… J'aime pas trop l'idée, mais faudrait peut-être se faire épauler par un autre psy, non ? On ne sait même pas quel type de dingue on poursuit.

— T'as qu'à voir comment ils se sentent concernés, les psys ! persifla Janson.

— On s'en occupe, répondit Jeanne, avec lassitude. Mais c'est comme le reste, on attend. Tous les services bossent dessus. On devrait bien finir par avoir quelque chose d'ici peu.

Ils se turent, partageant le sentiment de Jeanne. Ça traînait beaucoup trop, et leur situation n'était vraiment pas simple. Ni banale.

Sur cette affaire, ils étaient victimes et proies, et se heurtaient au silence. Découvraient ce que signifiaient la force du non-dit, le poids d'un tabou, et l'incroyable inertie qui en découlait. Ils se heurtaient à eux-mêmes, en quelque sorte. Ça les déroutait et les rendait malhabiles, accentuait le doute et ralentissait leurs actions.

Mais, surtout, ça réclamait d'eux qu'ils pensent différemment. Et, pour cela, ils avaient besoin de temps et d'échanger des informations. Une attitude qui en appelait à la confiance, état qui leur faisait cruellement défaut.

— Autre chose ? fit Jeanne.

— Vous nous avez interrogés sur la clinique Gaillard, répondit Janson. Pas la peine de vous dire que, de ce côté-là, tout est verrouillé. Alors, on a pensé… Est-ce que vous avez les moyens et l'autorité pour nous couvrir ?

— Ça dépend. Vous proposez quoi ?

— Filature de Duvivien, et faire interner l'un de nous qui pourrait fouiner sur place.

Jeanne prit le temps de réfléchir.

Se levant, elle jeta un œil par la fenêtre, aperçut

une étoile. L'air sentait bon l'odeur de la sève et de l'herbe coupée. Subitement, elle eut envie de tout plaquer et de rentrer chez elle. Retrouver Khaled, faire l'amour et se taper un bon bouquin dans un bain chaud.

— Je marche, lâcha-t-elle en pivotant lentement. Je marche, à condition que vous ne fassiez aucune connerie… Je veux dire, ce Duvivien, pas question qu'il nous glisse entre les doigts et prenne un vol pour je ne sais où. Je compte sur vous pour être discrets. Pas comme avec la presse, OK ?

Quelques sourires s'affichèrent. Elle leur faisait comprendre qu'elle savait d'où venait la fuite, mais qu'elle ne leur en tenait pas rigueur. D'autant que les médias étaient étrangement muets.

— Au fait, commissaire, vous avez des nouvelles de Gwendal Hardel ? demanda Janson.

— Il semble aller mieux. Pas encore capable de courir le mille mètres, mais ça viendra. Les visites sont autorisées.

Janson hocha la tête, se leva et s'étira. Irma eut l'air rêveur, croisa le regard de Fred, grimaça, et se replongea dans son ordinateur.

— Je veux un rapport tous les jours sur la clinique Gaillard et sur Duvivien, reprit Jeanne. Autre chose, nous postulons que notre assassin, qu'il soit seul ou qu'il ait un complice, est de sexe masculin. Mais attention, nous ne pouvons pas exclure la présence d'une femme. Toutes les pistes sont ouvertes… et nous cherchons toujours notre taupe.

Irma sursauta, se mordit les lèvres et tripota ses longues tresses, ce qui n'échappa pas à Jeanne.

— Est-ce que vous vous êtes demandé, reprit-elle, si vous pouviez compter les uns sur les autres, et sur votre entourage ? Janson, par exemple, êtes-vous sûr de vos partenaires ?

Un murmure, presque inaudible, puis de plus en plus soutenu, se fit entendre. Même s'ils savaient qu'elle avait raison.

— Pas la peine de jouer les vierges effarouchées ! s'exclama-t-elle, en tapant sur son bureau, de fureur et d'impuissance. Faut qu'on se remue pour trouver d'où vient cette fuite ! Je me débrouille pour vous couvrir, mais ça sert à quoi si, à peine franchie la porte de cet immeuble, Duvivien découvre le pot aux roses ?

Elle se resservit une tasse de café, sous l'œil inquiet de Parthenay. Irma se dit qu'il était temps d'intervenir. Hésitante, elle choisit la question la moins embarrassante pour elle.

— Capitaine Albertini, fit-elle, j'ai une question...

Franck se tendit imperceptiblement.

— Vous avez écrit, à propos de la mort de Favier, qu'il s'était plaint de la manière dont se déroulait sa thérapie... Je n'ai rien trouvé d'autre.

— Exact. Je me souviens qu'à la fin, un jour qu'on buvait un coup dans un bar, et qu'il était pas mal cramé à la bière, il a lâché quelque chose à propos de ses séances... Il disait que ce n'était pas en s'enfonçant qu'il s'en sortirait, ou un truc du genre.

Tous se tournèrent vers lui.

— Mais j'en sais pas plus, conclut-il. Juste qu'il s'est plaint, et j'ai pensé qu'il fallait que je le dise, c'est tout.

— OK, fit Jeanne. Irma, tu me convoques son thérapeute. Qui se dévoue pour se faire interner à Gaillard?

Mouvement de têtes en direction de la seule femme policier présente. Sophie Louvin, des Stups.

— Il n'y a qu'elle qui puisse jouer cette partie, fit Albertini. Nous autres, on risque d'être un peu nerveux, si vous voyez ce que je veux dire…

— Je vois. À ce propos, je compte sur vous pour faire votre boulot correctement. Je ne couvre aucune bavure, aucune précipitation. Je sais, vous n'aimez pas ça, mais au moindre signe d'abus je vous plante. On ne peut pas se permettre la moindre erreur.

Ils acquiescèrent en silence.

— Donc, sauf si votre vie est en danger, pas de conneries… Je veux que ce tueur finisse derrière les barreaux. Qu'il y ait un procès. Pensez aux familles des victimes, ça vous aidera.

Fred et Irma se concertèrent d'un regard, aussi bref qu'étonné. Rarement, Jeanne leur avait paru si cassante, si autoritaire.

— Bien, nous sommes le 14… Rendez-vous dans cinq jours à la PJ, Daras et le préfet Moreau seront là. Faisons en sorte, cette fois-ci, d'avoir quelque chose de solide à leur donner.

Elle se laissa tomber sur son siège, s'ébouriffa les cheveux et alluma une cigarette. Elle n'aimait pas se sentir indécise, contrainte de patienter, tout en négociant avec sa hiérarchie et la justice. Elle détestait cette impression qui lui disait que chaque seconde comptait double, et qu'elle perdait son temps.

Fred se demanda si elle était consciente de leur avoir donné rendez-vous le jour anniversaire de la mort de ses parents.

— Autre chose ? Bien, alors merci à tous... Bonne chance, et bonne chasse !

Ils s'éclipsèrent les uns à la suite des autres. Plus voûtés qu'en arrivant, remarqua Jeanne. Plus déterminés, aussi.

— Au fait, Irma, ce psy, celui dont parlait le rapport d'Albertini, il s'appelle comment ? s'enquit Jeanne, en ouvrant le dossier qui trônait sur son bureau.

Et un de plus !

— Gilles Schöller.

Un fracas leur fit lever la tête.

Par terre, étalé de tout son long, Frédéric Parthenay venait de se casser la figure de sa chaise. Râlant à voix basse, il se releva en se frottant le coude.

— Ça va ? s'enquit Irma.

L'air hébété, il se massait mécaniquement le bras.

— Jeanne, je crois qu'on vient de trouver notre taupe, lâcha-t-il d'une voix blanche. Ma démission, si je me trompe !

20

Une main ferme l'agrippait, la secouant sans ménagement.

— Mais qu'est-ce que tu fous ici ? !

Toni se réveilla en sursaut.

— Quoi ? Qui...

— Bordel, Toni, réveille-toi !

— Mais...

Je... je m'appelle Toni...

Se redressant, elle se frotta les yeux. Un brouillard s'étirait dans son esprit, alternant le noir de l'amnésie avec le gris lointain des souvenirs effilochés.

— Toni !

— Ça va, pas la peine de gueuler comme ça.

Elle se releva, le dos collé au mur. Effrayée.

— Qu'est-ce que tu fous là ? rugit l'homme en face d'elle.

J'aimerais bien le savoir, connard !

— Et toi ? répliqua-t-elle.

L'homme eut un hoquet.

— Tu te fous de ma gueule ou quoi ? Je te trouve allongée sur mon paillasson, à trois heures du mat', et c'est moi qui dois justifier ma présence ! T'es défoncée ou quoi ?

Mais c'est qui ce dingue ?

— Non, juste crevée. Tellement, mais tellement fatiguée.

— Va te coucher, alors ! Chez toi !

— J'ai… soif. Très soif.

La tête lui tourna. Manquant de s'évanouir, elle se retint au mur.

— Mais nom de Dieu, qu'est-ce que j'ai fait pour avoir une fille pareille !

Fille ?

Trou noir.

L'homme la rattrapa au moment où sa tête allait heurter le sol. Il la soutint tout en cherchant ses clés, ouvrit la porte et la jeta sur un canapé, fou de rage. Qu'est-ce que cette paumée venait faire ici ? Chez lui !

Exaspéré, il se servit un whisky et l'observa.

Inerte et blême, Toni respirait lentement, inconsciente.

Il songea à sa femme, décédée cinq ans plus tôt. Il l'avait épousée pour son argent, afin de poursuivre ses études et ses recherches. Une pompe à fric, rien de plus, mais vitale. Seul problème, elle voulait un enfant. Alors, pour ne pas perdre sa source de revenus, il avait cédé. Il y avait eu un fils, mort-né. Toni était arrivée, neuf mois plus tard.

— Quelle connerie ! Non mais quelle connerie ! éructa-t-il.

Immédiatement, elle lui avait causé toutes sortes

344

de problèmes. Soit elle tombait gravement malade, donnant l'impression qu'elle allait mourir dans la minute suivante. Soit elle ne tenait plus en place, s'agitait en permanence, refusait de manger et de dormir. Instable, dès la naissance.

Tandis qu'il buvait un deuxième verre, Toni bougea, s'étira et ouvrit les yeux.

Sa fille !

Elle se redressa, ramena ses bras autour d'elle et s'enfonça dans un coin du canapé, comme une bête traquée. La peur lui broyait le ventre, écrasait ses poumons.

— Qu'est-ce que t'as à me regarder comme ça ? On dirait que tu ne m'as jamais vu ! fit son père, d'une voix dure.

T'imagines pas comme t'as raison.

Avait-elle vécu ici ?

Elle balaya la pièce d'un regard inquiet. Rien à faire, sa mémoire poursuivait sa cure de sommeil. Pas la moindre bribe de souvenir.

— T'as l'intention de rester ici toute la nuit ? s'informa son père.

— Je peux ?

— Tu te fous de moi ou quoi ? Ça fait trois ans que je suis sans nouvelles de toi, et tu débarques en pleine nuit, comme si de rien n'était ! Tu veux quoi, cette fois-ci ? Du fric ? Pas question. Je croyais avoir été clair. Je ne payerai ni ta came, ni aucune de tes conneries, compris !

— J'ai juste besoin de…

— Écoute, tu dors ici, sur ce canapé, et demain matin, à la première heure, tu dégages !

— *Cool !* T'es sûr d'être mon père ?

— Crois-moi, si je pouvais effacer ça, je l'aurais fait il y a vingt-trois ans ! Je ne veux pas te voir ailleurs que sur ce canapé.

— J'ai le droit d'aller pisser ?

Il serra les poings, se retenant de lui foutre une raclée.

— Toujours aussi insolente, hein ? Au fait, t'étais passée où ?

— Ça t'intéresse ?

— Non.

— Je peux avoir un peu d'eau ? Et un truc à manger.

Il soupira d'agacement. Se retint de la foutre dehors. Ce n'était vraiment pas le moment d'avoir des emmerdes à cause de cette petite conne. Et dire qu'elle portait son nom !

— Tu sais où est la cuisine.

Non, elle ne savait pas, mais elle ignorait comment lui dire.

Soudain, une douleur plus pointue que les précédentes lui déchira le crâne. Elle poussa un cri, se prit la tête entre les mains et se laissa tomber en gémissant.

— Toni ? Tu joues à quoi, là ? Toni !

Comprenant qu'elle ne faisait pas du chiqué, il s'approcha d'elle. Il ne s'inquiétait pas tant de son état que de savoir si elle allait lui claquer entre les doigts, ici, cette nuit.

— Toni ?

Elle eut un geste de la main signifiant qu'elle ne pouvait pas parler. La douleur qui lui lacérait

346

l'intérieur de la tête et une nausée terrible l'en empêchaient.

— Ça va passer, articula-t-elle, péniblement. J'ai soif, tellement soif.

Il se releva et partit chercher un verre d'eau.

Toni se redressa et le suivit du regard, repérant où était la cuisine. Puis elle s'allongea, chercha sa respiration. Les mains posées sur son ventre, elle écoutait battre son cœur qui ralentissait. La crise était passée.

Bon, je fais quoi, moi, maintenant?

Constatant que ce n'était pas l'amour entre père et fille, elle hésitait à lui faire confiance. Pire, elle sentait en elle une peur grandissante. Cet homme la terrifiait, sans qu'elle se souvienne pourquoi il lui inspirait une telle répulsion.

Il revint avec un verre d'eau et un maigre sandwich.

— Bon, Toni, puisque tu es là, tu en profites pour récupérer tes affaires. Depuis le temps que ça traîne! Je me demande pourquoi je n'ai pas tout foutu à la poubelle, t'as de la chance.

C'est une façon de voir les choses.

— Elles sont où?

— Où veux-tu qu'elles soient? Dans le débarras, bien sûr. T'imagines peut-être que je t'ai gardé une chambre?

Il éclata de rire. Brièvement.

Elle fit mine de se lever, chancela.

— Accompagne-moi jusqu'au débarras, s'il te plaît. Après, je te fous la paix.

— Ce que tu peux être chiante!

Mais il fit ce qu'elle demandait et la conduisit au fond de l'appartement, ouvrit une porte qui donnait dans un réduit de cinq mètres carrés.

— C'est là-dedans, fit-il en indiquant un placard. Dépêche-toi et évite de faire du boucan, je vais me coucher.

Pour l'instant, je m'en tire bien.

— Bonne nuit, lâcha-elle d'une petite voix.

— Tiens, t'as appris la politesse depuis ton départ ?

Une fois seule, elle ouvrit le placard, y trouva trois cartons de taille moyenne qu'elle transporta un à un jusqu'au canapé. Le temps de repérer la chambre de son père qui ferma sa porte en lui jetant un regard mauvais. Sans bruit, elle identifia où se trouvaient les toilettes et la salle de bains, découvrit deux chambres, ainsi qu'un bureau.

Était-il possible que cet homme soit réellement son père ? Qu'ils se haïssent à ce point ?

Faut croire...

Une fois les cartons posés sur le tapis, elle s'assit par terre, croisa les jambes et resta un moment à regarder ces boîtes qui contenaient peut-être des réponses.

Elle entreprit de se plonger dans son passé, le cœur fébrile et les mains moites. Dans le premier : une boîte à bijoux de petite fille, des trucs en plastique coloré et des livres d'enfants, des habits qui sentaient le vieux et une peluche qui ne réveillèrent aucun souvenir, aucune émotion en elle.

Raté !

Le deuxième contenait des cahiers d'école et un album. À l'intérieur, des dessins au feutre ou à la gouache qu'elle regarda longuement, ressentant une pointe de nostalgie inexplicable. Elle repoussa l'examen des cahiers et s'attaqua au dernier carton.

À l'intérieur, une boîte. Ronde et large avec des motifs naïfs de fleurs et d'oiseaux. Une boîte à chapeaux. Lentement, elle souleva le couvercle. Des lettres et un coffret en bois l'y attendaient. Son cœur bondit dans sa poitrine. Les mains crispées, elle s'en saisit. Ça, ça lui rappelait quelque chose.

Mais quoi ?

Au bout de quelques minutes, elle comprit qu'il ne s'ouvrirait que si elle le détruisait. Dans la cuisine, elle trouva une paire de ciseaux et força la serrure, le plus silencieusement possible. Ce n'était vraiment pas le moment d'énerver son taré de paternel !

Bien au chaud, protégés par l'épaisseur du bois, deux journaux intimes, rédigés d'une écriture ample et nerveuse. L'un remontait à ses quinze ans. L'autre démarrait le jour de ses dix-sept ans.

Un bruit lui fit relever la tête. Le souffle court, elle fixa la porte. Relâcha ses muscles.

Fausse alerte.

Elle se plongea dans la lecture des deux journaux, se réservant les lettres pour plus tard.

Et la mémoire lui revint. Par flashs.

Fragments de douleurs.

Images de désespoirs.

Bouffées de terreur et d'impuissance.

Elle devait se tirer d'ici, au plus vite. Non seulement elle n'était pas la bienvenue, mais l'homme qui était malheureusement son père était un dangereux déséquilibré.

Se croyait-il au-delà de tout, à ce point dans la toute-puissance, pour avoir négligé d'examiner les affaires de sa fille, afin de s'assurer qu'elle ne conservait rien qui puisse lui porter préjudice ?

Tu m'étonnes !

Prudemment, Toni se leva, retourna chercher un sac dans le débarras, y transvasa une partie du contenu des cartons. Il ne lui restait plus qu'à filer d'ici, sans se faire remarquer. Sans même y songer, elle ramassa les ciseaux, et les tint fermement serrés dans sa main.

Inconsciemment, elle refit les gestes qu'elle avait faits le jour de son départ, à sa majorité. À moitié sonnée par ses découvertes, se dirigeant vers la porte d'entrée, elle s'arrêta dans son élan.

Non, faut que j'en aie le cœur net.

Déposant son sac à côté de la porte, elle enfila le couloir qui menait au bureau, demeura quelques secondes devant la porte de la chambre de son père, s'assura qu'il dormait, puis entra dans ce qui était assurément l'antre de la bête.

La haine remuait en elle, se réveillant au fur et à mesure que sa mémoire lui restituait les derniers pans de son histoire. Cet homme-là l'avait maltraitée et agressée. Abusée. Les images inondèrent son esprit. Cet homme-là était fou à lier et elle en avait une peur terrible. Le souffle coupé, elle se retint à la poignée de la porte.

Bouge, Toni, putain, bouge!

Instinctivement, elle resserra sa prise sur le métal froid des ciseaux.

Puisqu'elle avait déjà survécu à son passé, elle n'allait pas y succomber maintenant. D'autant que sa mémoire s'élargissait aux dernières années, qu'elle retrouvait son plan de vengeance et découvrait l'utilité de sa liste. Autant aller jusqu'au bout et se débarrasser de ce malade mental qui lui faisait office de père.

Elle ne put résister à l'envie de fouiller dans ses affaires. Déposant les ciseaux sur le bureau, elle ouvrit les tiroirs, lut quelques lettres, deux ou trois notes confidentielles, ainsi qu'un courrier indiquant que « la fille du père fouinait ».

Étonnée, elle s'assit dans le confortable fauteuil en cuir vert bouteille. La missive s'achevait sur une mise en garde. Pour signature, une seule initiale. Elle réfléchit un instant, et conclut qu'il ne pouvait pas s'agir d'elle.

De qui, alors?

Quelqu'un était aux trousses de son père. Quelqu'un osait enfin s'attaquer à lui!

Si ça lui collait une trouille terrible, simultanément, ça l'excitait de mettre le nez dans ses affaires. Peut-être découvrirait-elle quelque chose qui viendrait pimenter la fin de leur relation.

À mesure que l'heure tournait, Toni retrouvait sa détermination. Un seul point restait flou : que s'était-il passé dans cette odieuse baraque de banlieue? Elle se souvint d'avoir livré une pizza, de s'être déguisée et d'avoir bu un whisky avec un homme. Le reste demeurait obscur, inaccessible.

Son cœur faillit lâcher lorsque la porte s'ouvrit brusquement sur son père, les traits du visage déformés par la rage.

— T'as pas changé, Toni ! Merdeuse tu étais, merdeuse tu restes ! Tu cherches quoi, là ?

Déglutissant avec difficulté, elle se maudit pour son manque de vigilance. Elle n'avait même pas une arme sous la main…

Les ciseaux !

Il avança d'un pas.

Toni hésitait entre s'enfuir et résister. Elle banda ses muscles, se souvenant instinctivement de ce que lui avait appris Brice.

— J'attends, Toni ! Tu cherches quoi ? Qui t'envoie, hein ?

Quelque chose, à propos de voix animales, effleura son esprit. Inspirant lentement, elle fit le vide en elle.

— Personne.

— Et je devrais te croire ?

Il fit un autre pas. L'espace entre elle et lui se rétrécissait, à suffoquer.

— Je te conseille de répondre à mes questions, Toni, et vite !

Elle se mura dans le silence, évalua la situation qui n'était guère à son avantage. Dans son dos, si sa mémoire était bonne, ce dont elle doutait encore, une fenêtre donnait sur une cour.

Deux étages à sauter, quand même !

Mais faisable.

Devant elle, son père. Ses yeux, à peine mobiles, enregistraient chaque détail.

Il fit encore un pas.

— Qu'est-ce que tu cherches ? Réponds !

— Tu vas pas le croire…

— Ne me mène pas en bateau, Toni !

— *Cool…*

Elle fit rouler le fauteuil et se leva.

— Assieds-toi ! ordonna-t-il.

— Je préfère pas, contra Toni. Ou alors, fais-en autant.

— Tu te prends pour qui ? Je te ramasse devant ma porte puis je te retrouve en train de fouiller dans mes affaires, et c'est moi qui devrais t'obéir ? ! On dirait que t'as pas appris grand-chose de la vie, ma petite fille !

— Attention, tu vas nous faire un excès de paternité tardive !

Il fit un dernier pas, posa ses mains sur la surface bien cirée du bureau. Les bras et la nuque tendus, il la fixait d'un regard assassin.

— Qui t'envoie ?

— Personne. Je te l'ai déjà dit.

— Menteuse !

— T'as quelque chose à cacher ? À te reprocher, peut-être ? Non, un homme comme toi ne regrette rien, n'a aucun état d'âme !

— Qu'est-ce que tu cherches, Toni ? Pour la dernière fois, je te repose la question !

Son regard tomba sur la lettre qu'elle venait de lire.

Un rictus lui tordit la bouche, ses yeux clignèrent plusieurs fois de suite. Hypnotisé par la lettre, il baissa la garde. Toni en profita pour se jeter sur les ciseaux, et lui colla la pointe sous le menton.

— C'est cette fliquette, hein ? demanda-t-il incrédule.

La violence de son regard faillit la faire reculer.

Elle durcit le sien, enfonça ses yeux bleus si clairs au fond d'un iris bleu-gris, froid et cruel. Aperçut quelques gouttes de sueur perler à son front, et se fendit d'un sourire.

— On dirait que t'as des ennuis, papa.

Sentant qu'il s'ankylosait à rester les bras rigides, le buste penché vers elle, il ne put réprimer un mouvement. Toni ne le laissa pas faire.

— Tututu... On ne bouge pas. T'es très bien comme ça. Si tu bouges, je te plante, compris !

— Tu veux quoi ? cracha-t-il en serrant les dents.

— Remettre les compteurs à zéro.

— Comprends pas.

— M'étonne pas. Je vais te rafraîchir la mémoire.

Tout en souplesse, elle contourna le bureau, sans relâcher son emprise.

— Mais avant, mon petit papa, raconte-moi dans quelle merde tu t'es fourré ?

— Tu vas me le payer...

Une goutte de sang perla lorsque la pointe des ciseaux perça la peau. Malgré son assurance et son habitude à gérer n'importe quelle situation, il eut du mal à respirer. À avaler sa salive.

— Premièrement, siffla Toni, je suis bien la fille de mon père.

Elle eut un rire qui lui glaça le sang.

Il comprit qu'elle était peut-être même pire que lui. Honorant, sans le savoir, une longue tradition familiale, sa fille paraissait posséder un instinct meurtrier des plus sûrs.

— Deuxièmement, je règle mes comptes. Et tu fais partie de ma liste.

Il frémit.

Toni n'était plus la même. Le souvenir qu'il conservait d'elle ne correspondait pas à la femme certes haineuse, mais calme et déterminée, qui lui faisait face.

Il estima que son état mental n'était vraiment pas à prendre à la légère. Pulsion de mort et désir de vengeance l'animaient. S'il ne la jouait pas fine…

Un regard vers la fenêtre lui apprit que le jour n'allait pas tarder à se lever.

— Troisièmement, au moindre geste, je te bute.

— Tu veux quoi ? répéta-t-il la voix enrouée.

— Minute papillon !

Indécis, il la vit réfléchir. L'attente lui pilait les nerfs, tandis que Toni réorganisait ses souvenirs et se repassait sa liste en tous sens.

— On dirait bien que tu es le dernier que je vais flinguer, alors je prends mon temps.

Le dernier ?

Involontairement, il se tendit.

Elle augmenta sa pression. Les yeux dans les yeux, père et fille s'affrontaient. Lui s'interrogeait, réfléchissait à toute vitesse au meilleur moyen d'en finir avec elle, sans se faire descendre. Jubilant de ressentir sa peur et sa tension, elle cherchait la meilleure façon de faire durer le plaisir, de le tenir à sa merci, avant d'en finir avec lui.

— Quatrièmement, de quelle fliquette tu parles ?

Il voulut changer de position. Immédiatement, Toni réagit.

— Attends, fit-il d'une voix à peine audible. Tiens-toi tranquille, s'il te plaît, Toni, tiens-toi tranquille !

Elle se raidit.

Tiens-toi tranquille…

Les larmes lui montèrent aux yeux.

Espèce de salaud !

La nausée l'envahit.

Tiens-toi tranquille…

Traversant le temps, la voix du passé infiltra violemment le présent. La tira d'un coup sec en arrière, lui redonnant à vivre en quelques secondes une époque révolue, et pourtant si prégnante en cet instant. Un temps de peur et de souillure. Un temps où elle n'avait pas eu d'autre choix que celui de se tenir tranquille. De subir la folie de son père.

Son corps tressaillit. Le souvenir se faisait chair.

Une douleur aiguë percuta son os pubien, plus violente qu'un coup de pied. Elle inspira l'air comme quelqu'un qui se noie, resserra sa prise sur les ciseaux. Aperçut une lueur moqueuse au fond des yeux de son père, hésita.

Une main d'acier se referma sur sa gorge. Une autre lui enserra le poignet, lui interdisant tout mouvement. Elle sentit l'air s'amenuiser, sa gorge s'écraser.

Sphinx déboula joyeusement dans son esprit et son cœur se serra.

Pourvu que quelqu'un s'en occupe...

Tentant l'impossible, elle se bascula en arrière, essaya de se dégager.

Sa dernière pensée fut pour Brice, le seul homme qui ne l'avait pas brutalisée. Mollement, le visage bleuissant et les lèvres sèches, elle s'affaissa sur le sol.

Portant la main à son cou, il s'aperçut qu'il saignait, vérifia qu'elle ne respirait plus et se dirigea vers la salle de bains.

— Tu vois, Léa, fit-il au mannequin qui trônait à côté de son lit, la fin est proche. Très proche. Je ne vais pas avoir beaucoup de temps à te consacrer, ma belle, le devoir m'appelle.

Il caressa le ventre plastifié.

Il était temps de s'occuper de Jeanne Debords.

21

Irma fulminait.

Fred préparait du café frais et un nouveau rapport.

Jeanne réfléchissait.

— N'empêche, s'exclama Irma, c'est toujours le même bordel !

Fred lui tendit une tasse qu'elle refusa d'un mouvement de tête.

— Chaque fois qu'on a besoin d'eux, ils se défilent ! La clinique Gaillard, pas touche ! Gilles Schöller, honorable psychiatre, pas touche ! Et eux, y s'touchent, des fois, non ?

— Irma, laisse tomber, fit Jeanne.

— Et on fait quoi, alors ? On se pose le cul et on ferme les yeux ?

— Tu sais bien que ce n'est pas le genre de la maison, lâcha Fred.

— Comment vous faites pour rester calmes, hein ? Moi, ça me fout en l'air des trucs aussi pourris !

— Irma, tu veux bien baisser d'un ton, insista Jeanne.

— Je veux bien, mais c'est dur! Et puis on va leur dire quoi, aux autres, à Albertini et à Sophie Louvin, cloîtrée dans cette foutue clinique de merde. Hein? On va leur raconter quoi, tout à l'heure, quand on sera à la PJ?

Jeanne frémit. Irma marquait un point.

— De toute façon, sans autorisation de perquisition, on ne peut rien faire, poursuivit Fred. Et pour l'instant, on a rien de solide contre ce psy ou cette clinique. Tu veux qu'on lui dise quoi, Irma? Monsieur Duvivien, pourriez-vous vous transporter au poste de police le plus proche?... Non, non, juste une petite formalité. T'imagines bien qu'il pigerait immédiatement, et qu'on perdrait sa trace.

— Non seulement on n'a pas la moindre preuve, renchérit Jeanne, mais je vous rappelle qu'on ignore tout du mobile.

— C'est juste des tarés de psys qui se la jouent! clama Irma qui ne réussissait pas à se calmer.

— Non.

Le ton affirmatif de Jeanne eut un effet apaisant sur elle.

— Non, ce n'est pas juste un taré, ce Schöller, c'est sans doute la taupe qui travaille pour Duvivien. Il a suivi la moitié des Suicidés ou des Décapités pour dépression. Il est dangereux, et je ne veux pas qu'on se plante sur ce coup-là. Parce que, Irma, au bout du compte, tant qu'on n'a pas une preuve, on est toujours dans l'hypothèse!

En silence, Irma rapprocha sa chaise du bureau de Jeanne. Si Schöller était bien leur taupe, alors elle s'était plantée en beauté. Pourtant, un doute ne la lâchait pas.

— Explique, parce que, moi, je nage complètement. On a une masse d'informations, dont je ne sais même plus quoi faire…

Elle n'acheva pas sa phrase, se rappelant soudain que son ami informaticien devait venir dans l'après-midi, pendant qu'ils seraient tous à la PJ, pour installer un agent autoévolutif. Elle n'en avait toujours pas parlé à Jeanne, et n'aimait pas trop l'idée de la mettre au pied du mur.

— Continue à recouper les faits, fit cette dernière, tout en compulsant les documents que Fred lui donnait au fur et à mesure.

— Qu'est-ce qui les fait flipper, en haut lieu ?

— Essaie d'imaginer un peu, Irma, le bruit que ça va faire, lorsque la presse va s'emparer de ça !

— Mais nous, on s'en fout ! On sait que Duvivien et Schöller sont impliqués dans ces meurtres, on le sait, et on peut rien faire, c'est vraiment trop dingue ça !

— On ne sait rien, Irma, s'énerva Jeanne. On postule, on jongle avec des hypothèses et des peut-être…

— Faux ! On a trop d'éléments qui vont dans la même direction : la clinique Gaillard et Schöller ! Ça ne peut quand même pas être une simple coïncidence, non ? Et on peut rien faire. Faut attendre que ces abrutis de…

— Irma !!!

— Ça va, abdiqua-t-elle, je me calme.

— On peut tenter un truc, annonça Fred, d'une drôle de voix.

Il avait une séance avec Schöller, juste avant leur rendez-vous à la PJ. Il répugnait à s'y rendre, mais c'était peut-être l'occasion idéale pour forcer la main à leur hiérarchie.

— On t'écoute, fit Jeanne qui relisait pour la deuxième fois la même page.

— J'ai rendez-vous avec Schöller, à quinze heures.

— Annule, ordonna-t-elle.

— Tu crois pas que…

— Annule. Tu vas droit dans la gueule du loup, on n'a vraiment pas besoin de ça.

— Je suis pas d'accord, fit Irma. Moi, j'irais. On ne sait même pas s'il se sent en danger. Fred pourrait peut-être tâter le terrain.

— Non. Hors de question, c'est trop dangereux. Je ne peux pas croire qu'il ignore qu'on s'apprête à le serrer.

— On a fait quelque chose pour les aéroports et les gares ? s'enquit Fred.

— Les portraits de Duvivien et Schöller circulent partout, avec ordre de nous prévenir et de les retarder, au cas où. Je n'ai pas pu obtenir plus. Pour le moment. On verra bien ce que ça donne à la PJ. Albertini aura peut-être quelque chose à nous apprendre.

— Je vais y aller, Jeanne, non, ne m'interromps pas, s'il te plaît. Je… il faut que j'y aille. Si je me défile, ça va lui mettre la puce à l'oreille.

L'argument porta.

Jeanne détestait ce genre de situation, mais il lui fallait admettre qu'il avait raison.

— Tu prends ton arme, alors.

— Jeanne, je peux pas arriver comme ça, avec un flingue. Tu peux être sûre qu'il va s'en apercevoir.

— C'est un ordre, lieutenant Parthenay.

Il obtempéra.

— Je vous rejoindrai directement à la PJ.

Il se prépara, rangea son bureau, non sans ressentir une certaine appréhension à l'idée d'affronter Schöller, sachant qu'il était certainement complice du meurtre de plus d'une vingtaine de personnes.

— Ah, c'est vrai, j'avais oublié, fit-il en tenant un fax dans la main. Jeanne, tu t'intéresses toujours à cette dermatologue retrouvée la gorge tranchée ?

— Oui et non, pourquoi ?

— J'ai retrouvé ça.

— Fais voir.

— Bon, faut que j'y aille, maintenant.

Irma et Jeanne levèrent les yeux d'un même mouvement. Gêné, Fred leur adressa un sourire et sortit dans un silence de plomb.

— J'aime pas ça, lança Irma, la voix voilée.

Jeanne prit le temps de lire le fax concernant la découverte de deux hommes dans une clairière du côté de Narbonne, la gorge tranchée. On recherchait une jeune femme. Suivaient détails et coordonnées du poste de gendarmerie à contacter.

— Moi non plus. Mais ce n'est pas un bleu, quand même… Irma ?

— Quoi ?

— Je… Tu peux me faire une recherche sur les meurtres au couteau, disons sur cinq ans.

Irma soupira bruyamment.

— Je peux dire quelque chose ?

— Comme si je pouvais t'en empêcher, rétorqua Debords en souriant.

— Qu'est-ce qu'on est en train de foutre ? On a vingt macchabées sur les bras, plus tes parents, zéro témoin, aucune preuve utilisable, juste la conviction que Duvivien et Schöller sont mouillés jusqu'à l'os…

— Jusqu'au cou, corrigea Jeanne.

— Si tu veux… On sait ni pourquoi ni comment, mais on sᴀɪᴛ qu'ils sont impliqués, et on laisse Fred y aller seul ! Moi, je dis que ça pue. Et maintenant, tu me demandes de m'occuper de meurtres au couteau, je pige plus, Jeanne, là, je pige plus.

— Fais-le, Irma, s'il te plaît.

— J'ai du mal, parfois, avec tes intuitions, j'ai l'impression de me perdre.

— Possible. Je crois surtout que tu t'inquiètes pour Fred.

— C'est vrai. Tu sais qu'il m'a invitée à dîner, en tête à tête… Chouette, non ?

— Très chouette, fit Jeanne, en souriant. En attendant, mets-toi au boulot. Et concernant mes intuitions, je trouve ça étrange qu'on se retrouve avec des cadavres décapités, pendant que quelqu'un tranche des gorges d'un bout à l'autre de la France !

— Ça roule, fit Irma. Je te donne ça dans quelques minutes.

Elle fronça les sourcils, pesa le pour et le contre, et se décida.

— Jeanne, faut que je te dise un truc.

Elle lui raconta comment elle en était venue à soupçonner un employé aux services des archives de la PJ. Précisa qu'elle l'avait suivi deux jours de suite, sans rien trouver de probant. Sauf qu'il semblait avoir un train de vie digne d'un ministre.

— Alors, je me demande si tu es sûre pour Schöller ?

— Non, Irma, tu sais bien que non. Mais nom de Dieu, pourquoi t'en as pas parlé plus tôt ?

Irma tripotait ses tresses, l'air épuisé, consternée par son erreur. À force de vouloir éviter de se planter, elle s'était fourvoyée.

— C'est pas pour m'excuser, mais on bosse comme des dingues, trop de pistes à la fois, et puis Schöller qui nous tombe tout cuit sur un plateau…

— Essaie de joindre Fred sur son portable, commanda Jeanne, d'une voix aussi calme que possible. Je m'occupe du préfet.

La sonnerie du téléphone retentit, déchira l'air.

Lorsqu'elle raccrocha, elle était livide.

— Qu'est-ce qui se passe ?

Incapable de prononcer un mot, elle alluma une cigarette, l'air atterré.

— Jeanne ?

— Hardel…

— Quoi ? fit Irma, sur le qui-vive.

— Il est mort.

— Merde, j'le crois pas ! Et de quoi ?

— Le cœur a lâché, fit Jeanne d'une voix blanche.

Elles se turent, conscientes que le moment n'était guère propice à faire un deuil, ni à s'éparpiller émotionnellement. Chacune à sa manière enfouit l'information.

Jeanne regarda l'heure à la pendule murale.

— Dépêche-toi de joindre Fred, il doit déjà être chez Schöller. Je file à Créteil, et je te rejoins à la PJ.

— Et si j'arrive pas à le joindre ?

*

Rue de Buci, en bas de l'immeuble de Gilles Schöller, Frédéric hésita.

Il se sentait mal à l'aise, ignorait comment approcher cet homme qu'il n'avait jamais apprécié. Inspirant un coup, il poussa la porte du hall, opta pour les escaliers, sonna et entra, et, par automatisme, éteignit son portable.

Patientant dans la salle d'attente, il fit le point, récapitula tout ce qu'il savait, se demandant comment obtenir de Schöller deux ou trois informations sans éveiller sa suspicion. Peu habitué à la porter, il était gêné par son arme sous l'aisselle. Soudain, il s'aperçut qu'il manquait deux tableaux dont il ne restait plus que l'empreinte des cadres aux murs.

Il s'intima l'ordre de se calmer, attrapa une revue et fit de son mieux pour lire un article sur les bienfaits de l'alimentation bio. Dix minutes plus tard, Schöller lui demandait de s'allonger sur le divan. Se pliant à la règle, il reprit le fil de son histoire. Sa voix se répercutait dans la pièce, lui procurant l'étrange sensation de gueuler du haut d'une montagne, avec l'écho pour seul interlocuteur.

Était-ce une illusion, mais il aurait juré que son psy avait passé une sale nuit. Si calme et si lointain d'ordinaire, il semblait nerveux. Particulièrement inattentif. Il l'entendait tapoter sur le clavier de son ordinateur. Parthenay choisit de lui parler d'un rêve où il était question d'une hache et de cravates rouges.

L'heure tournait, et Fred ne parvenait pas à se décider sur la manière d'approcher Schöller. Deux choix se présentaient. L'attitude anguille qui consistait à tourner autour du pot par allusions. Ou la technique frontale. Mais ni l'une ni l'autre ne le satisfaisaient.

Une fois son temps écoulé, il se redressa lentement. Aucune idée ne lui était venue. Schöller ne le quittait pas des yeux, tandis qu'il cherchait son portefeuille pour le régler.

— Quelque chose ne va pas, docteur ? s'enquit Fred, conscient de la tension qui l'animait.

Schöller prit le temps de répondre, alluma une cigarette tout en dévisageant son patient.

— En général, c'est moi qui pose ce genre de question, non ?

— Simple curiosité. Comment font les thérapeutes quand ils vont mal ?

Schöller eut une étrange lueur dans les yeux, et se fendit d'un sourire avenant.

— La même chose que vous, Frédéric, ils vont voir un psy. Rassurez-moi, je ne vous donne tout de même pas l'impression d'aller si mal que ça ?

Il joue avec moi, se dit Parthenay.

— Sincèrement ? répliqua-t-il.

Schöller hocha la tête, épousseta sa manche d'un geste négligé.

— Disons que je vous trouve l'air distrait… préoccupé.

— Rappelez-moi à quel service vous êtes rattaché ?

— Au BEP, répondit Frédéric avec l'impression qu'un étau lui broyait la cage thoracique.

— Ah oui ! Le fameux bureau d'enquêtes parallèles.

Schöller se leva, attacha un bouton à sa veste, regarda un instant ses mains et se saisit d'un trousseau de clés.

— Je vous raccompagne, vous êtes mon dernier patient.

— Et ma prochaine séance ? fit Parthenay qui marchait sur des œufs.

Schöller le prit par le coude et le fit sortir de son bureau.

— Comme d'habitude, Frédéric, jeudi, à quinze heures.

Parthenay se sentit instinctivement en danger. Il voulut se retourner, mais un coup porté à l'arrière de son crâne l'en empêcha. Avant de sombrer, il eut le temps d'apercevoir Schöller sourire.

— On dirait que votre rendez-vous vient d'être annulé.

Gilles Schöller le transporta dans une autre pièce, communiquant avec son appartement personnel, l'allongea sur un lit, le ligota et le bâillonna. Puis il se servit un whisky, prit le temps de le savourer et de réfléchir posément à ce qu'il devait faire.

Tout foutait le camp, mais il entendait bien tirer son épingle du jeu.

D'ici à ce soir, il serait loin. Mais, avant de partir, il devait en apprendre un peu plus sur Jeanne Debords. Le lieutenant Parthenay lui ferait bien quelques confidences, de gré ou de force.

Il regarda sa montre, et partit d'un grand éclat de rire. L'idée de faire un petit cadeau à Debords pour fêter la mort de ses parents lui parut excellente. Jetant un œil sur son patient, il estima qu'il avait le temps d'organiser sa petite surprise.

Excité au plus haut point, il sortit de chez lui en sifflotant.

*

À dix-sept heures tapantes, Jeanne et Irma pénétrèrent dans les locaux de la PJ.

Elles n'en parlaient pas, mais elles se faisaient un sang d'encre pour Fred. Il n'avait pas téléphoné et n'était pas encore arrivé. En silence, chacune tentait de se rassurer.

Pas de nouvelles, bonnes nouvelles… Tu parles ! se dit Jeanne.

Irma s'installa à peu près à la même place que la

fois précédente, alluma son portable et attendit que Jeanne commence pour prendre des notes.

La salle était comble. Elle aperçut Franck Albertini qui tirait la gueule et Janson qui parlait à voix basse avec un autre policier. Moreau s'entretenait avec Debords, les sourcils froncés, ne masquant ni son intérêt ni son inquiétude.

Il régnait une tension énorme, et un silence inhabituel.

Pour cacher sa gêne, Irma se plongea dans son ordinateur, lut les résultats de ses recherches, soupira de fatigue. À croire que tout le monde s'était mis au couteau.

Ça doit être l'arme tendance en ce moment, ragea-t-elle en classant ses données pour pouvoir les imprimer plus tard. Putain, mais Fred, tu fous quoi ? !

À ce moment-là, son portable vibra. Fébrile, elle déroula un texto de Fred. Tout allait bien. Elle poussa un énorme soupir de soulagement. Leva le pouce en direction de Jeanne qui se détendit immédiatement.

Cette dernière abandonna le préfet pour prendre la parole. Irma lui trouva les traits tirés et les gestes secs.

Si ça dure trop longtemps, se dit-elle, on va tous pointer chez Gaillard !

— Pour commencer, je vais donner la parole au capitaine Albertini, fit Jeanne. Je ne vous cache pas que, malgré nos certitudes, nous n'avons pour l'instant pas l'ombre d'une preuve pour inculper Duvivien...

On entendit quelqu'un dire que c'était la merde. Tout le monde approuva. D'un geste de la main, Jeanne invita Albertini à prendre la parole.

— Brièvement, la filature ne donne rien. Et, depuis deux jours, on est sans nouvelles de Louvin. Même si sa mission de sous-marin ne lui permet pas toujours de nous contacter, j'avoue qu'on commence à flipper. Par ailleurs, on n'a trouvé aucune trace des séances de thérapie, et le profil transmis par le SALVAC ne nous aide pas beaucoup. Mais on a une autre raison de se faire des cheveux blancs...

Il jeta un regard en coin à Janson qui l'encouragea d'un signe de tête.

— En fait, on a réfléchi à ce que vous nous avez dit, commissaire. Même si Duvivien et Schöller sont coupables, même s'ils ont connu les victimes, reste qu'ils n'ont pas pu dérober des documents confidentiels. Pour ça, il aurait fallu qu'ils aient la possibilité de traîner chez nous. Or personne ne les a jamais vus. J'avoue que j'ai eu du mal à vous croire, sur ce coup-là, mais je dois admettre que c'est la seule solution.

Irma sentit la tension raidir le corps de Jeanne. Ce que disait Albertini était plus lourd de conséquences qu'il ne l'imaginait. Si Schöller n'était pas une taupe, alors jusqu'où s'étendait sa complicité avec Duvivien ? Jeanne chercha du regard Irma qui lui confirma qu'elles pensaient à la même chose. Au lieu d'être là, elles devraient être chez Schöller.

— Une solution à quoi ? reprit-elle, éludant la question sur l'origine des fuites.

— Ben, depuis qu'on piste Duvivien, on a l'impression, Janson, Louvin et moi, qu'il sait qu'on lui file le train. Pas normal, ça. On est plutôt discrets, enfin, on connaît notre boulot.

Jeanne sonda la salle. Prit le temps de poser ses yeux ardoise sur chaque visage. Personne ne détourna ou ne baissa les yeux. Ce qui ne signifiait pas grand-chose au demeurant.

Le préfet s'approcha d'elle, lui parla à l'oreille. Debords s'accorda un temps de réflexion, s'entretint à nouveau avec lui et s'adressa à son auditoire.

— La question de la taupe est réglée. Il ne s'agit pas de Schöller, qui devient suspect numéro un. Pour l'instant, reprit Jeanne, le plus urgent c'est de sortir Louvin de la clinique Gaillard. La procédure vient d'être enclenchée, vous allez pouvoir tout retourner et embarquer…

Une musique stridente retentit.

Sidérée, Irma découvrit qu'elle provenait de son ordinateur. Immédiatement, elle fit tout pour la réduire au silence. En vain. Jeanne se raidit. Son visage changea de couleur, et se vida de son sang. Malgré la déformation du son, elle reconnut la mélodie d'un joyeux et tonitruant *Happy Birthday*.

— Bordel de merde ! s'exclama Irma, les yeux écarquillés.

Son estomac se serra.

Sur son écran, un message s'affichait, en clignotant : *Bon anniversaire, commissaire ! Les affaires reprennent.*

Elle tenta de retracer l'expéditeur du message, râla en songeant à son pote qui était en train de lui installer l'agent autoévolutif qui lui aurait bien rendu service en cet instant.

D'un regard, elle fit comprendre à Jeanne qu'il lui faudrait patienter. Celle-ci libéra l'air de ses poumons, s'obligea au calme et reprit, sans un mot d'explication :

— Bon, on a du pain sur la planche. Albertini et Janson feront le relais avec le BEP. Nous touchons peut-être au but, mais pas de précipitation. Tant que nous n'avons pas de preuves matérielles, seuls des aveux pourraient nous venir en aide. Or je n'imagine pas Duvivien ou Schöller nous faire ce…

Une autre mélodie distordue résonna. Irma manqua d'en faire tomber son portable. Ça leur évoqua à tous une musique de cirque, pimpante et sinistre.

— Qu'est-ce que c'est… Jeanne ! Là, faut que… Nom de Dieu, Fred !

Jeanne se précipita vers elle.

Irma suffoquait, cherchait son souffle, les yeux démesurément ouverts. Les lèvres sèches, elle fixait le message qui se déroulait sur son écran. Apparaissait, disparaissait, réapparaissait.

Jeanne lui arracha presque l'ordinateur des mains, sentit son cœur exploser en découvrant ce qui s'affichait.

Le fou prend le cavalier. Que fait la reine ?

Le préfet s'approcha, indécis. Un à un, les policiers se levèrent.

— Putain, Irma, ça vient d'où, ça ?

Cette dernière secoua la tête, incapable de prononcer un mot. Elle avait froid, se sentait à deux doigts de vomir. Dans sa tête, un rideau de fer descendait en faisant un bruit odieux.

— Et l'autre message, Irma ?

Péniblement, le lieutenant Buget pianota sur son clavier, afficha le premier message reçu.

Jeanne se sentit chavirer. Si ça, c'était pas une preuve, c'était quoi ! ?

— T'as l'adresse de Schöller, fit-elle d'une voix morte.

Irma ouvrit un fichier et lui communiqua son adresse.

— On y va...

Dans les yeux d'Irma un océan de larmes.

— Il... tu crois qu'il est...

— Secoue-toi, c'est pas le moment de flancher, fit Jeanne qui n'en menait pas large.

Elle réquisitionna une voiture banalisée. Albertini se proposa de les accompagner, ce qu'elle accepta en lui demandant de ne pas oublier de faire le nécessaire pour Louvin.

Debords s'en voulait à mort d'avoir laissé Frédéric se rendre chez Schöller. Pourquoi n'avait-elle pas pigé plus vite qu'il était encore plus dangereux qu'elle ne l'avait pressenti ?

Une vague de culpabilité débaula, lui explosant le plexus solaire.

Maudit 19 juin !

Dix ans plus tôt, elle découvrait ses parents assassinés.

Dix ans plus tard, la boucle se bouclait.

Allait-elle buter sur le cadavre du lieutenant Parthenay? Involontairement, elle pria qu'il en soit autrement. Spontanément, elle se raccrochait à la prière, avec une ferveur qui, malgré les circonstances, l'étonna.

Ils avaient trop attendu. Beaucoup trop. La colère et les remords vrombissaient en elle, menaçant de la submerger, de l'empêcher de rester concentrée pour réfléchir vite et bien.

En courant, elles suivirent Albertini.

À peine furent-ils installés qu'il démarra. Jeanne se saisit du radio-téléphone pour demander une ambulance et des renforts. Dans le rétroviseur, elle aperçut Irma. Le teint cireux, elle pleurait en silence.

Rue de Buci, Albertini freina brutalement.

Devant eux, bloquant le passage, un camion de pompiers. Se tordant le cou, il indiqua un immeuble du doigt. Jeanne se précipita à l'extérieur et courut à perdre haleine. À s'en décrocher ses poumons de fumeuse invétérée.

Lèvres serrées, dans sa tête, elle hurlait : NON ! NON ! NON ! sans pouvoir s'arrêter. Sortant sa carte, elle passa en courant devant un pompier, enfila deux étages en se tenant les côtes.

Un policier voulut l'empêcher d'entrer, elle l'écarta vivement tout en déclinant son identité. Près d'une porte, deux hommes inspectaient des traces sur le bas d'un mur. Jeanne s'approcha. Elle avait l'impression que son cœur n'allait pas tenir, et ses oreilles bourdonnaient.

À voix basse, elle se présenta aux deux pompiers.

Dans l'angle de sa vision, une pièce calcinée, sentant le bois et le plastique brûlés. Un lit, dont il ne restait que les montants en fer. Dessus, une forme indistincte, un magma de chair et d'os. À côté du lit, un amas de plastique fondu qui, en l'état, ne pouvait guère lui suggérer l'ancien mannequin Léa.

Elle ferma les yeux.

Les rouvrit, sentit ses jambes se dérober sous elle, entendit comme dans un rêve Albertini et Irma qui arrivaient, s'arrêtaient dans son dos. Une main attrapa la sienne, petite et glacée. Elle tourna les yeux, croisa ceux d'Irma, rougis par les larmes, tendus par la peur.

N'y tenant plus, celle-ci bouscula tout le monde et s'approcha, poussa un cri d'oiseau blessé à mort et se laissa glisser sur le sol, sanglotante.

Albertini discutait avec le chef pompier.

Immobile, Jeanne tentait de faire admettre à son corps qu'elle devait entrer dans cette pièce, s'approcher de ce lit et vérifier s'il s'agissait de Fred. Irma semblait d'ores et déjà convaincue de la chose. Mais il restait un espoir.

Alors, pourquoi t'as aucune nouvelle de lui ? s'entendit-elle penser.

Franck s'approcha d'elle, et lui résuma la situation. Schöller avait vraisemblablement mis le feu vers seize heures trente. L'incendie s'était répandu en un clin d'œil, détruisant pratiquement tout l'immeuble. Exception faite d'une veille dame au quatrième, il semblait vide.

Les pompiers cherchaient d'où était parti le feu.

D'ici, se dit Jeanne, en frissonnant.

Par-delà les effluves de l'incendie, elle humait l'odeur de la haine. Du sadisme et de la folie meurtrière. Imaginait Frédéric Parthenay, ligoté et impuissant sur son lit de mort, et Schöller qui souriait en dévissant un bidon d'essence pour l'en asperger. Le bruit de l'allumette lui vrilla les tympans, ainsi que le premier souffle du feu, et les cris que Fred ne pouvait pousser. À cause d'un bâillon enfoncé loin dans la gorge par la main de l'assassin.

Elle s'avança près du lit, mue par un impérieux besoin de savoir.

— Dites-leur qu'il est parti d'ici, fit-elle en indiquant le corps carbonisé.

Elle balaya le cadavre d'un regard meurtri. Nota l'absence de holster et d'arme, mais Schöller pouvait les avoir emportés.

Albertini hocha la tête et s'entretint avec le chef pompier.

Jeanne sentit son corps trembler.

Dix ans n'avaient pas suffi à effacer ce qu'elle avait ressenti en découvrant ses parents dans les catacombes. Tout était là. Le corps n'avait rien oublié.

Ni la terreur indicible, ni la nausée qui s'installait progressivement et qu'elle devrait supporter durant plusieurs jours. Ni l'état de stupeur, de sidération psychologique. Ni l'immense détresse liée à la perte. Qui reviendrait par vagues régulières et la désarçonnerait n'importe où, n'importe quand. La submergerait d'un ancien chagrin, impossible à résorber.

Tout était là.

Le corps se souvenait, et lui restituait les mêmes sensations.

La même douleur, infinie et inhumaine, et avec laquelle il faudrait apprendre à vivre. Elle n'avait pas besoin d'attendre les résultats de l'autopsie. Frédéric Parthenay gisait dans cette pièce. À cause d'elle. À cause de son manque d'autorité et de perspicacité.

Comment avait-elle pu laisser faire ça ?

Elle sentit qu'on la tirait par le bras, en arrière. Aperçut des uniformes rouges et des hommes en civil se répartir dans la pièce. Reconnut le bruit des gants en latex, et les premiers crépitements des appareils photo des techniciens de l'Identité judiciaire.

Un homme passa devant elle, tenant à la main un Caméscope qui diffusait une petite lueur bleutée, enregistrait chaque centimètre carré de la pièce. Partout autour d'elle, l'on s'activait à ramasser le moindre indice qui permettrait d'élucider ce drame.

Franck la fit sortir, et, sans lui lâcher le bras, ils redescendirent.

Dehors, ils retrouvèrent Irma assise sur le trottoir, l'air hagard. Meurtrie, elle se croyait coupable de la mort de Frédéric. Parce qu'elle avait tardé à parler de ce type aux archives. Parce qu'elle restait marquée par sa première enquête où, à cause d'elle, Jeanne avait failli mourir[1].

1. *Pour toutes les fois*, Folio Policier, n° 374.

Levant la tête, Jeanne cligna des yeux, éblouie par le bleu du ciel et le soleil qui tapait fort ces derniers jours.

Elle eut envie de hurler, mais n'en fit rien, ravala sa peine et enterra sa rage au fond d'elle. Une rage qui résistait à l'épreuve du temps et qui contenait toutes les séparations et les abandons dont elle ne s'était jamais remise.

Un policier en civil s'approcha d'Albertini et lui parla à voix basse. Debords ne chercha même pas à savoir ce qu'ils se racontaient. S'approchant d'Irma, elle se laissa tomber à côté d'elle, sortit son paquet de cigarettes et lui en proposa une.

Depuis qu'elle fumait le cigare, il lui arrivait d'en griller une, lorsque ça n'allait pas trop fort. Et, aujourd'hui, ça n'allait vraiment pas fort. Elle avait l'impression qu'on lui avait arraché une partie d'elle-même. Que son cœur s'était vidé de son sang, et que son âme pendouillait dans un coin de sa carcasse. Exsangue et désespérée.

— Excusez-moi...

Les yeux de Jeanne rencontrèrent ceux d'Albertini.

Vide, elle se sentait vide.

Schöller pouvait bien tuer la terre entière, elle s'en foutait. Le monde n'était qu'un gigantesque étron où les pires monstruosités advenaient. Une seule constante : les humains ne manquaient jamais d'imagination en matière de crimes.

— On a des nouvelles.

La peau du flic l'emporta sur celle de la femme

meurtrie. Elle se redressa, constata qu'Irma en faisait autant.

— Louvin est complètement *stone*, mais elle va s'en sortir. Ils l'ont shootée pour qu'elle se tienne tranquille. Duvivien est au frais, on a tout mis sous séquestre, la clinique, son pavillon et son appart à Paris. Un avis de recherche a été lancé pour Schöller. On va le coincer !

Jeanne hocha la tête, pas entièrement convaincue. Tant qu'elle ne le verrait pas menotté dans une cellule, elle n'y croirait pas.

— Commissaire ?

Elle se tourna lentement, le corps moulu. Le légiste retirait ses gants, l'air soucieux.

— Je vous livre mes premières constatations…

— Envoyez-moi votre…

— Je crois que vous devriez m'écouter. Je ne m'avance guère en disant que la victime a été étranglée…

Décapité… tranché… Étranglé…

— Et qu'il s'agit d'une femme.

— Quoi ? Hein ? s'exclamèrent-ils tous de concert.

— Vous en êtes sûr ? fit Jeanne, dont le cœur battait follement.

— L'examen révèle une ceinture pelvienne un peu trop large pour un homme… Je vous faxe mon rapport dès que possible.

Il s'éloigna sans bruit, comme pour contrebalancer la rumeur environnante.

— Qui ça peut bien être ? demanda Albertini.

— Une patiente, suggéra Jeanne qui commençait à reprendre espoir. Franck, lancez un appel général pour Frédéric Parthenay.

— Parce que tu crois que ça va changer la donne ? rétorqua Irma, d'une voix colérique. Tu vois, ce qui serait bien, juste une fois, c'est qu'on arrive à temps, et qu'on ait les moyens d'intervenir, même quand des crétins de bureaucrates se la jouent timide !

— Irma, c'est pas trop le moment…

— Je sais, mais ça ne le sera jamais, alors autant que je me lâche ! Putain de vie, Jeanne, je te jure ! Putain de vie !

Albertini s'éloigna un instant.

Jeanne le vit discuter avec deux, trois personnes, pompiers et flics. Dans la rue, on se pressait pour obtenir des informations et des détails. Debords secoua la tête. Elle ne comprenait pas, ne comprendrait jamais, cette avidité qui poussait les gens à s'arrêter pour contempler la mort.

— Irma, tant qu'on n'a pas retrouvé le cada… le corps de Fred, il reste une chance de le retrouver vivant.

— Tu te rends compte, j'ai même pas fait l'amour avec lui ! En quatre ans, j'ai rien compris, même pas pigé qu'il…

Sa voix se brisa.

Jeanne lui passa un bras autour des épaules, s'étonna de ne pas pleurer. Ses yeux restaient secs.

Le corps n'oubliait rien.

Ni la douleur.

Ni l'impossibilité à expulser cette douleur.

— Je suis trop conne ! Pourquoi je lui ai jamais dit qu'il... sanglota Irma.

— Je crois qu'on devrait y aller, fit Jeanne, en apercevant Albertini qui lui faisait signe. Va falloir tenir, Irma. Tant qu'on n'aura pas poissé Schöller, faudra tenir.

— Et après ?

— Je sais pas, Irma...

Elle savait trop bien, en réalité.

Même si elle ne parvenait pas en cet instant à imaginer qu'il y aurait un après.

Le corps n'oubliait pas. Et il faudrait vivre avec. Ou bien...

Ou bien quoi ?

Il faudrait attendre *après* pour le savoir. Ça non plus, elle n'avait pas oublié. Car *après* viendrait, et demanderait, exigerait encore une fois de trouver des ressources pour survivre.

Réapprendre chaque geste.

Et, certains jours, réapprendre simplement à respirer.

22

De loin lui parvenaient des bruits : casserole, cafetière, portes et volets qui claquent, pas qui traînent sur du parquet, exclamations et conversations — téléphoniques ? —, frottements furtifs — souris ou chat ? —, craquements du bois, souffle du vent.

Tous ces bruits semblaient vibrer et s'amplifier en lui. Froid ou chaud, son corps n'était plus que picotements par milliers, engourdissement. Ses paupières pesaient une tonne, sa bouche lui semblait enflée et sèche, et il ne sentait plus ses mains.

Des visions l'assaillaient.

Des couleurs nacrées. Des volumes, comme autant de formes géométriques qui se déplaçaient dans un espace noir et pourtant lumineux, se gonflaient et fonçaient sur lui, rétrécissaient et disparaissaient en s'éloignant lentement. Des morceaux de corps.

Une bouche gigantesque, rouge carmin, agressive et enjôleuse. Une paire de bras tannés par le soleil, dont les mains remuaient convulsivement. Une chevelure brillante comme l'or, volant au vent, qui évoquait un amas d'algues phospho-rescentes. Des pieds, immenses et osseux, qui mimaient une marche forcée.

Un raclement attira son attention. Il tourna la tête, et son univers bascula, se fragmenta pour éclater en une multitude de points colorés qui crépitèrent derrière ses paupières.

Une porte grinça. Un courant d'air caressa son visage, ravivant une soif inextinguible.

— Alors, lieutenant Parthenay, on se réveille ?

Chaque mot mordait sa chair, craquait dans son esprit.

— Je crois qu'il est temps de passer à l'étape suivante.

Un rire fusa dans l'air, et quelque chose se brisa en lui.

Frédéric sentit qu'on le déplaçait, qu'on déliait ses mains qu'il avait attachées dans le dos et qu'on le redressait.

— So... soif...

— Bien sûr que vous avez soif ! s'esclaffa l'homme. Voilà, vous êtes bien, comme ça ?

Au prix d'un effort surhumain, Parthenay souleva ses paupières brûlantes. Entrevit le torse d'un homme en veste de sport et polo. Des mains longues et nerveuses qui racontaient à elles seules toute la puissance qui habitait son interlocuteur.

— Sch... Schöller...

— On ne peut rien vous cacher !

Derrière ses yeux blessés, derrière ce voile qui recouvrait tout de paillettes, il vit les doigts de Schöller s'emparer d'un flacon et d'une seringue.

Eut un haut-le-cœur et, simultanément, ressentit le besoin impérieux que ce produit, passant du flacon à la seringue, s'infiltre en lui, remonte la veine de son bras et lui apporte un bien-être superficiel, mais désormais vital.

— Au fait, dit Schöller, si ça peut vous tranquilliser, j'ai utilisé votre portable pour envoyer un message à votre amie Irma. Histoire de la rassurer sur votre sort.

Des spirales étoilées tournèrent dans sa tête qui tomba sur le côté. Les yeux entrouverts, il croisa le regard désapprobateur de Schöller.

— Vous vous ramollissez, lieutenant Parthenay. Je me demande si c'est une bonne idée de vous faire une injection supplémentaire…

Ses nerfs se tendirent brutalement sous sa peau. Pour autant que cela puisse être possible, sa bouche devint encore plus sèche, des contractions agitèrent ses jambes et son rythme cardiaque s'affola.

Puis, surgissant d'il ne savait où, une pensée percuta son esprit, l'aida à faire refluer la sensation de manque.

Le cerveau ne supporte qu'une seule douleur à la fois.

La pensée amplifia, résonna et sembla se communiquer à toutes les cellules de son corps. Ses mains reprenaient vie, en témoignaient les milliers de fourmis qui s'y déployaient.

Le cerveau ne peut supporter qu'une seule douleur à la fois.

Il parvint à se décoller de son lit et, de toutes ses forces, se fracassa l'arrière du crâne contre le mur.

Hurla de douleur et faillit s'évanouir. L'impression de manque et de soif disparut immédiatement. Comme si son cerveau expulsait cette souffrance, pour se concentrer sur celle qui irradiait à l'arrière de son crâne.

Schöller en fit tomber seringue et flacon, lâcha un merde ! retentissant, quitta la pièce et revint quelques instants plus tard avec une trousse de secours. Il nettoya la plaie, mit une compresse dessus, souleva les paupières de son prisonnier et prit son pouls. Ne s'émut pas des fragments de chairs et de cheveux sur le crépi du mur.

— Vous ne m'échapperez pas, lieutenant Parthenay. Alors, tenez-vous tranquille !

D'une main ferme, il l'aida à se recoucher, souleva sa manche et garrotta le bras.

Parthenay sombra.

23

Ça faisait maintenant cinq jours que Frédéric Parthenay était porté disparu.

Engagées dans une véritable course contre la montre, Jeanne et Irma, secondées par Albertini et Janson, abattaient un travail surhumain.

Duvivien avait été appréhendé, mis en garde à vue puis incarcéré. On avait retrouvé dans son appartement parisien, sorte de laboratoire personnel, des montagnes de dossiers relatant les expériences pseudo-scienfiques auxquelles lui et Schöller s'étaient livrés. Des documents accablants qu'aucun avocat au monde ne pourrait réfuter.

L'étendue de la folie des deux hommes était patente. Chaque meurtre trouvait sa place dans une spirale infernale et délirante où Duvivien et Schöller s'étaient pris pour les maîtres du monde, Restaurant le mythe de Pygmalion, à l'instar de ceux qui revendiquaient le clonage humain à but non thérapeutique.

Accompagnée de Franck, Jeanne se préparait à assister à l'interrogatoire le plus ardu de sa vie. Chaque marche du palais de justice lui semblait une épreuve insurmontable. Arrivée devant le bureau du juge d'instruction, elle alluma une cigarette, se foutant des panneaux d'interdiction qui jalonnaient le couloir.

Camélia Zampa ouvrit la porte, croisa le regard ardoise où luisait un éclat métallique et froid. D'un geste de la main, elle les invita à la rejoindre.

La greffière était assise, discrète et le regard vif. Duvivien et son avocat se tenaient face au bureau du juge. Derrière eux, un policier. Albertini s'approcha de l'homme, lui parla à l'oreille et celui-ci s'éclipsa sans un mot.

— J'aurais préféré vous revoir en d'autres circonstances, commissaire Debords, fit le juge Zampa.

Jeanne opina, enfonça ses mains au fond des poches de son blouson, résista à l'envie d'allumer une autre cigarette. Tournant la tête, elle aperçut Duvivien de profil. Calme et résigné. Une bouffée de haine explosa en elle. Des pensées meurtrières assaillirent son esprit. Écœurée, elle reporta son attention sur Camélia Zampa qui venait d'adresser un petit signe de tête à sa greffière.

— Maître Richard, je vous demanderai d'utiliser votre droit d'objection avec parcimonie. L'affaire que nous instruisons est particulièrement difficile et complexe, aussi évitons de perdre du temps. Les conditions de l'instruction sont exceptionnelles, d'où la présence du commissaire Jeanne Debords et du capitaine Franck Albertini.

Maître Richard acquiesça d'un clignement des yeux. Duvivien resta de marbre. En l'absence de Schöller, il était le seul à répondre de leurs actes.

Jeanne se doutait qu'il allait le charger. Ce qu'il fit durant la demi-heure qui suivit, sans que son avocat n'interrompe le juge Zampa.

Froide et concentrée, pertinente dans ses questions, elle se révélait aussi compétente qu'intransigeante. Jeanne eut un pincement au cœur, en reconnaissant la manière dont procédait son père.

— Venons-en à la mort du juge Pierre Debords et de sa femme.

Camélia jeta un regard furtif à Jeanne qui ne cilla pas.

— Monsieur Duvivien ?

— Excusez-moi…

— Expliquez-nous pourquoi et comment vous vous en êtes pris au juge Debords et à sa femme ?

— C'était l'idée de Schöller. Je ne me souviens pas des détails, mais Gilles a appris par son indicateur…

— Florian Rougier, employé au service des archives ?

— En effet. Il apprend qu'un inspecteur de police, Jérôme Favier, a des soupçons… qu'il en a informé le juge Debords. Nous en étions au début de nos recherches, et Schöller s'est, comment dire ? énervé. Il m'a dit qu'il s'occupait de tout, que nous n'avions rien à craindre, qu'il ferait le nécessaire. Quelques jours plus tard, les journaux titraient sur sa disparition.

— Savez-vous pourquoi Favier s'est adressé au juge Debords ?

— Non.

Duvivier haussa les épaules et répondit que

Schöller ne lui communiquait jamais rien qu'il n'ait jugé être en relation directe avec leurs expériences.

— Ça ne vous semble pas étrange qu'un juge enquête sans avoir été, au préalable, saisi de l'affaire?

— Je... je ne sais pas. Je n'ai pas pris, pas eu le temps d'y réfléchir à l'époque. Ensuite... J'étais trop... trop impliqué dans nos recherches.

— Et en quoi consistaient-elles, ces recherches?

Duvivien se lança dans une description longue et précise.

Jeanne sentait la nausée l'envahir, et l'envie de fumer la tenailler.

Avec application, il raconta que Schöller et lui partageaient la même passion pour le fonctionnement de la psyché humaine, tout particulièrement pour ce qu'on appelle la part d'ombre de l'individu. Puisqu'ils travaillaient ensemble auprès d'une population spécifique, ils n'eurent pas à chercher plus loin. Les officiers de police dépressifs devinrent leurs cobayes.

C'était simple, facile et efficace. Et, surtout, les risques étaient pratiquement nuls. Qui aurait pu se douter qu'en un lieu où l'on soignait des malades ces mêmes malades servaient à des expériences pointues en matière de psychologie comportementale.

— Pointues? reprit le juge Zampa.

Duvivien se tassa sous son regard.

— Poursuivez.

— Le protocole était simple. Nous prenions des

sujets dépressifs, anxieux et coutumiers de la violence. Schöller avait une théorie sur le fantasme qu'il rêvait, si je puis dire, de mettre en pratique. Pour faire court, nous sélectionnions un sujet, généralement un patient qui était en thérapie avec Schöller ou bien à la clinique, mais pas plus d'un par an, sauf vers la fin. Gilles n'avait pas son pareil pour pénétrer dans l'esprit de ses patients, trouver les failles, les zones d'ombre. L'idée étant de pouvoir explorer la palette la plus large possible en matière de violence et de crime.

— Expliquez-moi comment ces policiers se laissaient faire.

Duvivien toussa, baissa la tête et soupira bruyamment.

— En dehors des considérations sur la nature humaine, la soif de pouvoir qui permet de dicter aux autres leurs comportements…

— Ne soyez pas sarcastique, et répondez à ma question !

— Nous n'avions qu'un point de désaccord, Schöller et moi, concernant le protocole à suivre. C'était au sujet de l'hypnose et des drogues…

Un silence s'abattit sur le bureau du juge Zampa.

Odeur de manipulation. Extrême.

Des images d'hommes-pantins, hallucinés et piégés, assaillirent Jeanne. Les yeux du juge passèrent du bleu au vert turquoise. De petites rides apparurent au coin de ses yeux et sa bouche se durcit.

— Nous allons faire une pause, dit-elle en se tournant vers sa greffière qui consulta sa montre et nota l'heure. Veuillez faire revenir l'officier de police, s'il vous plaît.

D'un signe de tête, elle invita Debords à la suivre dehors où Albertini arpentait le couloir en grillant clope sur clope. Camélia la prit par le coude et l'emmena un peu à l'écart.

— Vous tenez le coup ?

— Admettons que oui, répondit Jeanne, l'air lointain. Comment se fait-il que vous instruisiez ce dossier ?

— Disons que l'on pouvait difficilement me refuser ça... Nous allons bientôt aborder la question de la disparition du lieutenant Parthenay. C'est là que vous intervenez, vous et votre collègue. Nous devons envisager chaque angle. Je compte sur vous, plus nous serons précis, plus nous gagnerons du temps et...

Elle n'acheva pas. Il était inutile de proférer de faux espoirs, ou même d'envisager que Frédéric Parthenay soit encore vivant. Elles firent demi-tour.

Jeanne profita de ces quelques instants de silence pour tenter d'intégrer l'impensable. Deux hommes avaient torturé, drogué, manipulé et tué des policiers, après les avoir poussés aux pires exactions. Tout ça au nom du pouvoir et de cet irrépressible attrait pour la domination.

Ça aurait pourtant dû mettre la puce à l'oreille de quelqu'un, se dit-elle, se demandant comment une telle série de meurtres avait pu passer inaperçue. Une chose était certaine, désormais, plus personne ne se voilerait la face en prétextant que le meurtre en série était l'apanage des autres nations.

Piètre consolation, conclut-elle en fermant la porte du bureau du juge Zampa.

*

Lorsqu'il émergea, Frédéric ne se rendit pas immédiatement compte qu'il n'était plus couché dans cette chambre qui chavirait à chaque fois qu'il ouvrait les yeux.

Une douleur sourdait à l'intérieur de sa tête, ses muscles endoloris répondaient à peine, ses poignets et ses chevilles pesaient lourd au bout de ses membres. Lentement, il ouvrit les yeux, les referma et les rouvrit.

Il balaya du regard le grenier d'une maison ou d'une ferme. Des poutres épaisses couraient d'un bout à l'autre des combles, couvertes de poussière et de toiles d'araignée. De la lumière filtrait à travers deux Velux.

Il ressentit l'envie de se frotter la tête, retint un cri de terreur. Il était attaché au mur, bras et jambes écartés.

L'effet de la drogue se dissipait, annonçant les premiers symptômes du manque. Il tenta de s'humecter les lèvres, ce qui lui demanda un effort colossal, tant sa bouche et sa langue étaient desséchées. À nouveau, la sensation de mourir de soif l'emporta sur le reste.

Dans son esprit, des fragments de souvenir se

déplacèrent pour se rapprocher du bord de sa conscience. Il poussa un gémissement.

Le salaud !

Invariablement, il revoyait une scène où son père éclatait de rire. Le bruit du coup de feu éclatait dans sa tête, retentissait dans son corps, le laissant épuisé et plus vulnérable que jamais.

Affaibli, il lui restait pourtant suffisamment d'énergie pour s'entendre penser qu'il devait résister. Ne pas abdiquer et se laisser manœuvrer par Schöller. Malgré l'effet de la drogue, il parvenait encore à réfléchir par moments. Trop brefs.

Habilement, Schöller l'avait amené à se focaliser sur la peur que lui inspirait son père. Sur la honte du fils flic pour le père mafieux. Heure après heure, il remodelait son mental, déformait ses émotions et ses sentiments, le poussant vers des instincts qu'il n'aurait jamais soupçonné entretenir. Même inconsciemment.

Par instants, sous l'effet de la drogue qui amplifiait ses perceptions, il se voyait comme projeté sur un écran de cinéma, en train de mettre à exécution l'assassinat de son propre père. Au fond de lui, une alarme tentait d'attirer son attention, de le détourner de ce plan machiavélique.

Tout au fond de lui, dans un endroit préservé de son être, il retrouvait son amour et son admiration pour son père, la fierté qu'il avait éprouvée enfant. Il s'y accrochait, de toutes ses faibles forces.

Un grincement lui apprit que l'heure de son injection avait sonné. La porte du grenier racla sur le sol en s'ouvrant sur Schöller. Frédéric ferma les yeux, aspirant à mourir le plus vite possible.

Un désir qui n'allait pas tarder à être exaucé, car son bourreau se lassait de sa résistance, et n'avait pas le temps d'attendre qu'elle se brise. Ce n'était pas le premier à lui tenir tête, alors même qu'il avait modifié son mélange de drogues et, pour cette raison, il subirait, à son grand regret, le même sort que les Décapités.

Sans doute parce qu'il n'est pas dépressif, se dit-il en refermant la porte du grenier.

La dernière chose que vit Frédéric Parthenay fut une hache.

Une vision qui le fit sourire, car elle prouvait qu'il avait tenu le choc, et gagné cette manche mortelle contre Schöller et sa folie destructrice. Fermant les yeux, il songea qu'il n'avait pas à rougir de l'homme qu'il était, même si c'était sa légendaire indécision qui l'avait entraîné dans cette situation.

Sa dernière pensée fut pour Irma, et pour Jeanne.

24

Juillet

D'un commun accord, Jeanne et Irma avaient décidé de faire une pause en allant déjeuner au jardin du Luxembourg, d'un sandwich qu'elles n'achevèrent ni l'une ni l'autre. Trop de fatigue. Trop d'angoisse et de désespoir. Depuis la disparition de Fred, elles étaient dévorées par une culpabilité et une peine impossibles à partager. Se terraient dans un silence oppressant.

Une pause qui n'en était pas vraiment une, puisque Jeanne avait emporté la copie de l'interrogatoire de Duvivien, et Irma son portable.

Le début de l'été s'annonçait caniculaire.

Une légère brise soufflait, rafraîchissante et parfumée. Des enfants jouaient et couraient, tombaient et chouinaient, lançaient ballons et cris en l'air. Des adultes paressaient au soleil, des joggeurs entretenaient leur forme et des couples roucoulaient.

Absorbée par sa lecture, Debords ne voyait rien de tout cela. Irma s'égara une minute ou deux. Se replongea dans son ordinateur, en sentant le chagrin pointer le bout de son nez à la vue de ces fragments d'existence qui fleuraient bon la vie.

Duvivien avait tout avoué, escomptant que sa collaboration avec la justice lui rapporterait quelque chose. Même s'il était facile et lâche de charger Schöller, tous les éléments convergeaient dans la même direction pour l'accuser de meurtres en série avec préméditation et tortures.

Duvivien racontait que la décapitation était un fantasme de Schöller. Un moyen aussi de punir ses patients qui lui résistaient. Une violence qui, selon lui, s'originait à la fois dans une sexualité dysfonctionnelle et une histoire familiale qui courait sur plusieurs générations.

Il s'étendait longuement à propos d'un grand-père paternel, scientifique génial et inconnu, capturé pendant la guerre et contraint de participer à des expériences monstrueuses. Afin d'échapper à ses tortionnaires, il avait opté pour une solution radicale, le suicide.

Son geste avait mené à la ruine et à l'exil toute sa famille. Schöller, qui ne l'avait pas connu, en parlait avec admiration, malgré le peu de chose qu'il savait de ce grand-père, devenu paria et tabou. Rapidement, il avait manifesté le besoin de rejouer l'histoire de cette figure mythique, toujours selon Duvivien. Sauf qu'il avait pris la place de ses anciens bourreaux qui prônaient une idéologie où la vie d'un humain ne valait rien.

Jeanne réajusta ses lunettes de soleil, se passa la

main dans les cheveux et proposa à Irma d'aller boire une bière.

— Tu sais quoi, fit-elle en se levant, Duvivien nous a donné trois endroits où, selon lui, Schöller se rendait régulièrement, et…

Elles s'y étaient précipitées, bien évidemment pour rien. Fred restait introuvable.

— Vas-y, l'encouragea Irma.

— Eh bien… j'ai l'étrange impression qu'il n'a pas tout dit. Qu'il espère qu'on ne retrouvera jamais Schöller.

— Pourquoi ? J'aurais plutôt cru le contraire, histoire qu'ils puissent se partager le gâteau ! cracha Irma.

— C'est ce que je pensais aussi… mais, en relisant les minutes de l'interrogatoire, je n'en suis plus si certaine.

Irma secoua la tête et ses tresses s'envolèrent dans l'air. Elles s'accoudèrent au comptoir d'un bar aux baies vitrées grandes ouvertes, et commandèrent une bière.

— T'es sérieuse, Jeanne ? Tu crois vraiment que ce salaud nous a bluffées ?

— Je crois que ça vaut la peine d'y réfléchir, et de le faire savoir au juge Zampa. Parce qu'il me semble tout d'un coup évident que si Schöller est capturé, alors Duvivien risque beaucoup plus gros. Pour l'instant, il n'est accusé que de complicité…

— Je vois !

— Je m'occupe de ça en rentrant au BEP. Tu as lu ce qu'il raconte sur ces expériences aux États-Unis ?

— Non. J'ai… j'ai plus le cœur à lire ce que ce tas de merde a fait.

Duvivien avait expliqué qu'ils étaient partis d'une expérience scientifique. Deux groupes avaient été sélectionnés, les étudiants et les correcteurs. Les étudiants devaient répondre à des questions. S'ils se trompaient, les correcteurs avaient pour ordre de leur envoyer des impulsions électriques.

Les participants n'hésitèrent pas à augmenter la charge électrique, jusqu'à la rendre mortelle, mais seulement après avoir reçu l'assurance que le corps médical en prendrait la responsabilité. Tous finirent par obéir, au risque de tuer les étudiants — qui ne recevaient aucune décharge électrique, ce qu'ignoraient, bien entendu, les correcteurs. Couverts par une instance supérieure, ils se déresponsabilisaient, sans état d'âme.

Schöller s'était appuyé sur cette étude pour pousser ses cobayes au-delà de leurs limites. Usant et abusant de son pouvoir, il en avait fait des marionnettes tueuses, à la fois bourreaux et victimes.

Comme à regret, Duvivien avait admis que l'utilisation de drogues altérait néanmoins les résultats de leurs travaux.

— Jeanne, faut que je te parle d'un truc, ça me trotte dans la tête… Ce Schöller, on va pas y arriver comme ça.

Reposant son verre, elle planta ses yeux gris ardoise dans ceux d'Irma qui ne put s'empêcher de battre des cils.

— On s'est déjà… On courait dans la mauvaise direction, parce que…

— Dis-moi ce qui te tarabuste, coupa Jeanne.

— Je viens de relire le profil psychologique de Schöller, celui envoyé par le SALVAC… Inutilisable ! Voilà, je crois qu'il nous faut un psy, même si je les hais et les maudis jusqu'à la septième génération, mais un psy aussi fortiche que Schöller !

Jeanne alluma une cigarette, songea un instant à Khaled qui avait démissionné pour se mettre à la photo, et se dit qu'elle ferait bien de l'imiter. Mais, d'abord, retrouver Fred.

Pourvu que ça ne me prenne pas dix ans !

— Tu penses à quelqu'un ? demanda-t-elle, en se frottant les yeux.

— Laure Bellanger.

Debords sursauta, renversa la fin de son verre sur le comptoir. Fixa longuement un point derrière Irma qui gigotait, mal à l'aise.

— J'en connais pas de plus balèze, reprit-elle. J'ai pas oublié comment elle nous a aidés… quand le *Cleaner* [1] t'avait kidnappée. Et puis elle est réglo, c'est toujours ça de gagné.

Jeanne fit un signe au serveur, recommanda une bière et réfléchit à la proposition d'Irma. Pesa chaque argument, évalua chaque perspective. Ce qu'elle savait, ce qu'elle ignorait.

L'enquête sur l'incendie de la rue de Buci, où vivait et travaillait Schöller, ne leur avait pas appris grand-chose. Exception faite des résultats de l'autopsie du corps mortellement brûlé, qui s'était avéré être celui de la fille de Schöller.

1. *Pour toutes les fois*, Folio Policier, nº 374.

En s'emparant de l'affaire, la presse avait lancé ses meilleurs reporters et, par recoupements, elle fut en mesure de publier plusieurs articles à sensation, retraçant le parcours de Toni Schöller qui n'avait rien à envier à celui de son père.

Putain de famille !

Le témoignage de Bernard Gauthier, ancien instituteur qui avait échappé de justesse à la mort, avait permis de mieux cerner certains éléments, ainsi que les motivations de la jeune Schöller. Il avait cru pouvoir tirer avantage en venant témoigner, mais un journaliste avait révélé son passé de pédophile.

De tous les milieux et se revendiquant d'écoles diverses, des experts se mêlèrent aux débats, chacun apportant son grain de sel. Des portraits et des analyses de la famille Schöller et de Duvivien s'entassaient sur le bureau de Jeanne, tous plus pontifiants et ennuyeux les uns que les autres. Irma avait vu juste.

— Je marche, répondit-elle enfin. T'as raison, on a besoin d'un regard extérieur et vraiment professionnel.

— J'ai sa nouvelle adresse, fit Irma, dont les yeux semblaient briller un peu plus que tout à l'heure. Elle a quitté Caen, et crèche du côté de Biarritz.

— Tu prends rendez-vous avec elle, tu prépares un topo complet et on descend la voir.

En dépit du soutien d'Albertini et de Janson, qui avaient fini eux aussi par en faire une affaire personnelle et prenaient sur leur temps pour dépister Schöller, ce dernier restait introuvable.

Les jours passaient, et les chances pour que Fred soit encore en vie se rapprochaient du zéro absolu. Elles prirent un taxi pour retourner au BEP, curieusement requinquées à l'idée de revoir Laure Bellanger.

— Et avec Jean-Marie, ça s'arrange ? demande abruptement Irma.

— Pas trop, non. Je crois que je lui en veux de ne pas m'avoir fait confiance, de m'avoir caché qu'il subissait des pressions et qu'il avait peur qu'on... que Schöller et Duvivien s'en prennent à sa famille.

Jeanne avait piqué une colère terrible lorsqu'elle avait découvert que son frère, avec dix ans de retard, avait reçu des menaces et lui avait menti.

Pouvait-elle lui reprocher d'avoir voulu protéger ses enfants et sa femme en se taisant et en prenant le risque de compromettre l'enquête sur la mort de leurs parents ? Non.

Alors pourquoi ne parvenait-elle pas à se mettre en paix avec ça ?

D'un commun accord, ils avaient décidé de rester vigilants : tant que Schöller n'aurait pas été capturé, lui et sa famille bénéficiaient d'une protection policière. Même si Jeanne restait persuadée que Gilles Schöller s'attaquerait d'abord à elle.

En silence, elles regardèrent Paris défiler majestueusement derrière les vitres du taxi.

*

La reconstruction du faubourg suivait son cours.

En dehors de ceux qui avaient le plus souffert des dégâts liés aux explosions, les autres oubliaient déjà. Se plaignaient de la température qui grimpait chaque jour un peu plus.

Certains évoquaient à nouveau la possibilité d'une guerre climatique. D'opérations militaires qui réclamaient des déplacements de brouillards, des inondations ou des tornades, des pluies torrentielles ou des sécheresses. Pour défaire les économies mondiales.

La presse se faisant l'écho de ces préoccupations, les paranoïaques s'abreuvèrent à ce nouveau complot. Les autres s'organisaient pour profiter du soleil.

Quelque part, une jeune fille pleurait la mort d'un ami beau comme un ange.

Quelque part, un géant aux yeux d'agate bleue arpentait les villes, infatigable, tendu vers un unique but — retrouver un jeune chien fou surnommé Scurf.

Quelque part, aussi bouleversés qu'excédés par plusieurs jours et nuits de gémissements ininterrompus, un couple adoptait un chien-loup magnifique qui, dans une autre vie, s'appelait Sphinx.

Quelque part, une femme, prénommée Anne, consolait deux parents abattus par la mort de leur fils. Attitude qui lui permettait de négocier avec sa culpabilité, parce qu'elle avait abandonné un homme qu'elle aimait mais qu'elle ne supportait plus de voir, chaque jour, renoncer un peu plus à la vie.

Quelque part, des filles s'organisaient pour que leur cité ne soit plus jamais le lieu de la honte et de l'horreur.

Quelque part, Rokh le faucon tournoyait dans le ciel, sous l'œil de son propriétaire qui, de temps à autre, pensait à cette femme aux yeux étrangement clairs et fascinants.

Quelque part, Schöller préparait sa revanche.

25

Simon se consolait comme il le pouvait de la mort de Gwendal, songeant que les anges n'avaient rien à faire dans ce monde de brutes. Parfois, il se retournait d'un bloc, croyant sentir une présence derrière lui.

Heureusement la construction de son village réclamait tout son temps et toute son énergie. Ce projet avait déclenché une incroyable chaîne de solidarité dans le quartier et, en quelques semaines, les résultats étaient encourageants.

Ça commençait à prendre forme, à ressembler à un lieu de vie.

Pour l'heure, avec l'aide de Willy, ils tentaient de remettre d'équerre une poutre. Essoufflés et en sueur, les deux hommes travaillaient en écoutant *La Traviata*.

— Simon ! Simon ? hurla Fergus depuis la cour.

D'un regard, il fit comprendre à Willy de reposer la poutre.

— J'ai besoin de toi… C'est pour ce soir !

Simon sortit un paquet de tabac à rouler.

Il s'était remis à fumer depuis la mort de son

ange, depuis qu'il avait organisé une veillée funèbre et chanté à la mémoire de son ami. Depuis qu'il savait que Charlie attendait un enfant. Trop d'émotions en trop peu de temps.

— Seul, je ne vais jamais m'en sortir. Il faut que tout soit prêt pour demain matin, quand ils viendront pour fleurir la tombe du général Lafayette, tu comprends ?

Simon comprenait.

Ils se donnèrent rendez-vous en fin d'après-midi.

Le plan de Fergus était simple. Ils se rendraient au cimetière en passant par l'hôpital de la fondation Rothschild. Fergus avait magouillé une livraison de fleurs. Dans sa fourgonnette, il entasserait avec précaution tous les éléments de sa composition florale, qu'ils déchargeraient rapidement, et laisseraient à côté du grillage. Puis ils reviendraient se mettre à l'œuvre à la nuit tombée.

— T'en penses quoi, Simon ?

— Que t'es vraiment fou ! Mais ça marche pour moi.

— Et eux, fit Fergus, en montrant Charlie et Hyacinthe, ils pourraient pas nous donner un coup de main ?

— Eux, ils disent les prières, c'est tout.

— Et Willy ?

Simon réfléchit un instant, haussa les épaules.

— Faut voir... mais oui, c'est possible.

Fergus repartit en courant vers sa boutique, la tête dans les nuages.

*

Au *Blue Bar*, Irma et Jeanne finissaient de dîner d'une salade et d'une assiette de fromages.

Depuis qu'elles étaient revenues du jardin du Luxembourg, elles avaient le sentiment, pour la première fois depuis la disparition de Schöller et de Fred, de mieux gérer les choses. Duvivien devait être à nouveau interrogé sur les planques de Schöller.

Albertini et Janson poursuivaient leur boulot de fourmi, éliminant les pistes les unes après les autres. Jeanne s'était entretenue avec Laure Bellanger qui n'était pas en France, mais avait eu son message et lui proposait un rendez-vous, deux jours plus tard, à l'aéroport de Roissy.

Irma se débattait avec son agent autoévolutif, tentant de maîtriser ce nouvel outil, et s'occupait des relations avec la famille de Parthenay.

À plat, Jeanne buvait une vodka, sans plaisir. Irma, qui finissait par devenir obsédée, pianotait sur son portable.

— Tu sais, Jeanne, je suis sûre que Schöller n'est pas loin.

— Qu'est-ce qui te fait dire ça ?

— Ses putains de messages !

Jeanne alluma une cigarette.

Irma avait abandonné le cigare le jour de la disparition de Fred. Comme un ultime geste d'amour envers cet homme qu'elle avait adoré, et auprès duquel elle était passée. Comme on passe à côté de sa vie.

— Il a dit, reprit-elle, je cite : *les affaires reprennent*. Ça veut bien dire ce que ça veut dire, non ?

Jeanne approuva d'un signe de tête, termina sa vodka, sans se sentir pour autant désaltérée.

— Là, j'en ai marre ! s'exclama Irma. Je supporte plus de rester là, à attendre que cet enculé nous allume ou qu'on retrouve le cadavre de Fred !

— Tu veux autre chose ?

Irma répondit d'un grognement.

Jeanne se leva et se dirigea vers le bar.

En deux mois, la teneur des conversations avait changé. Avant, la pluie et le brouillard faisaient la une. Aujourd'hui, la canicule et les vacances étaient en tête du hit-parade des brèves de comptoir.

Un cri la fit tressaillir et se tourner vers Irma.

— Le salaud, gueula Irma, entre colère et peur.

Arrachant les deux verres des mains du serveur, Jeanne revint à sa place. Irma montra son écran où s'affichait en lettres noires : *Le fou menace la tour. Que fait la reine ?*

Une sueur froide lui coula dans le dos, et son corps se contracta. Elle inspira profondément plusieurs fois de suite et s'assit.

— C'est moi, la tour, ça peut être que moi, hein ? fit Irma d'une voix caverneuse.

Jeanne attrapa son téléphone portable et passa plusieurs coups de fil. Efficaces et rapides. Raccrochant, elle constata que ses mains tremblaient, s'ébouriffa les cheveux, incapable de concevoir qu'Irma soit la prochaine sur la liste de Schöller.

— Mais, cette fois-ci, je vais te choper, espèce

d'ordure ! s'exclama celle-ci en écrasant les touches de son clavier.

Au courant depuis peu de ses magouilles informatiques, Jeanne entama sa troisième vodka en cogitant silencieusement, laissant la belle Irma filer le train à Schöller. Nota qu'elle se faisait plus anguleuse, plus sèche. Plus dure aussi, et qu'elle avait perdu de son bel appétit, sa joie de vivre et quelques idéaux.

— C'est pas vrai, ça !

— Quoi ?

— Je tombe sur… Tu crois qu'il aurait filé en Colombie, ce salaud ?

— Possible. Mais non, j'y crois pas.

Irma entra quelques données, laissa tourner sa machine et poussa une série d'exclamations et de jurons.

— Attends, il me balade, ce con ! Après la Colombie, je tombe sur une boîte aux Seychelles ! Bon, faut que je retourne au BEP passer quelques coups de bigo… Faut pas qu'il s'imagine me mener en bateau comme ça ! À plus…

— Je viens avec toi, décréta Jeanne en se levant.

L'idée de laisser Irma seule la rendait malade.

— Il est quand même pas planqué au coin de la rue, fit Irma.

— Et t'en sais quoi ? rétorqua Jeanne.

Irma abdiqua. Elle avait raison, Schöller pouvait être à cent mètres comme à dix mille.

— Je crois qu'on devrait aller s'exercer un peu au tir, non ? proposa-t-elle à Jeanne qui fit la moue, mais approuva d'un signe de tête.

Un peu plus tard, elles eurent une discussion difficile.

Debords avait pris ses dispositions pour trouver une planque à Irma qui refusait obstinément d'être écartée de l'affaire. Il fallut l'intervention de Janson, puis d'Albertini, pour qu'elle se résigne à plier bagage. Franck fut chargé de la conduire en lieu sûr.

Déprimée, et morte d'angoisse, Jeanne rentra chez elle, sans pouvoir s'empêcher de «voir» le cadavre de Fred se balancer devant sa porte d'entrée. Si Schöller leur faisait savoir qu'Irma était la prochaine victime, cela signifiait-il que le lieutenant Frédéric Parthenay était mort?

*

À l'est, l'aube frémissait à peine.

Simon se tourna vers l'ouest, où la nuit étoilée s'étirait encore. Il aimait ces nuits d'été, calmes et limpides. Le vent était tombé et la température était agréable. L'air embaumait des mille fleurs que Fergus et lui avaient disposées. Une décoration harmonieuse envahissait désormais les tombes, les murs et les arbres du cimetière de Picpus.

Fergus Bart contemplait son œuvre, un sourire flottant aux lèvres et les yeux brillants de joie. La fatigue ne se lisait nullement sur son visage tant il était fier de cette gigantesque composition florale qui, selon lui, vivifiait ce lieu de paix et de prières.

Ici, des torsades de fleurs et de plumes d'oiseaux s'enroulaient autour des branches et des troncs d'arbres, les rouges et les jaunes tranchant sur le feuillage vert. Là, des nids comme celui que Simon avait vu dans la boutique quelque temps auparavant et des guirlandes de fleurs pendaient à travers les branches, donnant l'illusion d'une myriade de papillons.

Pour les tombes, il avait choisi une large gamme allant du mauve clair au violet foncé, parsemée d'une pointe d'orange, de rubans et de bois peints. Les murs et les grilles étaient piqués de motifs bigarrés, de clochettes et de touffes fleuries.

Au cours de la nuit, il leur avait fallu escalader la grille derrière laquelle se trouvait la fosse commune. Là, Fergus avait donné le meilleur de son art. Simon et lui, avec l'aide temporaire de Willy qui avait disparu juste avant l'aube, avaient planté des piquets, installé des rondins et des triangles en bois.

Puis Fergus avait passé deux heures à enrober chaque piquet de plumes, feuillages et fleurs. Quelques galets, épais et ronds, doux au toucher, traçaient un chemin serpentin entre les piquets. Dessus, il jeta une pluie de pétales de rose. Pour finir, il s'était rendu devant la statue de l'archange Michel.

Épuisé, Simon s'était laissé tomber sur un banc. Fergus piqua deux ou trois branches de fleurs d'une blancheur immaculée, puis il dissémina sur l'herbe des pétales mauves et blancs. Il jeta un dernier coup d'œil à son œuvre, et rejoignit Simon.

Assis, les deux hommes se laissèrent bercer par le parfum des fleurs. Lorsque le ciel commença à

410

rosir, ils se levèrent et s'éclipsèrent, se promettant de revenir, un peu plus tard, en compagnie de Camélia, pour assister à la cérémonie en l'honneur du général Lafayette.

Pour l'occasion, la veille au soir, Simon avait demandé à ses protégés de composer de nouvelles prières. Il devait bien ça à Fergus et Camélia. À Gwendal aussi. Tout à l'heure, le cimetière résonnerait d'un dernier chant d'adieu, et des prières aux défunts.

Simon songeait qu'il avait rempli sa dette envers les morts. Dorénavant, il se consacrerait exclusivement aux vivants. À Charlie surtout et à son futur bébé.

Un village sans enfants, se dit-il en rentrant chez lui, ça n'est pas un vrai village. Sacrée Charlie, tout de même !

*

Vers cinq heures du matin, Jeanne fut réveillée par la sonnerie du téléphone.

Rampant hors de son lit, elle répondit d'une voix lointaine, l'esprit opacifié de rêves étranges et morbides. Eut l'impression d'une douche froide. Et les larmes jaillirent enfin.

Le combiné à la main, elle se laissa tomber sur le sol. À l'autre bout de la ligne, Franck patientait, habitué à annoncer les pires nouvelles aux autres. Quand ce n'était pas aux familles des victimes, c'était à la femme d'un collègue.

Tout endurci qu'il était, ce matin, il en avait sa claque de ce monde qui se tordait de douleur.

— Commis... Jeanne, t'es là ?

Un reniflement lui confirma qu'elle n'avait pas raccroché.

— C'est arrivé comment ? articula-t-elle à voix basse.

— Je peux pas te dire, j'y comprends rien, faut que j'aille voir sur place.

— Je viens avec toi. Passe me prendre chez moi.

Elle lui donna son adresse et raccrocha. Ne se releva pas immédiatement, pas avant que Khaled ne la prenne dans ses bras pour l'aider à se remettre debout.

— Viens, je vais te faire un café.

— Irma a disparu ! s'écria-t-elle, au bord de la crise de nerfs.

Khaled l'aida à s'asseoir, lui apporta ses cigarettes et prépara du café. Une fois de plus, il se félicita d'avoir quitté la police. Une partie de lui ne supportait plus cette violence.

— Tu penses que c'est Schöller ? fit-il en la servant.

— Qui veux-tu...

À moins que...

— Non ! Elle n'aurait quand même pas fait ça !

— Quoi ?

Jeanne partit d'un fou rire nerveux. Entre larmes et éclats de rire, elle fit comprendre à Khaled qu'elle pensait qu'Irma s'était tirée. Lancée à la poursuite de Schöller.

— Tu veux dire... qu'elle la joue en solo ?

412

Jeanne hocha la tête, s'essuya les yeux et alluma une cigarette.

— Merde! J'aurais dû me douter qu'elle n'en resterait pas là. C'est une teigne, pour ce genre de truc. Elle veut trop la peau de ce taré pour accepter d'être mise sur la touche. Putain! Je passe mon temps à me planter...

— Tu ne peux pas tout contrôler, ni tout anticiper.

— Faut que je rappelle Albertini.

— Laisse, Jeanne, on lui offrira le café. Si Irma veut jouer les filles de l'air, rien ne presse.

— Faut pas qu'on élimine l'autre hypothèse.

— Schöller?

Elle répondit d'un mouvement de tête.

— Ça ne change rien, ma douce, faut que tu l'attendes.

D'une voix de morte, elle annonça qu'elle allait prendre une douche. Avec une seule certitude, si Irma s'était fait la malle, alors Schöller allait devenir encore plus dangereux. L'eau chaude ne parvenait pas à la calmer, paniquée à l'idée que Schöller n'accepterait certainement pas que «sa tour» lui échappe ainsi.

Jeanne soupira, s'habilla et, en attendant Franck, elle prit le temps de boire un autre café avec Khaled.

— Tu vas faire quoi, maintenant?

— Continuer. Qu'est-ce que tu veux que je fasse d'autre, Khaled?

— Toute seule?

— Y a Albertini et Janson, ils ne vont pas lâcher

le morceau comme ça. Et puis je verrai bien. Pour le moment, je dois savoir si Irma est toujours vivante ou si je vais devoir renfiler mes habits de deuil.

Khaled regarda intensément cette femme qu'il adorait, priant pour que Schöller ne la détruise pas. Lui, ou l'obsession qu'elle développait à son encontre.

Inch'Allah!

Épilogue

Willy se gara non loin du bord de la falaise.

Là-haut, à la pointe de la Hague.

Face à la mer, il respirait à pleins poumons.

La lumière se faisait douce, juste après l'aube. La mer clapotait, presque silencieuse, or et rouge. Une phrase lui revint à l'esprit. *Je reconnais les minotaures aux yeux de lune.* La mer le reconnaî-trait-elle ? En douceur, les rayons du soleil léchè-rent sa peau.

Parti après avoir écrit un long message à Simon, il avait roulé tranquillement, évitant de se faire remarquer ou contrôler par la police. Son cœur se serra. Il inspira une goulée d'air marin. Se sentit mieux, espéra que Simon ne lui en voudrait pas.

Le soleil s'élevait maintenant au-dessus de la mer.

Un léger vent effleurait son visage, délicat comme une caresse.

Il remonta un chemin le long de la falaise jus-qu'à sa voiture, ouvrit le coffre, en sortit un tapis qu'il fit se dérouler d'un coup de pied. À l'inté-rieur, Scurf bâillonné et ligoté. Endormi.

Willy rangea le tapis et se mit au travail. Une fois qu'il eut terminé, il se redressa lentement, ressentant à peine le poids de Scurf.

Debout, en haut du chemin qui menait à la pointe de la falaise, Willy inspira profondément, humant le vent qui transportait des effluves iodés.

Il allait réaliser son rêve : voler, et se fondre dans le vent.

Il s'ébranla, lourdement, courant sur le chemin. Sur son dos, Scurf s'éveillait d'un long sommeil.

Ouvrant les yeux, il aperçut le bleu du ciel. Ankylosé, il voulut bouger. Découvrit que ses bras étaient attachés... à d'autres bras ! Qu'une corde s'enroulait autour de son corps, le rattachant à un autre corps. Secoué par le rythme de la course, il faillit se vomir dessus. Hurla de terreur quand sa tête roula sur l'épaule de Willy, et qu'il entr'aperçut son visage rond et blanc. Les yeux d'agate bleue qui regardaient au plus loin de l'horizon.

De cette masse d'eau qui fascinait Willy depuis toujours, au moins autant que le vent, mais qu'il n'avait jamais pu approcher.

Willy accéléra sa course.

Scurf gueulait sans discontinuer, ses cris se perdant dans le ressac de la mer contre les rochers. Dans le vent qui soufflait, comme s'il voulait aider Willy en le poussant par-derrière.

Willy qui s'apprêtait à expurger le mal commis par Scurf, et ce sentiment de faute qui le rongeait depuis que le sang s'était échappé du corps de Funky. Depuis le départ de son père.

Au bord de la falaise, il s'élança pour un ultime

saut de l'ange, eut la sensation extraordinaire de planer, juste avant de piquer vers la mer. Sur son dos, ébloui par le soleil, Scurf vociférait comme un fou.

Juste avant de toucher la surface de l'eau, euphorique, Willy se sentit heureux. Profondément heureux.

À peine frémissante d'écume, la mer se referma autour d'eux, les accueillant dans ses entrailles liquides.

DU MÊME AUTEUR

Aux Éditions Hors Commerce

BEST SELLER, 2005.

LA STRATÉGIE DU FOU, 2004.

N'OUBLIE PAS, 2003, Folio Policier nº 472.

PORTÉES DISPARUES, 2002, Folio Policier nº 429.

POUR TOUTES LES FOIS, 2001, Folio Policier nº 374.

Aux Éditions du Seuil

Dans la collection Le Poulpe

L'APPEL DU BARGE, 2007.

Aux Éditions de l'Archipel

BELLE-MÈRE, BELLE-FILLE, UN MARIAGE À TROIS, 2005.

Aux Éditions du Cherche Midi

RETRAITE ANTICIPÉE, nouvelle incluse dans le recueil NOIRS SCALPELS présenté par Martin Winckler, collection Néo, 2005.

Aux Éditions Retz

TO THE ZOO AND SHORT PLAYS, collection Petits comédiens, 2004.

COLLECTION FOLIO POLICIER

Dernières parutions

Composition Interligne
Impression Novoprint
le 28 mai 2007
Dépôt légal : mai 2007
ISBN 978-2-07-030693-0/Imprimé en Espagne.